Hero Team
S.V.T
星銀騎士
胡靜蘭
爆靈
火野 光

Queen Victoria
Queen Victoria
維多利亞
二世
卡繆

新世紀超級英雄
05
H E R O T E

S·V·T

爆靈 火野光

超能力

「人工爆彈」，能夠把碰觸到的東西變成炸彈，並控制它在何時爆炸。

慕容穎

超能力

ＮＣ市長的千金，反派ＳＶＴ的領導人，一心相信自己得到「猛毒」的超能力，是因為她命中注定要當壞蛋，因此組織ＳＶＴ，密謀要毀滅ＮＣ。

超能力

能夠從體內釋放出各種猛毒，輕則可以擾亂目標的神經系統，重則可以置人於死地。

複製小貓 游白雪

ＳＶＴ的成員，前ＨＴ的超級英雄，游諾天的妹妹，受能力暴走影響，性格飄忽不定，對超級英雄既愛且恨。知道游諾天溺愛自己，經常向他撒嬌。

超能力

「複製小貓」，與目標接吻之後便能夠複製對方的能力，而因為她曾經能力暴走，所以複製回來的能力會比本尊稍強。

Queen Victoria

維多利亞二世

超能力

「重力」，能夠控制一定範圍內的重力大小。

卡繆

超能力

「龍之轉生」，能夠變成如假包換的火龍。

Hero Team

Kung Fu Girl

功夫少女 關銀鈴

超能力

「超人身體」，限時一小時，此期間內她刀槍不入、百毒不侵、力大無窮，變成名副其實的超人。

游諾天

超能力

「電子世界」，能夠潛入電子世界（digital world），從而控制電子產品甚至是電腦網路。

Devil Sniper

惡魔槍手 許筱瑩

超能力

「惡魔槍手」，能夠憑空變出槍械，並且控制發射出來的子彈速度和軌跡，甚至是短暫消失。

星銀騎士 胡靜蘭

超能力

「星銀之力」，能夠操控金屬的能力。在化身成星銀騎士時，她會把附近的金屬組合成中世紀騎士的盔甲穿在身上。

Thousands Face

千面 藍可儀

超能力

「千變萬化」，能夠在一瞬間變成任何人，不過只限外貌，衣著和能力並不會跟著變化。

Contents

序章

英雄之路由心出發

「英雄之路由心出發。」

這句話太帥氣了！我以前就很喜歡這一句話，可以說是我的人生指標，但今天我竟然可以親耳聽到他說出這句話，真是太幸福了！

由於超級英雄法案的關係，我不可以說出自己的真實名字，所以我只能告訴大家我的英雄外號——複製小貓！

嘻嘻，很可愛的外號吧？雖然是取自英文的Copycat，但這不是說我是一個沒有主見的女孩子，會有這種外號，是因為我的超能力啦！

我的超能力呢……坦白說，說出來會好令人害羞，製作人也說最好保持神秘感，不過大家都知道真相，對嗎？對嗎？那麼，我悄悄給一個提示好了，那就是和嘴唇有關的～

說起來，正因為我擁有的是這種超能力，最初我還擔心過自己會否被錄取呢。現在超級英雄的超能力都好厲害，亞瑟先生的風刃、維多利亞小姐的重力，就連天劍先生的戰鬥裝甲也非常炫目，至於我的超能力呢……

如果只有我一個人，我什麼都做不了，我只能站在臺上，用可愛的樣子來吸引大家。但這樣是不夠的！

超級英雄不是普通的偶像，超級英雄是愛與和平的象徵！

所以，我今天面試的時候，真的緊張得不得了。

「抱歉，妳的超能力不適合當超級英雄。」

萬一對方這樣說了，我該怎麼辦？

我出門前還對哥哥說「我一定會凱旋而歸」，哥哥也說會準備大餐等我回去，要是對方沒有錄取我，這不是太丟臉了嗎？

嗚呀呀～光是想到這點，我的胃就很痛了，偏偏大哥今天正好回來，他竟然說很期待替我拍泳裝照！

這是性騷擾，絕對是性騷擾！哪裡有大哥會對妹妹說要拍她的泳裝照？真是的！大哥好應該向哥哥學習怎麼樣當一個稱職的長輩！

抱歉，稍微離題了。

總之，我就是帶著這份不安和期待，來到一直夢寐以求的HT事務所。

是的！就是英雄業界的龍頭——HT事務所！

我知道現在HT已經不是站在業界的頂端，但他們依然有著龐大的影響力，而且最重要、最重要的是星銀騎士就在這裡！

星銀騎士絕對是本年度最炙手可熱的超級英雄！他非但當選了NC電視臺的英雄新星，還連續三季登上官方人氣榜的前三名，更一度打敗亞瑟先生登上第一位！在EXB的霸權逐漸鞏固之際，他竟然可以登上第一名的寶座，真的令人熱血沸騰！

所以，我決心要加入HT事務所！

我要成為星銀騎士的後輩，好好向他學習英雄之道！

我就是抱著這份決心走進事務所，但一打開門，卻見到人山人海！原來不只是我想加入HT，在我之外還有很多人都想要加入HT，而且他們每一個看起來都好厲害。

那時候我的胃更加痛了，幾乎想要立即轉身逃走，但是為了夢想，我死命咬緊牙關走進去。來吧，不管是任何挑戰，我都會突破給你看的！

（中略）

由於面試的時候發生了太多令人尷尬的事情，所以我要略去不談，直接跳到結果——在一連串的面試之後，我當上超級英雄了！

是HT的超級英雄！是星銀騎士的後輩！

◆◎◆◎◆◎◆

英雄之路由心出發。

各位請放心，我不會每一篇日記都寫上這一句話，可是在今天，我必須要用星銀騎士的語氣，語重心長地再說一次。

英雄之路由心出發。

這不是一句口號，而是所有超級英雄都必須銘記在心的格言！

我必須承認在當上超級英雄之前，我都太小看這個業界的嚴苛了，我一度以為只要擁有耀眼奪目的超能力，就可以輕輕鬆鬆當上超級英雄。

天真，真的太天真了！

超級英雄才不是這麼簡單的東西啦！

在以往的超級英雄電影，超級英雄要做的只有一件事：打倒會嘿嘿嘿地奸笑的壞蛋。我超愛看到超級英雄打倒壞蛋時的英姿，他們抱得美人（美男）歸時也會興奮歡呼，不過電影歸電影，現實歸現實，現實世界才沒有這麼多窮凶極惡的壞蛋！

而且我們又不是鋼鐵人、也不是蝙蝠俠，我們只是蜘蛛人，我們都要為生活工作～～

當然，我們不需要去送披薩，也不需要偷偷拍下自己的相片賣給報社（因為報社會主動向事務所徵求相片），我們要做的就是訓練、訓練、再訓練！

不要以為站上舞臺是一件很容易的事情，不！即使只是站在照相機的鏡頭前，擺出來的姿勢也大有學問。

舉一個簡單的例子，大家聽說過「英雄姿勢」嗎？

顧名思義就是超級英雄會擺的姿勢——如果你是這樣想，真的大錯特錯！

英雄姿勢有三個必備條件：威風、自信、自然。

所謂的威風，就是要有一種讓人望而生畏，同時又心生敬仰的氣勢；至於自信，則是泰山崩於前而色不變的鎮定；最後的自然，不是模仿，也不是做作，而是渾然天成。

只有真正的超級英雄才能夠擺出最完美的英雄姿勢，而且這也是相當考驗攝影師技術的姿勢，攝影師必須整個人伏在地上，用低角度，盡可能把模特兒拍得高大威猛，而模特兒也要配合攝影師的角度，一方面微微仰起頭，另一方面又要面對鏡頭，之後嘴角輕輕揚起，不是要奸笑，而是露出滿足的笑容——

我光是練習這個姿勢，便花了整整一個下午，而且製作人依然不滿意，要我明天繼續練習！

這是欺負新人的遊戲嗎？

和我一起加入的超級英雄都在做相同的訓練，有兩位男孩子受不了，今天便馬上辭職了，另外有一位女孩也略有微言，因為除了我們之外，其他前輩都不需要做這種事。坦白說，其實我也有相同的想法，做這種事，到底和超級英雄有什麼關係啊？

就在我也要忍不住抱怨之際，星銀騎士突然走進來了。

「是星銀騎士！」

不知道是誰突然大叫出來了，我只敢肯定不是我，因為我當時高興得不知所措，只能目瞪口呆地看著他！他先後對我們打招呼，然後他竟然向製作人說，他會和我們一起接受訓練！

「雖然妳今天有空，但這種訓練妳已經做過很多次了吧？」

製作人顯然不明白星銀騎士為什麼要加入我們，當然我們也不明白，星銀騎士卻沒有猶豫，輕輕一笑之後便說出令人驚喜的答案。

「後輩都在努力，我怎麼可以一個人偷懶呢？」

我發誓，聽到這一句話之後，我的心便被星銀騎士俘虜了！

一直以來我都是他的粉絲，但從今天開始，我就是他的親衛隊！

他能夠當上人氣超級英雄不是僥倖得來的！我相信其他人都有相同的想法，本來大家都一臉不悅，不過當下全都雙眼發亮，然後心甘情願跟著星銀騎士一起練習！

「只要用心做好每一件事，大家一定會感受到的。」

在練習之後，星銀騎士向我們這樣說。

當時我沒有回答，但現在我必須要說一句：星銀騎士萬歲！

◆◎◆◎◆◎◆

英雄之路由心出發。

好啦，這句話我其實很久沒有寫上來了，因為部落格的標題就是這一句話嘛！不過我今天必須用最真誠的心，以及最虔誠的態度把它說出來。

英雄之路由心出發。

好、緊、張！

我今天一大早就在胃痛了，就算哥哥努力安撫我，甚至說會買花束去捧場，我的胃依然在痛，不，應該說更痛了！

哥哥會這麼興奮雀躍，我當然不能夠令他失望！

不過，所謂期望越大，失望越大，要是我不小心在臺上失手了怎麼辦？即使我們已經練習過無數次，我還是可能會失手啊，到時候我一定會腦袋一片空白，不知如何是好！

更更更更重要的是，今天我就要在所有觀眾面前做那那那那種事！

嗚，我今天是第一次打從心底討厭自己的超能力啦！

雖然說這是很方便的超能力，不過要發動它，我便必須先做「那件事」。

為什麼會這樣啦！

當初製作人說要為我量身打造一個劇本時，我高興得要飛上天了，不是形容詞，是真的要飛上天！不過當製作人說要為我找另一個搭檔時，全場竟然立即鴉雀無聲！平時明明都是同甘共苦的好伙伴，但一聽到要和我合作，他們竟然都假裝聽不到似的別開臉！

嗚……我知道他們為什麼會這樣子啦，坦白說，如果跟他們做了「那種事」，我也沒有自信可以用平靜的目光對待他們……但這是難得的機會，我真的不想放棄！

「既然這樣，由我來當她的搭檔吧？」

忽然星銀騎士這樣說了。

在製作人宣布要為我找搭檔時，星銀騎士正好不在，而當大家都在避開我的目光，製作人打算要來抽籤定生死之際，星銀騎士正好回來。

「咦！這這這……但但但是當我的搭檔，就是要做做做那種……」

我當時的臉蛋肯定通紅得像一個猴子屁股。竟然是星銀騎士！而且他完全沒有猶豫，馬上答應了要當我的搭檔！

「放心，我不會介意啦。啊，難道說妳介意？畢竟我們都是——」

「不不不不！我沒有介意！如果你不介意，請當我的搭檔！」

我說出來了！

我真的說出來了！

事情就這樣拍板了，而星銀騎士沒有食言，他真的當上我的搭檔，而且認真地陪我練習，還做了那種事情！

第一次我們都好緊張，是的，雖然星銀騎士之前都一臉不在乎，不過他其實也是第一次，我感受到他的呼吸稍微變得急促了，但他沒有避開，更為了減輕我的不安而主動迎上來……嗚哇哇哇！

平時的練習我已經習慣了，可是要我在所有人面前這樣做……我真的做得到嗎？

我不知道！

今晚我會再更新部落格，希望到時候我會笑著說表演大成功吧！

第一章

和我去約會吧！

「ＮＣ的各位，晚上好！距離上次ＳＶＴ的恐怖襲擊已經過了半個月，在英管局和超級英雄的努力之下，ＳＶＴ的陰謀已經被粉碎，這兩星期來既沒有再發生炸彈襲擊，恐怖魔王也沒有再次出現，這絕對是ＮＣ和平的勝利！遭受到炸彈襲擊的地方已經開始重建了，要先提醒大家，雖然重建工程進行得很順利，但是受影響的地方依然有很多潛在危險，建築物也隨時可能倒塌，所以如非必要，各位市民盡量不要進入這些地方。」

「不過我們ＮＣ電視臺知道各位都好想得知重建工程的詳細情況，所以我們決定以身犯險，來到重建工程的地點進行採訪！我們馬上見到一名超級英雄了！妳好！我們是ＮＣ電視臺的記者，可以請教一些事情嗎？」

「……咦？嗚哇哇哇！怎、怎麼了？」

驚訝的大額頭！在色彩單調的建築工地裡面，關銀鈴一身黃色的運動服裝扮本來已經十分顯眼，可是仍然不及她的標誌大額頭，配上她驚訝的表情，關銀鈴就這樣張大了嘴巴闖入鏡頭之中。

「原來是ＨＴ的功夫少女，妳在討伐恐怖魔王時很活躍呢！妳是在幫忙重建城市嗎？」

「咦？這個，是的！不只是我，其他超級英雄都在幫忙重建城市！」

「這就太好了，有你們幫忙，城市肯定可以馬上恢復本來面貌吧！請問在重建期間你們有遇到什麼困難嗎？例如有沒有哪些地方突然倒塌，抑或又有神秘人來襲之類的？」

「沒有！一切都很順利！」

「真的嗎？我們聽說曾經有市民過來抗議，他們好像對你們之前的表現很不滿意，說你們應該要好好保護城市，但卻失敗了。」

記者手上的麥克風幾乎要塞進關銀鈴的嘴巴，關銀鈴連忙退後一步，不安地左右張望，「有這種事嗎？我沒有聽說過呢，建築的地點都不准市民進入，他們不會來的啦！」

「雖然政府呼籲市民不要前來，不過其實並沒有明文禁止，四周也沒有派人看守，市民要是有心，肯定可以硬闖進來的。妳真的沒有見過來抗議的市民嗎？」

「沒有，真的沒有！」關銀鈴趕忙搖頭。

「那麼妳有聽說過這件事嗎？在恐怖魔王事件之後，一部分市民對超級英雄失去信心了，他們認為你們根本不能好好保護城市，只會做一些譁眾取寵的表演，甚至有一些市民覺得超能力實在太危險，應該要立法禁止。對於這些想法，妳有什麼意見呢？」

「我、我……」關銀鈴又退後一步。

這時，藍可儀的聲音從關銀鈴身後傳來，「小鈴，妳怎麼……嗚！這、這是……」

由於是來幫忙重建城市，所以藍可儀不再是穿著輕飄飄的裙子，而是穿著便於活動的藍色運動服，可是上身的運動外套似乎小了一圈，即使拉鏈沒有完全拉上，胸口的部分也幾乎要被撐破了。

「是HT的千面嗎？妳來得正好！我們是NC電視臺的記者，正在訪問功夫少女，也請妳發表一下想法吧！」

「等、等一等……什、什麼想法……」藍可儀愣住。

「就是近日市民大眾開始不信任超能力這件事——」

「抱歉，我們無可奉告。」

一隻纖細的手臂突然從旁抓住記者的麥克風，記者稍微一愣，之後她抬起頭，便見到一副黑色的護目鏡。

許筱瑩板著一張臉，配上渾身黑色的打扮，其他人見到她肯定馬上退縮，不過記者反而雙眼發亮，立即把麥克風遞向她，「是惡魔槍手！今天HT全員都來了嗎？請問星銀騎士是否也——」

「我們要回去工作了。」許筱瑩搶先說道，之後頭也不回便往回走。

記者當然沒有放過她，連忙追了上去，可是許筱瑩堅持不回答，而關銀鈴和藍可儀也緊跟在她的背後，最後記者自討沒趣，一臉不甘心地轉身離開。

「得救了……要不是前輩及時趕來，我真的不知道該怎麼應付呢。」

記者和攝影師離開之後，關銀鈴忍不住撫著胸口嘆氣，藍可儀也畏怯地點了點頭，唯獨許筱瑩表情不變，不太高興地看著二人。

「嘖，之前製作人不是教過了嗎？若有記者來到，一律回答無可奉告，然後儘快離開現場。」

「我記得，不過他們突然來到我的身後，我真的嚇了一跳呀！而且……他們說的都是真的，不是嗎？」關銀鈴壓低了聲音說。

許筱瑩馬上皺起眉頭，然後悄然嘆息，「發生了這種事情，市民會這樣想也不奇怪……但妳要記住，這只是一小部分的市民意見，還有很多市民支持我們。」

「嗯……」即使知道許筱瑩說的都是事實，關銀鈴仍然不能釋懷。她垂下頭，默默盯著地面。

「這不是一時半刻就可以解決的事情，我們只要做好本分就好了……如果妳真的要擔心這種事情，倒不如想想要怎麼應付明天的約會吧。」許筱瑩見狀，又再嘆一口氣。

頓時，兩人沉默了下來。

「咦！約、約會是怎麼唔唔唔！」

「可儀妳太大聲了啦！前輩，妳不是答應過我不會說出來的嗎！」關銀鈴捂住藍可儀的嘴巴，臉紅耳赤地向許筱瑩抗議。

許筱瑩卻不當一回事，只是聳了聳肩，「十六歲的女孩子去約會很正常吧，又不是什麼見不得光的事情。」

「唔唔唔噗！小鈴，這是怎麼回事？我沒有聽說過啊！」藍可儀從關銀鈴手中掙脫開來，接著一反常態，主動抓起關銀鈴雙手，並且把臉壓到對方鼻子前面。

「這、這不是什麼約會啦！只是……對了！只是一男一女，在假日的時候約出門……」

「這就是約會啦！對方是誰？」

「這、這個……」關銀鈴臉紅得要爆炸了，她很想推開藍可儀逃走，可是藍可儀不知哪裡來的力氣，竟然牢牢抓住她不放，她只好拚命別過臉。

「是誰！不告訴我的話，我就要告訴製作人了啊！」

「等等等等！這這這不可以讓製作人知道啦！雖然靜蘭姐也知道，不過她也說最好不要讓製作人知道！」

「等一等，連靜蘭姐也知道嗎？即是說女生組只有我不知道啊！這樣子太過分了！」藍可儀氣鼓鼓地大聲叫道，同時進一步把臉貼向關銀鈴。

關銀鈴敵不過她的堅持，只好乖乖認命，「我說就是了！是暴君恐龍啦！」

藍可儀當場驚呼，之後她掩著嘴巴，驚喜地睜大雙眼，「原來小鈴妳喜歡粗獷的類型……」

「不是！是他死纏難打，我才勉為其難答應的！」

「嘿，原來是這樣啊。」許筱瑩隨即訕笑一聲。

「就是這樣！嗚，前輩太過分了！之前妳明明說過會裝作不知情的！」

「反正妳事後也會告訴她，不是嗎？」

「對了！小鈴，妳之後會告訴我約會的詳情的？對吧？」關銀鈴還來不及回答許筱瑩的話，藍可儀便雙眼發光搶先問道，神情煞是興奮。

「可儀妳冷靜一點！我、我……就說這不是約會啦，真的不是！我只是答應明天陪他出門，就只是這樣，不會發生任何有趣的事情！」

「如果妳不告訴我，我明天就要偷偷跟蹤妳了！」

「妳是誰？妳到底是誰？把平時那個乖巧的可儀還給我！」

平日總見關銀鈴撲向藍可儀，今天卻是難得相反，只見藍可儀整個人貼上去似的抱住關銀鈴，臉上掛著愉快的笑容，而關銀鈴只能臉紅地拚命掙扎。

「說起來，你們會互相表露身分嗎？」許筱瑩忽然問道。

藍可儀終於稍微冷靜下來，然後也跟著用好奇的目光看著關銀鈴。

「這個……」

「我想妳也很清楚，超級英雄之間偶爾也會有這些情形：A事務所的一個超級英雄和B事務所的一個超級英雄，私底下是互相認識的好朋友；又或者英雄C和英雄D是一對情侶，不過他們分別隸屬不同的事務所。」

「我和他才不是情侶！」

許筱瑩無視關銀鈴的抗議，逕自說下去：「不過也有一種情況，如英雄E和英雄F互相認識，以超級英雄的身分來說是一對好朋友，但事實上他們彼此不知道對方的真正身分。」

「唔……」

「向對方表露真正身分，就是信任對方的證明。所以，妳打算怎麼做？」

「我……」

許筱瑩說的話，關銀鈴當然了解。超級英雄法案規定超級英雄的身分必須保密，任何人都不得洩漏或揭穿超級英雄的身分——這是明文規定，不過和其他條文相比，這其實寬鬆得多，尤其超級英雄主動向別人說出自己的身分這種事，英管局其實不會去追究。

因為這條規則，主要目的是要保護超級英雄以及他們身邊的人。超級英雄的家人和朋友不一定都擁有超能力，萬一有人想要找超級英雄麻煩，就很可能會對他們身邊的人下手，到時候超級英雄未必可以及時阻止，所以最好的解決辦法就是讓所有人無從得知哪些人是他們的親人。當然，超級英雄的親人被襲擊這種事情，在過去十年間從來沒有發生過。

因此，超級英雄要向他人隱藏身分，其實只是例行公事。超級英雄想要向誰表露身分，是他們的自由——還有如同許筱瑩所說，是信任對方的表現。

「我也不是不相信他，不過……」

「妳打算以這身打扮和他見面？」

「這也不可能啦……我穿著這身運動服，不就是向全世界的人說『我就是功夫少女，我正和一個很可能是暴君恐龍的男孩子在假日一起出門啊』這樣嗎？」

「還好妳有這點常識。」許筱瑩點了點頭，「先不說妳，他又會怎麼做？」
「他說……會表露身分。」關銀鈴放輕了聲音，本來回復正常臉色的臉蛋又再染上一抹紅暈。
許筱瑩沒有取笑她，只是輕輕一笑，「相比起妳，他爽快得多呢。」
「因為是他主動約我的呀！」
「這不是重點吧？重點是他選擇了相信妳。」
「這也是啦……」關銀鈴輕輕嘛起嘴巴，「那個……妳們覺得我應該表露身分嗎？」
「這是妳自己的事情，自己決定。」許筱瑩直截了當地說。
藍可儀猶豫了一下，道：「我覺得……既然小鈴妳答應和他約會，不妨多相信他一點？感覺上他是一個好人呢。」
「唔……」
「還有一整天，好好想一想吧。另外……」許筱瑩停了一會，「你們明天會去哪裡？」
關銀鈴不疑有詐，老實地回答：「應該會去商店街，那邊情況比較好。」
許筱瑩隨即若有所思地挑起眉頭，藍可儀則喃喃說著「商店街啊……」，嚇得關銀鈴嚴正警告她不可以偷偷跟蹤。
「我不會啦！明天我答應了媽媽，會待在家中陪她。」
「不可以騙我呀！前輩妳又有什麼打算？要去探望孤兒院的孩子嗎？」
「不，我另外有一點事情要做。」許筱瑩輕輕搔著後頸，一臉輕描淡寫，關銀鈴有點好奇對方口中的「一點事情」到底是怎麼回事，可是想到明天的約會，她實在沒有追問的心情。
「果然不應該答應他呢……」她捧著臉頰，忍不住嘆一口氣。

◆◎◆◎◆◎◆

「和我去約會吧！」

三天之前，暴君恐龍突然跑來ＨＴ事務所提出邀請。當時游諾天和藍可儀正好不在，所以目睹這起驚人事件的只有許筱瑩和胡靜蘭，以及當事人關銀鈴。

關銀鈴一直以為暴君恐龍只是隨便亂說，並不是真的對她有意思——不，其實她清楚知道對方真的對她有意，只是她不想承認這件事，所以一直在自欺欺人。

——他不是我喜歡的類型，我喜歡的是像製作人那樣有點頹廢氣息的俊美男子！

——雖然我很喜歡他的表演，也覺得變成恐龍的他好帥，但此帥不同彼帥！

——我、我我是第一次被人告白啦！

面對暴君恐龍毫不猶豫、幾乎可以用橫衝直撞來形容的強力直球，關銀鈴完全陷入了混亂。

——現在明明不是說這種事情的時候吧？之前在明星遊樂園就算了，當時ＮＣ還很和平，所以會在拍攝時表白也是無可厚非……不對不對不對！那是在拍攝中，他為什麼可以一臉理所當然地表白？之後在對抗恐怖魔王時，他也是不顧其他人的目光大聲告白。他的神經到底有多大條呀！

「嗚呀呀呀……」關銀鈴忍不住蹲下來，抱著頭低聲呻吟。

為什麼自己會答應他？直到此時此刻，關銀鈴仍然想不明白。果然還是太過混亂，所以情不自禁答應了嗎？但若是情不自禁，不就是說自己其實很想和他約會嗎？

「不是啦……才不是啦！」關銀鈴今天沒有穿著黃襯黑的運動套裝，而是換上了輕便的毛衣和牛仔褲，大額頭當然露出來了，不過除此之外，她的整張臉被墨鏡和口罩擋住，根本看不清楚她的樣子。以防萬一帶著的黃銅面具和黃色運動外套，正妥當地放在她的背包裡面。

「……功夫少女？」

「嗚哇哇！」突然一個男聲從後傳來，關銀鈴立即嚇得跳起來，之後她轉頭一看，便見到一名穿著同樣輕便，臉上掛著疑惑表情的高大男孩。

關銀鈴第一次看到這張臉，如果臉只分成「好看」或「難看」，那麼它肯定屬於前者，輪廓分明，雙眼炯炯有神，可惜臉型是不太討喜的國字臉，眉毛也略嫌粗厚，所以關銀鈴不敢百分百肯定這是一張好看的臉。

「妳是功夫少女，對嗎？」男孩仍然一臉疑惑，不過看著對方的大額頭，他其實已經肯定了，所以嘴角輕輕往上揚起。

「你是……暴君恐龍？」

「果然是妳呢！我剛才還在擔心妳是不是迷路了，突然見到一個人在月臺前蹲下來，還以為她要做什麼傻事，但我很快就認出是妳！」

「嗯……」關銀鈴忸怩地別過臉，不敢直望暴君恐龍的眼睛。

暴君恐龍注意到了，不過他沒有在意，只是笑著握起關銀鈴的手。

「既然我們相認了，事不宜遲，立即——」

「給我等一等！」關銀鈴連忙把手收回來，叫聲大得要震垮整個月臺，幸好月臺上只有寥寥幾人，而且他們都站在另一邊，所以沒有被嚇到。

「在正式約，不，在正式活動之前，我們要約法三章！」

「約法三章？」

「沒錯！」關銀鈴在暴君恐龍眼前豎起三根手指，「第一，不准有身體碰觸；第二、不准有語言挑逗；第三，不准告訴對方自己的名字！」

「咦？第一和第二點就算了，為什麼不可以告訴對方名字？」暴君恐龍歪著頭說。

「因為我不想告訴你！」

「妳不告訴我沒關係，但我想——」

「不行！只有你單方面說，我不就占你便宜了嗎？我不喜歡這樣，所以你也不可以告訴我！」

暴君恐龍似乎不滿意這個回答，他稍微皺起眉頭，然後說：「但我們總不能一直用英雄代號互相稱呼吧？這裡沒人聽到還好，在人多的地方，難道我要直接叫妳功夫少女嗎？」

「你可以叫我阿鈴，至於我……對了！我叫你阿龍吧！這樣就解決了！」

「呃，我的外號雖然是暴君恐龍，但我的真名沒有『龍』這個字啊。」

「我已經決定了！好了，列車馬上就到了，不要在意這些小事！」關銀鈴說完之後，列車正好到站了，她二話不說走進車廂。

這時，暴君恐龍突然抓住她的手腕，她吃了一驚，「嗚哇哇！你你你——」

「對不起，只此一次，下不為例。」暴君恐龍把關銀鈴拉出車廂，「妳上錯車了。」

「咦？上錯車？」關銀鈴驚魂未定，可是她轉頭一看，眼前的列車正是前往商店街的。

「我沒有弄錯啊。」

「我們今天不去商店街，去這裡吧。」

暴君恐龍笑著亮出兩張票，關銀鈴本以為是電影票，不怎麼感興趣地瞥了一眼，還想潑冷水地說「我比較喜歡吃東西呢」。然而當她看清楚票上的介紹時，她當場瞪大雙眼，驚訝地尖叫出來。

「你竟然會有這裡的優惠門票！你是怎麼拿到的？」

「不是我自誇，我經常會收到這些貴賓券呢。」

彗星之城——一個月前開幕的大型購物商場，樓層總共有十二層，上至家具下至文具包羅萬象，最頂兩層則是美食街，其中有一間著名餐廳，自從它公開宣布會在彗星之城開設分店時，關銀鈴便下了決心，有朝一日一定要來大吃一頓。

一到彗星之城，關銀鈴兩人就往英雄君的小廚房走去。

英雄君——NC的吉祥物。他不是一個真實存在的超級英雄，而是一個二頭身的Q版公仔，圓滾滾的身體配上胖嘟嘟的手腳，深受女性和小孩子的喜愛。他的人氣不及真正的超級英雄，但貴為整個城市的吉祥物，所有掛上他名義開設的店鋪，無論衣、食、住、行都有一定的水準。英雄君的小廚房也不例外，它甚至是所有英雄君的店鋪中數一數二的名店。

「真是太令人羨慕了……這就是ＡＡ級的待遇嗎？」

「只要當我的女朋友，妳隨時都可以享受這種尊貴待遇啊。」

「噗叭！不准有語言挑逗！不過今天我一定要大吃特吃，因為是難得的半價優惠！」

「妳隨便吃，一切費用我包！」

「不要，我堅持各付各的！」接著關銀鈴叫來服務生，點了好幾道菜，暴君恐龍也沒有客氣，接連點了足足三人份的套餐。

「就是以上這些，請問對嗎？」服務生一邊記下他們的菜單，一邊報以微笑。

「嗯！麻煩你了。」

服務生笑著離開了。

關銀鈴滿心期待，忍不住前後搖晃雙腳，之後她環看店鋪，色彩繽紛的擺設本應會令她更加高興，但她一邊看著，雀躍的心情逐漸平靜下來。

然後，她悄悄垂下眼簾，「我呢……一直都想來英雄君這裡吃個痛快。」

這句話乍聽之下和她之前說的話沒什麼分別，不過只要細心去聽，不難聽得出她的真正心思。

「抱歉，竟然在這種時候帶妳來這裡。」暴君恐龍也放輕了聲音說。

關銀鈴一聽，馬上輕輕搖頭，「我很感謝你，真的，但是……這裡明明應該很熱鬧才對，要不是發生了那些事……」

關銀鈴再一次環看店鋪。現在是下午時分，正值下午茶的高峰時間，可是除了他們二人之外，店裡竟然沒有其他客人，這種門可羅雀的情況，想必在半個月前沒有任何人預料得到。

「你聽說過這件事嗎？有很多市民都覺得我們沒有盡到超級英雄的責任，沒有好好守護ＮＣ的和平，而且有不少市民覺得超能力好危險，要求政府立法管制……」

「不只是聽說……這種事就在我們眼前發生過，不是嗎？」暴君恐龍面有難色地回答。

「我其實也不是不明白他們的想法，因為我們的確辜負他們的期待，沒有好好保護他們——」

「其他人可以這樣想，但我們不應該這樣想。」暴君恐龍決然地打斷關銀鈴的話。

關銀鈴頓了頓，平靜地看著暴君恐龍，「可是，這是真的……」

「這樣想絕對是錯的。妳忘了嗎？我們打倒了恐怖魔王，而且也成功阻止爆炸案再次發生。」

「可是城市很多地方都被破壞了。」

「所以我們現在也在幫忙重建城市，不是嗎？除非我們能夠預知未來，不然我們不可能事先阻止那些事情發生。」

「我知道。」關銀鈴毅然吸一口氣，然後壓低聲音說：「ＳＶＴ不會就這樣子消失，他們一定會再次發動襲擊。」

「到時候我們再打倒他們就好了。」暴君恐龍堅定地說。

關銀鈴稍微一怔，之後輕輕揚起嘴角，「我沒有別的意思，但是……你真的好厲害呢，明明發生了這麼多事，卻依然充滿自信，真不愧是ＡＡ級的英雄。」

「不對，厲害的是妳才對。」

「咦？我？不，我才不厲害……」

「妳忘了嗎？當我們都被恐怖魔王打倒時，是誰挺身而出，堅持擋在他的面前？」暴君恐龍輕聲笑著說。

關銀鈴隨即感到臉上傳來一陣微微的熱度，她搔著臉頰，尷尬地還以一笑，「這是……我只是做了應該做的事情。」

「這就足夠了。我們超級英雄，就是要做應該做的事。」

暴君恐龍的笑容變得更溫柔了，關銀鈴看著他，臉頰不禁變得更加滾燙，可是正當她要回答之際，店外突然傳來刺耳的聲音。

「砰！砰砰！」

關銀鈴和暴君恐龍都很吃驚，這種尖銳而且刺耳的聲音，肯定是從「那種東西」發出來的。

「我出去看看！」關銀鈴匆忙跑出去。

暴君恐龍本來也要跟上，服務生卻偏偏在這個時候端來第一道菜，他連忙叫對方結帳，耽誤了一點時間。

關銀鈴跑出店外，之後她探頭望向下一層，便見到一名手持步槍的男子正朝著天花板開槍！

「把錢交出來，快！」男子一邊說，又開了幾槍。

樓下是賣高級家具的地方，雖然人潮明顯很少，但仍然有幾對夫婦被困在其中，而店員面對這個不速之客也驚恐得不知如何是好，只能在槍口前舉起雙手。

關銀鈴立即從背包拿出黃銅色面具和運動外套，穿戴好之後便衝向電扶梯。對方只有一個人，只要發動超能力，關銀鈴有自信馬上可以制伏他。

就在這時，突然有人敲打她的後腦勺。

「嗚哇！」糟糕！是對方的同伴嗎？

關銀鈴以為自己要被打昏了，不過當她回過神來，她便發現對方雖然沒有手下留情，但力道卻比想像中小，不像是要襲擊她，反而像是在責備她而給予敲打。

「妳想做什麼？」

熟悉的聲音從後傳來，關銀鈴更加吃驚了，她猛地回過頭，果然見到許筱瑩板起來的臉孔。

「前輩！妳為什麼會在這裡？」

「這是我要問的問題吧？妳昨天不是說要去商店街那邊嗎？」有一瞬間，許筱瑩避開了關銀鈴的視線，不過關銀鈴沒有察覺。

「我本來是這樣想的，但暴君恐龍有英雄君的優惠票，所以我們就來了……前輩妳呢？妳為什麼……啊！現在不是說這種事情的時候，下面有搶匪——」

「我知道，交給我吧。」許筱瑩的臉色依然難看，不過她只是無奈地嘆一口氣，接著變出一把狙擊槍，然後擱在欄杆之上，瞄準位於下層的搶匪。

搶匪沒有留意到上層的情況，許筱瑩只要扣下扳機，她肯定可以命中目標——忽然，一個白色面具闖入她的視線。

「咦？她是——」許筱瑩疑道。

戴白色面具的人筆直地衝向搶匪，搶匪當然看到了，他毫不猶豫舉槍射擊，接著銀光一閃。

許筱瑩剛才就覺得那個白色面具很眼熟，現在看到對方手上的日本刀，馬上想起對方的身分。

「是她！」關銀鈴也吃驚地大叫出來。

雖然對方現在身上穿的不是白色的緊身背心，而是看起來斯文大方的毛衣，不過看她絲毫不留情的斬擊動作，過去的記憶隨即浮上關銀鈴腦海。

這名女孩，正是ＥＸＢ的斷罪之刃。

第二章

No More POWERS

——這是怎麼回事？

在到達英管局之前，游諾天一直皺著眉頭。

他本來就是一個神情嚴肅的人，就好方向來想，由於他長相很不錯，尖削的臉型配上認真的表情，總能散發出一種冷峻的氣息；可是就壞方向來想，身為執行製作人，這種氣息未免太過肅殺，隱隱給人一種拒人於千里之外的感覺，有些時候會因此丟失一些工作機會。

游諾天當然知道自己這個缺點，他有時候會盡量讓自己放鬆表情，可是一想起剛才被告知的事情，兩道眉頭就很自然地靠攏在一起。

終於，他來到了英管局。

「妳這丫頭，到底在做——」關銀鈴就坐在會客室外，她一聽到游諾天的聲音，馬上嚇得縮起肩膀，游諾天當然不會因此心軟，可是他生氣歸生氣，卻沒有忽略一件重要的事情。

在會客室外面等待的並非只有關銀鈴一人，還有另外兩男兩女。

「妳怎麼也在這裡？還有，他們是……」

其中一名女孩正是許筱瑩。

她倒不像關銀鈴那般慌張，不過也悄悄避開游諾天的目光，「我剛好在現場附近遇到她，之後發生了那件事，就被一同帶回來了。」

合情合理的解釋，但游諾天還是不能釋懷，於是轉頭望著身邊的兩男一女。

兩名男子都是素顏打扮，游諾天其實認不出他們的臉，不過盯著看一會，游諾天總覺得自己認識他們。

其中一人正是暴君恐龍，他想要向游諾天報上身分，但關銀鈴搶先拉住他的衣袖阻止他。這種小動作瞞不過游諾天的眼睛，可是游諾天沒有追問，只是瞇起雙眼盯著關銀鈴。

「抱歉，我應該要率先出手阻止她們的。」另一名男子開口了。

聽到這個聲音，游諾天不禁一愣，之後錯愕地看著眼前這名看起來有點柔弱，但笑容很柔和的男子。

「你該不會是……」雖然已經猜到對方身分，可是游諾天沒有說下去。

反而是對方點了點頭，然後微笑地接著說：「你好，我是凌天生，亦即天劍。」

凌天生──天劍坦然表露身分，此舉當然出乎游諾天意料之外，不過一得知他的身分，游諾天就像是靈光一閃，馬上轉頭看著暴君恐龍。

「……你是暴君恐龍，對吧？」

「嗯，我是……對，我就是暴君恐龍。」暴君恐龍似乎想跟天劍一樣說出真正的名字，但關銀鈴死命地盯著他看，他只好及時改口。

「你們為什麼……算了，這種事現在不重要，我待會再問你們。」游諾天無奈地嘆一口氣，之後他推開會客室的門走進去。

在這之前，他沒有忘記看著最後那名戴著面具的女孩子。他記得對方正是EXB的斷罪之刃。

「你來了呢。」在會客室首先迎接游諾天的是卡迪雅嬌媚的微笑。

一頭金色短髮加上整齊的白色西裝，卡迪雅給人的感覺就是女強人，而她臉上總是掛著捉摸不透的笑容，令人望而生畏。

游諾天也顧忌她三分，而且每次看到她的笑臉，他總是煩躁多於不安。

「嘿，不懂管教英雄的人終於來了。」緊接著迎接他的是3R的執行製作人卓不凡。

卓不凡又稱「單眼狐狸」，他是一個如假包換的普通人，而他之所以會得此外號，皆因他的髮型十分做作，八二分界，左邊的眼睛都被遮住了，僅露出右邊的，而且瞇了起來，讓人看不清楚他的瞳孔。

卓不凡望向游諾天，露骨地擺出挑釁的表情，但游諾天卻只是瞥了他一眼，然後望向剩下來的那個人。

那個人雖然面戴嘉年華會面具，但是臉上的笑容清晰可見，毫不在意現場氣氛，照樣向游諾天

舉起手打招呼——是ＥＸＢ的超級英雄梅林。

「這到底是怎麼回事？」游諾天終於開口問道。

卡迪雅嘴邊的笑意變得更加濃厚，「秘書不是告訴你了嗎？」

「我只知道功夫少女在彗星之城和ＥＸＢ的斷罪之刃大打出手，但詳情到底是怎麼回事，我根本不知道。」游諾天走到卓不凡三人身邊，並在卡迪雅的對面坐下來。

「簡單來說就是這樣子吧。」卡迪雅笑著點了點頭。

「我要知道更詳細的。」游諾天馬上白了卡迪雅一眼。

卡迪雅並不在意，她聳了聳肩，然後喝了一口咖啡，「詳細的話，就是有搶匪想要在彗星之城搶劫，可惜倒楣地遇上幾位超級英雄，他什麼都搶不到就被制伏了。」

「還有呢？」

「還有就是，功夫少女和斷罪之刃在大庭廣眾之下大打出手。」

「……從制伏搶匪到兩人大打出手，中間發生了什麼事？」

「這個嘛，我讓她的負責人回答你吧。」卡迪雅望向梅林。

梅林沒有慌張，仍然維持平靜的笑容，「當時我正好帶著斷罪之刃到家具店，想要為事務所選購一張舒適的椅子，就在我們快要選到的時候，那個搶匪出現了。」

「之後呢？」游諾天說。

「之後正如卡迪雅小姐所言，他什麼都沒做到，就被我家的斷罪之刃制伏。」

梅林說得輕描淡寫，就像在說再正常不過的事情，不過游諾天卻想起英雄新星那時的事情。

「斷罪之刃重傷了那個搶匪嗎？」

梅林笑著搖頭，「沒有這種事，只是有一根指頭被斬斷了，之後功夫少女便趕過來阻止她繼續追擊搶匪。」

「也就是說，我們其實是被你們連累的吧？」游諾天不客氣地問道。

卓不凡也挑起眉頭盯著梅林。

雖然梅林應該於心有疚，但是他卻不為所動，甚至還笑了出來，「呵……就結果來看，的確是這樣呢。」

「你竟然還敢這樣說，這難道就是第一名的從容嗎。」卓不凡說。

「當然不是，對於連累你們一事，我真的深感抱歉。不過，在我看來，斷罪之刃只是做了應該做的事情，雖然她下手有點太重了。」

「嘿，『有點』嗎？」卓不凡冷笑一聲，「我聽暴君恐龍說了，當時要不是功夫少女及時阻止她，她很可能已經打死那個搶匪了。」

「暴君恐龍太看得起她了，就她那種嬌小的身體，不可能做得到這種事。」

「單憑她的身體當然做不到，但那把日本刀就是她的超能力，她要斬殺犯人根本是輕而易舉，不是嗎？」

「她當然做得到，不過她沒有這樣做。」

「不是沒有，只是她做不到。」卓不凡皺起眉頭，「如果功夫少女沒有阻止她，結果恐怕是凶多吉少。」

「我並不否認這事的可能性，可是事實就是斷罪之刃只是打倒搶匪，然後因為這件事和功夫少女起爭執，最後在商場裡頭和她大打出手。對於大打出手這件事，我代表ＥＸＢ向你們道歉；但對於斷罪之刃出手阻止搶匪一事，我認為英管局已經默認這種事情的必要性了。」梅林把話題拋回給卡迪雅。

卡迪雅沒有生氣，只是挑起眉頭，似笑非笑地看著三人，「我不明白你的意思。」

「雖然我們成功打退ＳＶＴ，但他們不只破壞了城市，更破壞了ＮＣ一直以來的和平秩序。」梅林也依然臉帶微笑，不過語氣十分認真，「這半個月以來，ＮＣ的犯罪率急遽上升，普通人犯罪的案件更是占整體犯罪的百分之八十，例如有人刻意走到建築工地現場搞破壞，又或像今天這樣，

想在這個混亂的時期趁火打劫。這種事情發生得太突然了，有時候警察局根本來不及阻止，所以英管局決定睜一隻眼閉一隻眼，默許超級英雄解決這些罪案。」

「我先說好，英管局從來沒有承認過這種事喔。」

「但你們也沒有否認過，不是嗎？」

卡迪雅隨即瞇起雙眼，沉默了短短兩秒鐘，接著，豔紅的嘴角往上勾起，「你有想過加入英管局嗎？在這種時期，我們很需要像你這樣的人。」

「『這樣的人』，出自妳口中應該是一種讚美吧？」梅林也跟著笑起來，「很可惜，我比較喜歡自由自在的生活。」

「這樣啊？好吧，我不會強人所難。」

妳打算騙誰？游諾天幾乎忍不住要開口吐槽，但他及時忍住了。

而卡迪雅似乎察覺到游諾天的想法，適時轉過頭來看著他。

之後卡迪雅平靜地說：「既然你說得這麼明白，我也坦白說吧。你說得沒錯，在這種時期，我們決定放寬規則，有罪案發生的時候，假如超級英雄就在附近，他們的確可以出手幫忙，而我們不會追究。」

「很正確的判斷。」梅林點了點頭。

「不過，出手幫忙是一回事，出手太重又是另一回事。」卡迪雅看著梅林正色說，「現在有部分市民表明害怕超能力，如果超級英雄出手的時候不知分寸，只會火上加油，更別說兩名超級英雄在公眾場合大打出手，市民肯定會因此質疑超級英雄的品格。」

「斷罪之刃性情火爆，我會對她好好訓話的。」梅林老實說道。

「只有訓話是不夠的。」卡迪雅臉色一沉，聲音也跟著壓低：「你不會想她落得和她哥哥同樣的下場吧？」

哥哥？這件事游諾天和卓不凡都是第一次聽說，所以二人不禁皺起眉頭。

反而梅林一臉輕鬆，笑著聳了聳肩，「我會好好教導她的。我們可以回去了嗎？抑或說妳決定改變主意，要用超級英雄法案起訴她？」

「放心，這次事件只有幾個目擊者，我也不想搞大事情。不過，你們都給我聽清楚，如果下次再發生類似的事情，我不會輕易放過你們。」

「多謝妳的寬宏大量。」梅林道。

「嘖，我明明是被這兩個不懂管教部屬的人連累的。」卓不凡抱怨。

梅林和卓不凡相繼起身，游諾天正要跟上他們，卡迪雅卻開口說：「游諾天，你留下來。」

「……幹嘛？」

「我有事情要單獨跟你說。」

卡迪雅露出甜美的笑容，游諾天非但不買帳，臉色也變得更加難看了。

「我可以拒絕嗎？」

「你認為呢？」

被卡迪雅指名留下來，游諾天知道肯定不會有好事發生，可是他也很清楚自己根本沒有拒絕的權利，所以只能輕輕嘆一口氣。

然後，就在他要回答之際，有人敲門了。

「卡迪雅部長，有客人找妳。」

卡迪雅的秘書慢慢走進房間，卡迪雅立刻挑起眉頭，半是疑惑、半是不悅地說：「我正在接見客人，讓他等一會。」

「我剛才已經說過了，但他說這樣正好，他也想見一見在場幾位。」

卡迪雅的眉頭當場挑得更高。這名秘書已經在這裡工作了五年，如果是不速之客，她根本不會來通報，而是會直接趕走對方，但她偏偏前來通報，而且還替對方傳話。

「他是誰？」

卡迪雅已經想到一個可能性，當秘書正要回答，答案的本人卻主動現身了。

「卡迪雅部長，請原諒我不請自來。」

從秘書身後走進來的是一男一女。看著帶頭的那名男子，不只是游諾天等人，就連卡迪雅也難得吃驚。

帶頭走進來的人，正是ＮＣ的市長慕容博。

◆◎◆◎◆◎◆

不只遇上持槍搶劫，更遇到斷罪之刃，這兩件事都出乎關銀鈴意料之外。之後斷罪之刃果然和之前一樣，不顧一切對著犯人揮下日本刀，關銀鈴顧不了危險，及時擋下她的致命斬擊。

雖然對方是現行犯，但也是一條人命！為什麼斷罪之刃可以毫不留情砍下去？關銀鈴百思不得其解，難道斷罪之刃有什麼不愉快的過去嗎？例如她的家人曾經被罪犯襲擊，又或者她某個家人就是罪犯之類的……

由於斷罪之刃一直戴著面具，根本看不到她的表情，所以關銀鈴無從猜測。

還有另一件事，關銀鈴十分在意。

「前輩。」

「……」

許筱瑩就站在她身邊，所以關銀鈴肯定對方有聽到她的叫喚。

「我和暴君恐龍出門這件事，之前就有告訴妳呢。」

「……嚴格來說，這件事就在我眼前發生，我當然會知道。」

「但我也老實交代了自己的行程，例如我們今天本來打算去商店街，我昨天也有告訴前輩。」

「所以呢？」

「所以，前輩也應該要告訴我吧！妳今天是和天劍先生約會！」關銀鈴拚命忍住大叫的衝動，可是她還是忍不住提高了聲音。

許筱瑩就像往常一樣皺起眉頭，不過明顯是避開對方責難的視線，「套用妳的說法，我們不是約會，只是一起約出門而已。」

「前輩。」

「……幹嘛？」

「嘿，原來這不是約會啊。」

關銀鈴模仿許筱瑩昨天嘲笑她的樣子，許筱瑩頓時臉頰漲紅，但仍維持一臉冷淡。

「當然不是，我為什麼要和他約會？」

「那麼，為什麼前輩會和天劍先生『一起出門』呢？」

關銀鈴故意強調「一起出門」這四個字，許筱瑩的臉色變得更難看，同時臉頰變得更紅了。

「……單純的謝禮而已。之前他幫了我，我想報答他，所以便陪他出門。」

「然後順勢以身相許，也只是單純的謝禮……嗚哇痛痛痛！前輩，住手！好痛呀！」

許筱瑩猛地抓住關銀鈴的頭，然後雙手握起拳頭，用盡全力往對方的太陽穴鑽下去。

「我就知道妳會想這些無謂的事情，所以才沒有說出來。」

「前輩明明就是心虛……嗚！投降、我投降！」

「哼。」

許筱瑩再鑽了兩、三下才放開手，之後她望向待在另一邊的三人，正好天劍也轉過頭來，四目相交之際，天劍笑著舉起手，許筱瑩卻立即把頭轉回來。

「其實我是替前輩高興，那是天劍先生呀！雖然素顏的樣子看起來有點柔弱，感覺不太可靠，但他肯定是一個溫柔的人。」關銀鈴一邊揉著太陽穴一邊說。

「……那又怎麼樣？」

「前輩需要一個溫柔的男朋友，這樣的話，前輩也會稍微變得溫柔嗚！」

許筱瑩一拳打在關銀鈴頭上，跟之前相比，這一拳的力道輕多了，之後她垂下肩膀，無力地嘆一口氣。

「我再說一次，這次約會只是之前的謝禮，沒有多也沒有少。」許筱瑩搖了搖頭，「還有現在不是說這種事的時候吧？她……」

許筱瑩再次望向另外三人，這次她把目光放在唯一的女孩子——戴著面具的斷罪之刃身上。

「真沒想到竟然會遇到她。」

關銀鈴立即沉下了臉，「嗯……」

「一直不見她的消息，還以為她已經不當超級英雄了。」

「我也吃了一驚，不過……該怎麼說，我覺得她仍然在當超級英雄，是很理所當然的。」

「怎麼說？」許筱瑩不解地問。

「我也不知道，但在現在這種時候，如果她不當超級英雄，我反而會覺得奇怪……」

關銀鈴和許筱瑩都盯著斷罪之刃，但對方卻像沒有察覺一般，白色的面具一直對著地面，纖細的手臂則環抱在胸，彷彿一個人獨自站在無人的地方。

「現在這種時候啊……」許筱瑩輕輕垂下眼簾，正要說下去，忽然一個急促的腳步聲從身後傳來，她馬上回過頭，便見到卡迪雅的秘書快步走過來。

秘書的表情不見任何異常，不過她的動作明顯帶著焦急，她沒有看在場五個人一眼，直接朝著會客室走過去。

許筱瑩覺得奇怪，關銀鈴也不禁好奇地看過去，忽然又有腳步聲從後接近。

關銀鈴率先轉頭，馬上見到一名男性的身影。

「咦？」關銀鈴吃驚地瞪大雙眼，不敢隨便說話。

男子兩鬢斑白，臉上也有明顯的皺紋，不過他的步伐結實，每一步都鏗鏘有聲，如同他本人一樣給人十足的壓迫感。

男子看到在場的五個人，立即笑著向他們打招呼，不過他沒有停下腳步，而是朝著秘書所在的方向走去。

接著，另一名女子的身影映入眾人眼簾。

「……咦？」關銀鈴再吃了一驚，這一次還混雜著一點點疑惑。

女子比她身前的男子年輕得多，身材高䠷，肌膚光潤，穿著一身高貴的紫色連身長裙，長及背部的黑髮是微微的波浪捲。她臉上掛著淡淡的微笑，豐滿的嘴唇形狀姣好，關銀鈴忍不住一直盯著看。

但這不是令關銀鈴吃驚的原因。

——這名女子，好像在哪裡見過？

「妳好。」女子突然朝著關銀鈴開口了。

關銀鈴當場一愣，之後趕忙著說：「妳好！」

女子只是說了這樣一句話，接著便跟著男子繼續往前走。

關銀鈴歪了歪頭，疑惑地問許筱瑩：「前輩，我們認識她嗎？」

「應該不認識……不過，我認識那個男人。」

「我也認識啦。」關銀鈴望向男子，「他就是慕容市長嘛。」

「嗯。他會在這種時間來這裡，該不會和我們有關吧？」許筱瑩只是隨便猜測，並沒有真憑實據，所以她也和關銀鈴一樣，只能好奇地看著慕容博遠去的身影。

秘書在會客室門前說了幾句話之後便打開房門，慕容博和他身後的女子跟著秘書走進去。

如果把耳朵貼在門邊，也許可以偷聽到裡面的對話？不過即使大膽如關銀鈴，她也不敢在英管局裡頭這樣做，所以她只好按捺著好奇心，在門外靜心等待。

同時，她又一次心想：我到底在哪裡見過這名女子呢？

◆◎◆◎◆◎◆

「慕容市長，你怎麼來了？」就身分來說，慕容博是NC當中最有權勢的人，但英管局是獨立的執法機關，所以卡迪雅並未表現得謙卑，她只是收起笑容坐著問道。

「我正好經過附近，然後收到報告說有超級英雄在打倒罪犯時引起騷動，所以來看看情況。」

「原來是這件事嗎？請放心，我已經處理好了。」卡迪雅終於站起來，慢慢走到慕容博身邊，接著伸手介紹道：「我來為你們引見，這三位分別是EXB的超級英雄梅林、3R的執行製作人卓不凡，以及HT的執行製作人游諾天；至於這一位，你們都認識吧？他就是我們的市長慕容博，另一位則是他的千金慕容穎。」

「你們好。」慕容穎嫣然一笑，然後對著眼前三人點了點頭。

這只是再普通不過的動作，游諾天卻霍地僵在原地，睜大雙眼看著慕容穎。

慕容穎察覺到游諾天的異樣，她又再一笑，並以同樣輕柔的聲音問道：「請問我的臉上有什麼東西嗎？」

「……不，沒有。」游諾天馬上回過神。為什麼自己會突然發呆了？他承認慕容穎是一名美麗的女性，但他已經不是十幾歲的小伙子，怎可能因為對方長得漂亮而吃驚？

「我們……有在哪裡見過面嗎？」

其他人聽到這句話，肯定會以為游諾天在向慕容穎搭訕，事實上就連他自己也對這句話感到吃驚，但慕容穎卻沒有感到驚訝，仍然掛著淡淡的笑容。

「我想沒有？」

「這樣啊……」游諾天不是失望，而是疑惑。他其實不認為自己見過慕容穎，可是看著她，他總覺得他們曾經在哪裡見過面。

「游諾天，請不要在這種場合搭訕好嗎？」卡迪雅忽然笑著說道。

游諾天立即白了卡迪雅一眼，不過他也覺得自己表現得很奇怪，所以老實閉上嘴巴。

「慕容市長，就如我剛才所說，事情我已經處理好了。事件起因是ＥＸＢ的斷罪之刃急於打倒搶匪，所以下手稍微重了一點，而ＨＴ的功夫少女則是為了阻止她而出手。在旁人眼中，就像兩名超級英雄在打架，不過這只是誤會，我已經告誡他們，要他們好好管教旗下的超級英雄。」

「辛苦妳了。」慕容博點了點頭，然後望向游諾天三人，「你們三位也辛苦了，我記得半個月之前，三位所屬的事務所幫忙出手對抗恐怖魔王，多虧你們的努力，ＮＣ才得以度過難關。」

「請不要這樣說，這是我們應該的。」梅林代表回答：「而且我們要道歉才對，竟然沒有事先發現ＳＶＴ的陰謀，讓城市蒙受了嚴重損失，真的很抱歉。」

「你們無須自責，這本來就不是你們的責任，但你們仍然願意把力量借給我們，我代表全ＮＣ向你們道謝。」慕容博低頭行禮，接著說：「不過，不知你們是否願意繼續把力量借給我們呢？」

梅林馬上挑起眉頭，「慕容市長的意思是？」

「我打算全面放寬超級英雄法案。」

「啊？」梅林隨即猜到慕容博的意思，可他沒有說下去，只是望向卡迪雅。

卡迪雅也猜到了，她瞇起眼，裝作不知情地說：「慕容市長，我不明白你的意思。」

「這半個月來，ＮＣ的犯罪率明顯上升了，而且是急遽上升。雖然我相信假以時日ＮＣ一定會重歸和平，但在這之前我們需要力量來保護它。」

「你想讓超級英雄參與打擊犯罪嗎？」

「正是如此。關於這個想法，我想聽聽卡迪雅部長的意見。」

「我的意見……」卡迪雅沒有立刻回答，反而慢慢走回桌子那邊，抓起咖啡杯喝了一口，接著才說道：「坦白說，我反對。」

「可以說說原因嗎？」

「慕容市長雖是在五年前才當上市長，不過也一定聽說過，甚至是親眼見過十年前的『超能力之亂』吧？」

「這是當然的。」慕容博點頭，「那時候比現在更加混亂，所幸得到一眾超級英雄的幫助，這場騷亂才得以平息。」

「這是無法否定的事，如果沒有超級英雄，ＮＣ恐怕就要淪陷了。可是，超能力之間的戰鬥，其實遠比想像更加殘酷，帶來的破壞也非我們能預測。」卡迪雅再喝了口咖啡。

「即使不是有心破壞，但超能力就是會把四周的一切全捲進來。半個月前的恐怖魔王一役，我們雖然戰勝了，可是成為戰場的地區都變成廢墟，至少要花半年甚至更長的時間才能完成最基本的重建工程。」

「所以妳不想讓超能力繼續破壞ＮＣ……是這樣的意思嗎？」慕容博說。

「讓英雄打倒壞蛋，這種事聽起來當然很完美，但事後要怎麼處理？現實不是超級英雄電影，英雄和壞蛋戰鬥後造成的破壞，不會在下一集開始後就消失不見。」

「不過，我們不可以因此任由罪犯繼續放肆。」

「當然不可以，但全面放寬法案，讓超級英雄隨便插手，絕對不是可行的方法。」卡迪雅看著梅林和游諾天兩人，「以今天的案件為例，如果在場所有超級英雄都為了阻止搶匪而出手，一定會造成混亂。」

「如果我們事先給各大事務所行動指引，教導超級英雄如何和其他事務所的人合作，一定可以大幅減低意外的發生。」慕容博也望向梅林，「你們一定做得到，對嗎？」

慕容博突然把話題丟過來，梅林卻沒有吃驚，他不知從哪裡變出一根短小的手杖，然後從右手遞到了左手，「我很想回答『我們當然做得到』，但慕容市長，你應該沒有忘記我現在為什麼會在這裡吧？」

慕容博立即臉露難色。

然後，他望向卓不凡和游諾天，「我相信今天只是例外，之後只要好好管教，超級英雄一定可以妥善處理犯罪事件。」

「如果罪案就在眼前發生，我很樂意讓她們出手幫忙，但僅此而已。」游諾天率先回答：「若要她們全力幫忙打擊犯罪，我也反對。」

卓不凡跟著附和道：「那些孩子如果想打擊犯罪，就會加入英管局而不是加入我們。當然，如果只是單純放寬法案，我會支持。」

也許是沒想到會遭到全面反對，慕容博的臉稍微皺在一起，拳頭也悄然握了起來。

就在這時，一直默默待在他身邊的慕容穎開口了。

「爸爸，你太心急了。」慕容穎輕輕握起慕容博的手，「卡迪雅部長和梅林先生他們都說得很有道理，雖然大家都很憧憬超級英雄，超級英雄也很樂意保護市民，不過這並非他們本身的職責，而且超能力也確實有一定程度的危險。」

慕容博仍然皺著眉頭，不過他已經放開拳頭，然後輕輕吐一口氣，「也對，我真的太心急了，不過我還是相信，如果超級英雄正式成為城市的守護者，ＮＣ一定會迎來更和平的未來。」

「我不會否定這種想法，不過——」

卡迪雅話還未說完，桌上的電話卻響了起來，她立即示意慕容博稍等一會，然後接起電話，「怎麼了？」

「『他們』又來了？」

「不用理會他們，就讓他們……不，把影像傳給我。」卡迪雅本來滿臉煩厭，忽然靈機一動，轉而說道：「對，把影像傳過來，聲音也是。」

掛掉電話之後，卡迪雅放下咖啡杯，轉過頭望向慕容博，「慕容市長，我再給你一個我為何反對的理由吧。」

她打開房間裡的投影機，把已回到辦公室的秘書傳送過來的影像投射出來。

No More POWERS!

約二十人的團隊站在英管局本部的外面，他們高舉橫幅，大聲叫嚷口號。

「NC不需要超能力！」

「不需要超能力！」

「超能力必須受到監控！」

「必須受到監控！」

他們的神情相當認真，每叫一次口號，聲音便越來越大，而且每個人手上都拿著拳頭大小的東西，彷彿隨時要投擲出來。

「這些人……」

「你應該也有收到報告，現在市民不再全面支持超級英雄，有一部分人認為超能力太危險了，要求政府立法管制，甚至有一部分人的想法更加極端，他們要求把超能力者趕出NC。這些人，就是那些極端分子。」

卡迪雅任由示威的影像繼續在會客室播放，然後向游諾天三人問道：「眼下的不是個別事件，你們在建築工地也遇過他們吧？」

游諾天不太高興地點頭，「見過好幾次，他們暫時只是來示威抗議，沒有其他行動。」

「放心，我們已經在戒備，假如他們有任何更加激進的行動，我們會立即出手阻止。」卡迪雅回望慕容博，「正因為這樣，我反對現在公開放寬法案。如果在這種時候說要讓超級英雄打擊犯罪，只會挑起他們的反對情緒。」就像在附和卡迪雅的說法，外面的人群叫囂得更厲害了，同時激動地揮著寫上「No More POWERS!」的橫幅。

看著這種場面，慕容博只好不甘心地說：「好吧，我先回去和其他人商討對策，如果談不出任何成果，我只好放棄。」

慕容博說完之後便轉過身，慕容穎代替他開口道別，接著跟上他的腳步離開會客室。

「真是有幹勁的市長呢。」梅林輕聲一笑，「我也先回去了。不過他們就在大門那邊，為了安全起見，我們應該走後門嗎？」

「我會叫守衛打開後門。游諾天，你也先帶你家的女孩回去，之後我再去找你。」卡迪雅對游諾天如此說道。

可以趁機先行離開，對游諾天來說當然是最好不過，可是看著仍然在局外抗議的人群，他好不容易才忍住不使用超能力關掉影像。

直覺告訴他，事情將會變得更加麻煩！

◆◎◆◎◆◎◆

「過去十年，大家都忘記了超能力的可怕，它不是上天賜給我們的禮物，而是施加在我們身上的詛咒！」

「沒錯，是詛咒！」

「為什麼其他地方沒有超能力，偏偏NC就有超能力？如果這是人類應有的姿態，世界其他地方都應該會有超能力！超能力者是異變的，是不正常的，他們都是惡魔的孩子！」

「是惡魔的孩子！」

「所以，給我們滾出去！」

「滾出去！」

超能力降臨NC已經有二十個年頭，在最初十年，超能力的確不受歡迎，皆因太多超能力者濫用超能力，導致社會陷入混亂；而在過去十年，超級英雄成功改變了市民大眾的想法，他們把超能力融入社區之中，更讓超能力成為正義與和平的象徵，NC因而進入和平的年代。

是否ＮＣ全部市民都支持超級英雄呢？當然不可能，不過至少有九成的市民都表態支持，這也是無法動搖的事實。

至於剩下的一成，其中有小部分的人是不支持但也不反對，其餘的則是討厭超級英雄的人。為什麼他們會討厭超級英雄，甚至是討厭超能力呢？是因為他們得不到超能力嗎？抑或他們真心認為超能力是詛咒？還是說他們覺得追捧超級英雄這種行為很蠢，所以不屑去做呢？

沒有人知道答案——應該說，有千百種人，就有千百種答案。

他們討厭超級英雄的理由各異，不過他們都很清楚ＮＣ整個社會都是支持超級英雄的，他們不想和整個社會為敵，因此從未和別人唱反調，只會暗地裡厭惡並憎恨。要襲擊超級英雄嗎？他們也不是笨蛋，這樣做只會害自己受傷，根本不划算。

可是，ＳＶＴ改變了一切。

所有討厭超級英雄的人，早在天劍受襲之前已經聽過ＳＶＴ這個名字。在這三年來，ＳＶＴ不斷在網上發表反超級英雄的言論，雖然有很多人都不知道他們的真面目，但既然志同道合，每當有人以ＳＶＴ的名義說話時，大家便會一起起鬨，有時候甚至會一起構思如何打倒超級英雄。

之後，ＳＶＴ真的出現了。

不只如此，他們還真的帶來了「恐怖魔王」。

《恐怖魔王》是十年前開始在網上流傳的小說，不只是反超級英雄的始祖，更是反對派當中最受推崇的聖典。

無與倫比的強大力量。

望而生畏的黑色身影。

以及能夠迎接所有攻擊，仍然屹立不倒的壓倒性實力差距。

誇張一點說，當反對者見到恐怖魔王出現時，他們彷如見到天神下凡展現奇蹟。

恐怖魔王雖然被打敗了，不過反對者非但沒有害怕，他們反而因此堅信自己一直以來的信念正確無誤。

超級英雄，果然是不需要的。

「滾出去！」、「滾出去！」、「滾出去！」、「滾出去！」、「滾出去！」、「滾出去！」、「滾出去！」、「滾出去！」、「滾出去！」……

「……又來了。」

排山倒海的怒罵從後頭襲來，即使在這個星期已經見怪不怪的事，但聽著他們越叫越起勁，殭屍少女終於噘起嘴巴，不高興地嘟囔著說。

「反正他們就是一群無業遊民吧。」嚎叫人狼板起臉孔，之後隨手撥開眼前的磚瓦。

「凡塵俗世的妄言妄語，我們無須理會……」吸血王子也插嘴了。現在是中午時分，平時他都會因為日曬而痛苦不已，不過今天的天空一直都是灰濛濛的，太陽不知躲到哪裡去了，所以他總算可以參與城市的重建活動。

「但真的好煩人啊！」殭屍少女鼓著臉頰大叫。

他們三人都是隸屬於C級事務所「Halloween」的超級英雄，人如其名，不只外表像怪物，就連超能力都相當怪異。不過今天他們是來重建城市的，所以他們都穿上樸素的工作服，盡可能讓自己看起來平凡一點。

「我明白大家都會覺得害怕，但也沒必要找我們出氣吧？又不是我們破壞城市的！」

「往好方面想，我們不是唯一被他們騷擾的人呢。」嚎叫人狼自嘲地笑著說。

「又或者把他們當成螻蟻就好了。」吸血王子則不屑地笑著說。

「唉……算了，快點做好今天的分吧，繼續待在這裡，我真的會忍不住——」

話未說完，殭屍少女忽然聽到「啪」的一聲，同時感覺到有什麼東西黏在頭上。

「這是……？」殭屍少女伸手摸著後腦勺，接著她便碰到一點黏稠的東西——不是血，而是

生雞蛋的蛋黃。

「快點滾出去！你們這些怪物！」

「啪。」有另一顆雞蛋被丟過來了，這一次雞蛋正中殭屍少女的臉頰，雞蛋應聲碎裂，蛋殼和蛋黃隨即熱烈地親吻她。

「……」

「快點滾！不要汙染我們的城市！」

「滾！滾！滾！」

又有另一顆雞蛋被丟過來了，這次還附送鐵罐，殭屍少女其實可以輕鬆躲開，但她仍然站在原地，吸血王子見狀立即擋在她的身前，替她攔下迎面而來的投擲物。

「……阿黑，可以拜託你一件事嗎？」

「妳冷靜一點，現在是正午，我和阿狼都沒什麼力氣。」吸血王子連忙用正常的語調回答。

「這樣啊？真是傷腦筋呢……」殭屍少女點點頭，然後她深呼吸，極力讓自己冷靜下來，「好吧，既然這樣……我就只給他們一點小教訓吧！」

「阿狼！快抓住她！」吸血王子慌忙大叫。

嚎叫人狼立即撲上前，和吸血王子一起拚命按住抓狂的殭屍少女。群眾當場喊得更起勁了，而且他們也沒有停下手邊的動作，不斷地把雞蛋和鐵罐等雜物丟向三人。

最後，甘樂書及時趕到現場，把幾乎一起抓狂的三個人帶回去。

◆◎◆◎◆◎◆

Halloween三人本來就是以怪異為賣點，在SVT事件之後，像他們這一類超級英雄會率先被群眾針對，可說是理所當然的事情，他們對此早有心理準備——但有心理準備是一回事，能否持續忍受又是另一回事。

另外，不只是他們，其他事務所也不斷受到滋擾。

「承認現實吧！你們都是邪惡的！」

在HT負責的建築附近，也有群眾前來抗議。

「NC不需要超能力！你們一定以為自己是保護了NC的英雄吧？才不是！假如沒有超能力，NC才不會遭到這種破壞！」

「是超能力破壞NC的！」

「誰可以保證你們不會突然像SVT那樣破壞NC？沒有！即使你們聲稱自己和SVT不同，但你們都擁有能夠破壞城市的巨大殺傷力！」

「給我們滾出去！如果要留下來，就要接受監管！」

「嗚……」

藍可儀嚇得縮起肩膀，關銀鈴隨即走到她的身邊，裝作開朗地笑著說：「不用擔心，他們只會大呼小叫，不會做其他事情啦！把他們當成喜歡亂吠的小狗吧！」

「不過……妳聽說了殭屍少女那邊的事情嗎？聽說他們不只對殭屍少女惡言相向，還向他們丟東西……」

「如果他們真的把東西丟過來，我會全部接住的！」

「但是……」

「不用太擔心。」許筱瑩也插嘴了，「他們的話根本沒有道理，擁有超能力就會破壞城市？那麼他們不如說全世界的人都是潛在的罪犯，應該要統統關進監獄裡算了！哼，他們只不過是在找人當出氣筒罷了。」

「嗯……」

「就像前輩說的，我們真的不用太擔心哎呀——」

關銀鈴連忙附和許筱瑩，可是話才說到一半，許筱瑩忽然輕輕敲打她的頭。

「妳也是，不要太擔心。」許筱瑩道。

我沒有在擔心啦——關銀鈴幾乎馬上要這樣回答，不過看到許筱瑩凝重的臉孔，她輕輕垂下眼簾，然後笑著說：「我真的有點擔心，要是他們把骯髒的東西丟過來，我一定會嚇得避開的！」

誰都看得出關銀鈴是故作輕鬆，許筱瑩看著她，再轉頭看看仍然一臉擔憂的藍可儀，只能淡然嘆息。

「如果真的發生這種事，妳當然要避開了。」接著，她無力地回答。

接下來的時間，抗議者果然把雜物丟了過來，為避免刺激他們的情緒，關銀鈴沒有真的接住對方丟來的東西，可惜對方完全沒有停手的打算，許筱瑩只好帶著二人先行離開。

「製作人，再這樣下去，工程是不會有任何進展的。」當日三人在解散前，許筱瑩對游諾天這樣說。

游諾天馬上皺起眉頭回答：「我知道，這幾天他們的行動好像越來越激烈……我和其他事務所談過，他們都遇到相同的事情。」

「英管局沒有任何對策嗎？」

「他們只是普通人，不是超能力者，英管局管不了。」

「但是……」許筱瑩欲言又止，之後毅然說道：「他們現在已經來丟東西，之後肯定會有更加激烈的行動。」

「我也是這樣想。」游諾天無奈點頭，「到時候，妳們要優先保護自己。」

「……嗯。」

◆◎◆◎◆◎◆

許筱瑩的不安，在第二天的早上變成現實。

「前輩，這是……」關銀鈴說不出話，藍可儀、許筱瑩也是。

由於城市各處都遭到破壞，建築材料供不應求，因此在正式進行建築之前，必須先準備材料。關銀鈴三人負責幫忙製造新的磚塊，兩星期以來，雖然數量沒有很多，但總算可以應付第一輪建築的要求——本來的確是這樣的。

然而，眼前的磚塊全部碎掉了。

並非製作的過程出了差錯，也並非從高處掉落而粉碎。看著磚塊上的裂痕，再看著散落在地上的灰色粉末以及同樣顏色的鞋印，就知道這是人為的破壞。

「嗖——！」猝然一記破風聲從後傳來，關銀鈴率先反應過來，她運起超能力，猛地轉身，一手擋下迎面而來的磚塊。

雖然不痛不癢，但當磚塊的碎屑濺在身上，關銀鈴還是吃了一驚。

「是你們做的嗎？」眼前的是半個月來不斷來抗議的市民，關銀鈴認得他們，因為他們總是穿著一身灰色的外衣，手背上用藍色油漆畫著一個相同的圖案，關銀鈴不知道那圖案代表什麼，那是一個圓形，圓形裡頭畫著一個大大的叉號。

「是我們做的，因為我們討厭你們！」帶頭的短髮男子大聲叫道，他身邊其他人立即起鬨，他們都高舉手上的磚塊，作勢要丟向關銀鈴。

「我不明白！」關銀鈴忍不住大喝：「我知道你們會害怕我們，但我們只是想要幫忙呀！」

「我們不需要你們的幫忙，這是我們的城市！」

「也是我們的城市，我們也是一直住在這裡！」

「但你們破壞了它！」

「不是！是ＳＶＴ搞破壞，我們只是阻止他們！」

「如果沒有你們，他們又怎會突然出現？」

男子冷不防這樣說著，關銀鈴就像被人用力摑了一巴掌，錯愕地僵在原地，一團怒火倏地湧上她的心頭。

——他說什麼？他在說什麼？他竟然說因為有我們，所以ＳＶＴ才會出現嗎？這根本是強詞奪理！

「我們只想讓ＮＣ變得和平！」

「我們沒有這樣要求過，而且你們只是想玩超級英雄的遊戲！就因為你們這種逞英雄的想法，把大家都拖下水了！」男子擲出手中的磚塊，關銀鈴要接住抑或避開都是輕而易舉，可是她沒有這樣做，她只是瞪著前方，任由磚塊打在頭上。

磚塊應聲粉碎，普通人早就頭破血流，可是關銀鈴安然無恙站在原地，一眾抗議者馬上一驚，但這只維持了短短兩秒鐘，緊接著又有另一塊磚塊被丟過來。

關銀鈴依然不閃不避，磚塊再次打在她頭上。

「就是你們帶頭小看超能力的危險，才會害我們遇到這種事情！超能力不是你們的玩具，我們也不是！」

第三塊磚塊擲出，馬上就要打在關銀鈴頭上了。

這一次，關銀鈴終於動手了。

「這種事情……我比你們更加清楚！」關銀鈴一手撥開磚塊。並非輕輕一撥，而是用盡全力，而且她現在處於超人身體的狀態，所以磚塊當場被打得粉碎，碎片則像散彈一般往外四散。

「哇啊！」

抗議者嚇得驚叫出來，同時他們抱頭蹲下，而關銀鈴身後的藍可儀和許筱瑩都大吃一驚。

「我們從來沒有把超能力當成玩具來看待，我們是認真的想要保護ＮＣ和大家！」關銀鈴憤然踏出腳步。

許筱瑩連忙擋在她的身前，「等一等，妳太激動了。」

「我當然會激動！前輩妳沒聽到他們說了什麼嗎？就算他們再害怕，也不應該說這種話吧！」關銀鈴幾乎要一掌把許筱瑩推開，但她及時想起自己正在使用超能力，所以立刻停了下來。

突然，有哭泣聲傳到眾人耳邊。

「嗚……」

這哭泣聲如同一盆冷水迎面潑過來，關銀鈴猛然回神，她繞過許筱瑩，看著眼前的抗議團體。他們逐一站了起來，但其中幾名男女仍然蹲在地上。

一名女子的臉頰流血了。

那只是小小的傷口，只要好好治療，肯定不會留下任何傷疤——就是這樣一個輕微的傷口，關銀鈴看在眼裡，卻感覺到前所未有的顫慄。

「對不起，我不是有心……」

「看吧，這就是超能力的可怕！」帶頭的男子霍地站起來，狠狠地指著關銀鈴，「妳不是有心的，也許真的是吧？但這種無心之過隨時會傷及別人！這次幸好是輕傷，萬一碎石打入眼睛，絕對不是輕傷就能了事的！」

「我……」

關銀鈴隨便就可以扭斷眼前這一根手指，假如她願意，她更可以一拳打飛男子，不過她沒有這樣做，反而忍不住往後退。

——明明是你們先來挑釁的！

——如果你們沒有把磚塊擲過來，我就不會打碎它，碎石也不會傷到無辜！

——就是你們這種態度，現在才會有人受傷的！

反駁的話要多少有多少，可是關銀鈴的嘴巴就像被什麼東西黏住了，她一句話都說不出來。

「給我們滾出ＮＣ！」

另一名男子擲出磚塊，關銀鈴竟然慌張地舉手掩著頭，不過磚塊還未打中她，一塊長方形的鐵板突然從天而降，如同守衛一般擋在關銀鈴身前。

「你們做得太過分了。」

纖細的聲音跟著落下，眾人抬頭一看，便見到穿著一身金屬盔甲的星銀騎士——也就是胡靜蘭慢慢降落在地上。

「雖然你們不是超能力者，但明顯帶著惡意襲擊我家的女孩子，如果你們不收手，休怪我手下無情。」胡靜蘭的聲音雖然纖細，卻帶著毫不動搖的堅定意志。

其他人你看看我、我看看你，不發一語。

唯獨帶頭的男子仍然趾高氣揚地瞪回去，「嘿，手下無情？妳打算對我們做什麼？就像她一樣打傷我們嗎？」

「根據超級英雄法案，我們不可以對其他人亂用超能力，不過，我們也有自衛的權利。」胡靜蘭右手一揚，身旁的金屬鐵板立即往上升起，「最後警告，立即收手，然後向她們道歉。」

「要道歉的是她才對，竟然敢用超能力打傷普通市民，即使是無心之過，我們也不會當沒這一回事——」男子完全不害怕胡靜蘭會出手攻擊，忽然清脆的警笛聲從不遠處傳來，他立即不悅地嘖了一聲，「偏偏在這個時候來到……走了。」

男子乾脆地轉身離去，胡靜蘭當然不會就這樣放過他，可是在出手之前，游諾天率先趕到。

「讓他們走吧。」游諾天壓低聲音說道。

胡靜蘭想要反駁，可是當她見到游諾天表情繃緊，她只好緩緩放下手，「下次再見到他們，我一定要他們道歉。」

胡靜蘭轉頭望向關銀鈴，「銀鈴，妳還好嗎？」

「嗯……我沒事，不用擔心。」關銀鈴的確毫髮無傷，可是看到她陰沉的表情，誰都不會相信她一切安好。

游諾天看著她，再看著另外兩名女孩，心頭一沉，連忙握緊拳頭，「今天先回去吧。我去跟工頭說，妳們在這裡等我，我送妳們回去。」

「……製作人，我今天……想一個人回去。」關銀鈴突然這樣說道。

游諾天知道她在想什麼，她不會去做傻事，但是讓她一個人回去，怎麼想都不是聰明的選擇。於是他望向胡靜蘭，胡靜蘭隨即輕輕點頭。

「那些人很可能還在附近，我不放心讓妳一個人回去，至少讓靜蘭送妳吧。」

關銀鈴沒有立即回答，她低著頭好一會，接著才點了點頭。

「妳們兩個在這裡等我，我馬上回來。」

許筱瑩和藍可儀似乎有話想說，但游諾天慶幸她們都沒有說出來。他回來之後，便帶著兩名女孩回家。

一路上，車子裡頭相當安靜，宛如一輛空車。

◆◎◆◎◆◎◆

晚上，游諾天一人待在事務所裡。他一直在想這幾天發生的事情，然後當他想起今天的事，幾乎要嘆一口氣。

——事情果然會變成這樣。

半個月前一眾超級英雄打倒了ＳＶＴ，這理應是全城雀躍的事情，可是早在戰鬥之前，他就猜到事後超級英雄將會不受歡迎。

——不，這樣說不對。

——假如現在做民調，喜歡和支持超級英雄的市民仍然會占大多數，不過討厭和反對的人數卻會大幅增加。

——要如何解決這個問題呢？

「……」

——想不到。

他們是一般市民，不是窮凶極惡的罪犯。

本來超級英雄業界得以在ＮＣ茁壯成長，都是市民的支持，如果超級英雄做錯了事，又或辜負了他們的期待，那麼被他們唾棄也不能怨天尤人。

對那些抗議者來說，超級英雄就是辜負了他們的期待，所以他們才會走出來示威抗議，甚至用武力宣洩不滿。

通知英管局和警察局，讓他們拘捕行為過激的市民吧？這的確是一個做法，可惜治標不治本。即使拘捕了一部分反對者，其他反對者依然會做出相同行動，甚至會因此變本加厲。更加重要的是，哪怕所有反對者都被拘捕了，超級英雄和市民之間的隔閡只會變得更深，超級英雄心中也會留下一根刺。

——到底要怎麼做才好？

「唉……」

游諾天終於忍不住輕聲嘆息，就在這時，事務所的門鈴忽然響了。

——誰會在這種時候來了？

游諾天馬上想到胡靜蘭，但卻立即打消這個想法，因為胡靜蘭有這裡的鑰匙。那麼會是三名女孩嗎？有這個可能，但今天解散時他叮囑過要她們好好休息，看她們今天的狀態，理應會乖乖留在家中。

——這樣的話，就是赤月吧？

游諾天想起這位這幾個月來一直在幫忙他的好友，他必須承認，每次看到對方不施脂粉的臉孔，煩躁的心情總是會變得稍微平靜。

所以，當游諾天看到門外的身影時，他實在難掩失望。

夏威夷襯衫和沙灘褲。不對，雖然眼前的人總是以他自己的喜好為優先，但在這種天氣還穿上沙灘褲未免太缺常識了，所以他現在有好好穿上長褲，不過在彩色的外套之下仍然是夏威夷襯衫，這一點他絕不退讓。

這名訪客，是游諾天的哥哥游傲天。

「你怎麼來了？」游諾天皺起眉頭說。

「你這小子，只有在有事求我的時候才當我是大哥嗎？」游傲天嘴巴是這樣說，但臉上依然掛著爽朗的笑容，游諾天立即嘆一口氣，然後退開身體讓兄長進入事務所。

「先說好，我們現在沒有時間和《英雄Leisure Time》合作。」

「你真的以為我和你一樣，找親兄弟的時候都是談公事啊？」

游傲天一屁股在沙發上坐下來，由於力道太大，沙發發出一記不小的聲響，游諾天馬上白了他一眼。

「我只是給你一個心理準備。」

「放心，這種事我當然知道，而且我們現在也自身難保呢。」游傲天聳了聳肩，「現在這種環境，根本沒有人會買這種八卦雜誌。」

游傲天所言非虛。其實不只是《英雄Leisure Time》，一切和超級英雄相關的雜誌書籍，其銷量都急速下滑，就連《英雄Future》也是供過於求，情況可謂慘不忍睹。

「現在這種環境……的確是。」游諾天淡然點頭。他想了一會，終於在游傲天身邊坐下來，問道：「那麼，你怎麼來了？」

「我現在太閒了，所以就來探望孤獨的弟弟。」

「我還是趕你出去吧。」

「哈哈！好吧，其實是一名偵探告訴我，你近來的狀態不太好。」游傲天嘴角勾起不懷好意的

笑容。

「……真是一個多管閒事的偵探。」游諾天立刻猜到對方口中的偵探是誰。

「至少她是真心擔心你，是一個好女孩。」游傲天又再一笑，游諾天隨即嘆一口氣，然後拿起桌上的杯子，隨便在手中把玩。

「這種事我當然知道。」

「她本來想親自來的，但現在要她一個女孩子走上街，未免太危險了，所以我勸她留在家中，由我來慰問你。」

「我很好。」游諾天想也不想就回答，接著默默盯著手中的杯子。

這短暫的沉默，游傲天沒有不識趣地打斷它，只是耐心地等待。

「問你一個問題。」游諾天輕輕敲著杯子，發出了輕微的聲響，之後他再度沉默，過了一會才繼續說下去，「你是怎麼看待超級英雄，又或者，是怎麼看待超能力的？」

游諾天沒有望向身邊的兄長，仍然盯著杯子的邊緣。

游傲天看看他，再仰起頭看著殘舊的天花板，「怎麼看待啊……」

游諾天為什麼會問這樣的問題，游傲天略知一二，他也知道什麼樣的答案會令弟弟稍感安心，不過他決定老實說出想法。

「其實，我有點麻木呢。」游傲天苦笑一聲，「你要知道，我之前不斷拍攝大家的超能力，幾乎是每天都拍，實在說不出有什麼感覺。」

游諾天不滿意這個回答，於是追問道：「之前呢？你當上《英雄 Leisure Time》的攝影師，應該是這五年的事情吧？」

「差不多吧？我沒有記住這些日子。如果說未當上攝影師之前……唔，也許有點羨慕，又有點不甘心？」

「不甘心？」

「也許不是不甘心，就是那個……弟弟和妹妹竟然都得到超能力，身為大哥的我竟然沒有，當時我心裡不太舒服，總覺得上天很不公平。」

游傲天說得輕描淡寫，游諾天卻倏地僵住，然後裝作若無其事地嘆一口氣，「我記得你以前說過以我們為榮吧？」

「這是真的，我真的以你們為榮，但我也真的有一點點妒忌。」游傲天笑著說：「雖然超能力這種東西不是遺傳的，不過我們是一母同胞，為什麼偏偏是弟弟和妹妹有，而身為哥哥的我卻沒有呢？我當時是真心認為肯定是哪裡搞錯了，所以每天都會去英雄之石那邊碰運氣。」

「……你以前每晚都說去打工，難道其實是去碰英雄之石嗎？」

「也不是每晚，大概一個月後我就徹底放棄。」

「這已經很執著了，你到底多想擁有超能力？」

「在NC，誰都希望自己擁有超能力吧。」游傲天語氣平靜地說出理所當然的事情。

如果是一個月前，這種事的確是理所當然，不過游諾天想到近來發生的事情，實在不敢認同這一句話，他道：「現在有很多人都不想擁有超能力。」

「你是指近來的反超能力聯盟嗎？」

反超能力聯盟——這個名稱比起SVT更加淺顯易懂，而且聽起來也有點蠢，不過游諾天沒有嘲笑的閒工夫，只能輕輕點頭，「我從來不覺得超能力是上天賜給我們的禮物，但也從沒想過它們是詛咒。超能力就是超能力，沒有多也沒有少。」

「那麼，超級英雄呢？」

「你還記得我為什麼會去當超級英雄吧？」游諾天笑了。

就動作來說，游諾天的確在笑，可是看在游傲天眼中，他只覺得弟弟是在勾起嘴角，表情卻是相當苦澀。

因此，游傲天自進來後，第一次壓低了聲音，「我記得。」

「我本來對超級英雄沒有特別的興趣，最初想要當超級英雄的是白雪。」游諾天用力深呼吸，彷彿要把四周的空氣都吸進體內。

「那個丫頭，從小時候就很喜歡超級英雄。在得到超能力之前，她經常扮演超人跳下床呢。」

「她還記住了所有超級英雄的超能力，然後抓著我玩模仿遊戲。」

「明明是你自己主動陪她玩呢。」

游傲天重新掛上笑容，游諾天沒有反駁，甚至也跟著笑出來。

「所以，我本來不覺得超級英雄有什麼特別的，只有小孩子會喜歡。不過，當我也當上超級英雄，之後來到ＨＴ當上執行製作人，我改變想法了。」

游諾天抓起桌上的可可粉包，打開包裝倒進眼前的杯子。

「很多人都認為超級英雄是風光的，這的確是事實，但風光的背後他們也是相當努力。不是要迎合市民，而是要讓自己激勵市民，當市民看著他們，都會打從心底感受到一股力量，然後帶著勇氣和希望繼續生活。只有這樣子，超級英雄才會受民眾愛戴。可是……」

熱水倒進杯子裡頭，游諾天拿起茶匙，慢慢攪動。

「前提是，市民必須要相信超級英雄。」

看著可可粉融入熱水中，游諾天緩緩停下手邊的動作，但他沒有喝，仍然盯著在旋轉的水面。

「現在多數市民都是支持超級英雄，可惜他們卻不敢去相信，更不要說反超能力聯盟那些人是打從心底不相信。這種時候，無論我們做什麼都沒有用……」

「你果然還是太年輕了呢。」

游諾天正要嘆息，忽然游傲天說出這一句話，他立即轉過頭，便見到對方似笑非笑地看著他。

「……你是什麼意思？」

「雖然你已經當上執行製作人，也成功交出了不錯的成績，但你的人生經驗還是太少了。十年前的『超能力之亂』，你肯定聽過吧？」

看過的。」

「這不是廢話嗎？」游諾天不悅地皺眉，「誰會沒聽過那次事件？而且真要說的話，我是親眼

「既然這樣，你應該知道當時的環境更加嚴苛吧？不只是到處不受控的超能力，政府甚至是市民都把超能力者視為眼中釘，之後即使善良的超能力者幫忙打倒作惡的壞蛋，人們還是不願意接近他們。」

「我當然知道，所以你到底想說——」游諾天突然停了下來。

游傲天見狀，滿意地點了點頭，「看來你已經想到了。你這個人啊，有時候就是太過心急，而且很容易鑽牛角尖，雖然換個角度想，這也是你的優點。繼續苦惱吧，你是想不通才會苦惱，證明你還在拚命努力。」

說完後，游傲天爽快站起來，逕自往大門走去。

當他打開大門，游諾天才回過神地站起來，「你要回去了嗎？」

「怎麼了？你怕黑所以想我留下來嗎？」

游諾天當然給他一記白眼，「你這傢伙就是口沒遮攔。」

「你好意思說我嗎？」游傲天回以一笑，接著他轉身走出大門。

「……多謝了。」游諾天及時說道。

游傲天聽見後沒有說什麼，只是背對著弟弟舉起手，然後大門關上，身影隨即消失。

事務所回復平靜，游諾天坐下來，並慢慢抬起頭望著天花板。

游傲天說得沒錯，他真的太心急了，他竟然想要立即解決當下超級英雄和反超能力聯盟的爭執，只要冷靜一想，就會知道這種事根本不可能。

但這不代表他要就此放棄。

超級英雄業界能夠在ＮＣ出現，除了一眾市民的支持之外，以前的前輩們都花費了極大的心

力，讓市民從排斥到慢慢變得接受他們。

所以，即使現在ＮＣ混亂不安，市民也不敢相信他們，他們還是要咬緊牙關，繼續努力。

這是他們唯一可以，也是必須要做的事情。

游諾天終於拿起杯子，喝了一口仍然溫熱的可可。

第三章

所以，我真的很不爽！

「這裡就可以了嗎？」

胡靜蘭望向身邊的關銀鈴，關銀鈴點了點頭，然後笑著說：「嗯，我家就在那邊，沒問題的。」

「是嗎？」胡靜蘭仍然維持著星銀騎士的模樣，所以看不見她的表情，但聽著她凝重的聲音，想必不是掛著笑容，所以關銀鈴連忙打起精神。

「真的啦！靜蘭姐妳應該累了，請早點回去休息吧！」關銀鈴沒有猜錯，維持了一整天的超能力，胡靜蘭真的很累了，不過看著關銀鈴故作開朗的樣子，胡靜蘭更加不放心。

她想了一會，接著輕輕握起關銀鈴的手，「對不起，我今天早上應該早點趕來的，讓妳有了不愉快的回憶。」

「請不要這樣說，這不是靜蘭姐妳的錯。」關銀鈴當場臉色一沉，悄然垂下眼簾，「是我自己太心浮氣躁了。」

「明天我會一直陪著妳們，不會再讓這種事情發生。」胡靜蘭稍微加強手的力道，關銀鈴隨即回她一笑。

「嗯！那麼……明天見。」之後關銀鈴向胡靜蘭揮手道別，胡靜蘭想要叫住她，不過看著她小跑步的背影，胡靜蘭只是嘆一口氣，跟著也轉身離開。

關銀鈴一邊跑，一邊想著今天發生的事情。

——實在太丟臉了。

不只禁不起反超能力聯盟的挑釁，還不小心用超能力傷及無辜，之後更害胡靜蘭以及其他人擔心……關銀鈴真的很想挖一個洞，然後把自己塞進去。

——為什麼自己當時會這麼生氣呢？

——是因為對方惡言相向嗎？

——抑或是因為對方主動攻擊？

——不，都不是。

關銀鈴很清楚自己為什麼會這麼生氣——她其實並非生氣，她只是害怕。

在其他人眼中，她總是一臉無懼，即使面對多大的難關，她都會拚盡全力去克服它。

這是事實，但也不是事實。

面對難關，她會努力克服，可是這不代表她從不害怕。她相信自己的超能力，也堅信自己的超能力很強大，不過她也知道它絕非無所不能。

面對恐怖魔王的時候，她一籌莫展，只能拚死擋住他。

面對前來示威的民眾，她同樣一籌莫展，只能用憤怒掩飾內心的不安。

這樣的自己，憑什麼自稱超級英雄？超級英雄的職責不只是要拚死擋住敵人，還必須讓市民有安心和信任感。

這才是真正的超級英雄。

空有一身超能力，卻不能活用它來鼓勵其他人，甚至連保護他人也做不到，這還有什麼意義？

「星銀騎士，你要等我！」

「NC的和平就由我來守護！」

童年的回憶浮上腦海，關銀鈴揚起嘴角，然後輕輕嘆一口氣。

「我還真敢說呢……」家就在眼前，關銀鈴卻不敢回去。她不想讓其他人擔心，游諾天也好，胡靜蘭也好，即使是最親密的媽媽，她也不希望他們見到自己軟弱的一面。

只有勇往直前，才是關銀鈴，才是功夫少女！

「唉……」關銀鈴走進她家附近的公園，無力地坐在空蕩蕩的鞦韆之上。

晚風吹過公園，捲來一陣寒意，關銀鈴順勢把臉埋在掌中，卻沒有吐出氣，反而屏住呼吸，默默感受著臉上面具的冰涼觸感。

然後，她慢慢脫下面具——

「妳好。」

一個女聲突然從旁邊傳來，關銀鈴當場嚇了一跳，她慌忙把面具壓回臉上，接著轉過頭，訝異地看著眼前的銀影。

剎那間，她以為眼前的人是維多利亞，因為對方的頭髮泛著銀色的光芒，然而對方是一名從未見過面的短髮女孩子，而且仔細一看，那種光芒和維多利亞明顯不同。維多利亞的銀髮如同湖面，會照出鮮明的光芒，但眼前的銀白短髮卻像是吸收了月光，把光芒鎖在裡頭。

「……妳好。」關銀鈴疑惑地看著女孩。

女孩長得嬌小，手腳纖細，衣著更是單薄，僅僅穿著素色的毛衣和長褲，在這種寒冷的日子裡頭更顯柔弱。但她的雙眼閃動著一股難以言喻的光芒，那就像一對貓眼，在月光之下，靜謐地洞悉一切。

「請問妳是功夫少女嗎？」女孩笑著問道。

關銀鈴稍微一愣，然後點了點頭，「嗯，我是。」

「真的是妳！太好了，我很擔心自己認錯人呢！」女孩霍地誇張地大聲叫出來，關銀鈴還來不及反應，她便搶先跑過來，然後遞出一塊簽名板和一枝油性筆。

「我是妳的粉絲，請幫我簽名吧！」

「啊……啊，好的！」原來是粉絲！關銀鈴曾經在事務所的活動中被請求簽名，不過她倒是第一次在街上遇到粉絲，所以霎時間不知如何反應，只能慌張地接過對方交給她的簽名板和筆。

「我要寫點什麼嗎？」關銀鈴有點緊張地問。

「請寫一點鼓勵的話吧，例如『任何事都要全力以赴！』之類的。」

「那我就寫這一句話吧。」

關銀鈴點了點頭，之後打開筆的蓋子，但在下筆之前，她想起一個重要的問題。

「請問妳的名字是？」

「游白雪。」

「白雪，多謝妳的支持……咦？等一等。」關銀鈴正要在簽名板上寫下對方的名字，不過她倏地抬起頭，好奇地看著女孩。

「游」這個姓氏在ＮＣ並不罕見，以前在關銀鈴的同學當中，也有幾個人是姓游的，所以女孩姓游，本來不值得驚訝。

不過關銀鈴卻察覺到一件事。

第一眼見到女孩的時候，雖然注意力都被她那頭和臉孔格格不入的銀白短髮吸引，可是關銀鈴總覺得她有點面善。她的輪廓、眼神，還有那細薄的嘴唇——

「請問……妳認識一個叫游諾天的人嗎？」

「當然認識啊。」游白雪燦爛地笑了一笑，「他是我的哥哥。」

「咦！」關銀鈴驚訝地大叫出來。

——這是怎麼回事？原來製作人有妹妹嗎？為什麼他從來沒有說過？

雖然這並非需要特地強調的事，他沒有提起也很合情合理，不過關銀鈴隱約感覺到事情並非如此簡單。

游諾天不只是從來沒有提起游白雪的事情，他甚至是故意隱瞞，不想讓其他人知道她的事情。為什麼？

另外，眼前這位自稱是游諾天妹妹的女孩也很奇怪。假如她真的是粉絲，為什麼一直都沒有來過事務所？與其在這種深夜的公園等待，還不如拜託游諾天讓她到事務所和她們見面吧？

「妳——」太多疑問一口氣湧上腦海，關銀鈴不知道該說什麼，只能夠睜大雙眼看著游白雪。

就在這時，游白雪忽然捧起關銀鈴的臉，深深吻下去。

不是臉頰，也不是額頭，而是親吻她的嘴唇。

「唔！」關銀鈴完全搞不清楚發生了什麼事情，她只知道游白雪的臉突然來到眼前，然後有什

麼柔軟的東西貼上嘴巴。

她的腦海中一片空白，感覺像被人丟進了熱水鍋。

「唔、唔……等、等一等！」游白雪不只是親吻，甚至想要把舌頭伸進去，關銀鈴當場嚇得清醒過來，她連忙推開游白雪，並且猛地退後。

「妳妳妳妳在做什麼！」

「做什麼……不就是舒服的事情嗎？」游白雪被推倒在地，可是她沒有生氣或抱怨，只是一邊站了起來，一邊輕輕撫著嘴唇。

「這這這這才不舒服！妳妳妳到底想做什麼！就算妳是製作人的妹妹，這、這種惡作劇也太過分了！」

看著關銀鈴臉紅耳赤，游白雪似乎覺得很有趣，嘴邊慢慢掛上甜美的笑容。

「難不成，這是妳的初吻嗎？」

「這、這……這和妳沒有關係！」

關銀鈴連忙大叫，游白雪笑得更加高興了。

「哎呀，如果是這樣，我真的做了很不好的事情呢……不過，這也是一種人生經驗，對嗎？」

「我才不需要這種人生經驗！」

「不要這麼抗拒嘛，比起粗魯的男人，甜美可人的大姐姐不是更好嗎？」

「這是強詞奪理！」

「嘻嘻，妳真的好可愛呢。」

游白雪再一次撫著嘴唇，關銀鈴頓時再退後幾步，然後抱緊雙臂。

「不要過來，再過來我就要大叫了！」

「妳已經在大叫了啊。」游白雪嫣然一笑，不過也沒有再靠近關銀鈴，只是用嬌豔的眼神凝望著她。

「……妳到底想怎樣？」

「放心，我沒有什麼邪惡的企圖，剛才只是見妳太可愛，所以才會忍不住吻上來……對了，我讓妳看一點有趣的東西吧！」游白雪突然擊掌，無人的公園隨即響起刺耳的聲音。

「有趣的東西……？」

「是的，很有趣的東西，看過之後，妳一定會原諒大姐姐的！」

游白雪霍地張開雙手，關銀鈴立即又退一步，但是游白雪就這樣子站在原地，沒有進一步的動作。接著，一團金光籠罩她的全身。

「……咦？」關銀鈴駭然瞪大雙眼，完全不敢相信眼前發生的事情，「怎麼會……」

「看，是很有趣的事情吧？」金光沒有消失，而且變得越來越耀眼，游白雪燦爛地笑了一笑，然後低下頭看著自己的雙手，「這真是厲害的超能力呢，我從來沒有遇過這麼強大的力量，就連靜蘭姐的『星銀之力』也比不上妳。」

游白雪不禁讚嘆，關銀鈴卻猝然僵在原地。

「妳為什麼……會知道靜蘭姐的超能力？」

「我為什麼知道？我為什麼不會知道？」游白雪反問：「這種事情不是理所當然的嗎？」

哪裡理所當然？比起剛才突然被強吻，這件事更令關銀鈴震驚。

除了HT的人以外，知道胡靜蘭身分的人僅限和她親密的朋友，而且對方都是超級英雄業界的人，一般市民根本不可能知道……

關銀鈴猛然想起一件事。

「等等，妳難道是……」

——知道胡靜蘭的身分和超能力。

——擁有和我相同的超能力。

關銀鈴自小時候開始便是HT的支持者，對於HT的所有動向她都一清二楚。

大概在四年半之前，ＨＴ曾經有一位超級英雄，能夠透過親吻複製對方的超能力。這是相當獨特的超能力，當時在業界也掀起一陣騷動，認為她有辦法顛覆一直以來超級英雄表演的限制。然而她出道只有短短一年，之後突然和胡靜蘭一起宣布退役。

這名英雄的名字是——

「是複製小貓嗎？」

「原來妳認識我？真高興呢。」

「我……為什麼妳會在這裡？」

如果是在其他場合見到游白雪，並且得知她就是複製小貓，關銀鈴肯定會立即跑到對方眼前，雀躍地抓起她的雙手，然後大叫「妳就是複製小貓嗎？我很喜歡妳以前的表演，那真的好精采！妳現在回來是打算復出嗎？」之類的。

可是她現在卻只感到一陣惡寒。

——為什麼？

——是因為剛才有冷風吹來嗎？

——抑或是近來ＮＣ的氣氛過於沉重，所以自己難以感到興奮？

——都不是。

——眼下的情況太奇怪了。

「我為什麼會在這裡？這個嘛……」游白雪輕輕搔著臉頰。

看到對方這個動作，關銀鈴稍微放鬆，因為在她苦惱的時候，她也會這樣做。

也許是她想太多了。

——游白雪會在這裡，或許只是單純來打招呼……

「因為我很不爽啊。」

突然腹部傳來一陣劇痛，就像有人用槌子狠狠地揍過來，關銀鈴痛得發不出半點聲音，只能夠張開嘴巴，把今天的晚飯連同胃酸一起吐出來。

「妳……」關銀鈴想要運起超能力，可惜身體根本不聽使喚，就連意識也變得模糊，她只覺得眼前一片漆黑，唯獨有一團金光站在眼前。

「我的確拜託過哥哥要幫助HT，他也真的做到了，但這算什麼啊？靜蘭姐就算了，其餘三名超級英雄都是女孩子？而且全部都是可愛的妙齡少女？我不能接受！妳們會加入HT，肯定是對哥哥有不軌的企圖吧！」

她在說什麼？關銀鈴聽得一頭霧水，可是腹部實在太痛了，只能抱著身體蜷縮在地上。

「哥哥也是！既然有我這麼可愛的妹妹，竟然還和其他女孩子卿卿我我！他到底知不知道我才是他的妹妹呀！」

——我才沒有和製作人卿卿我我！

關銀鈴拚命抬起頭，盯著游白雪因生氣而撐大鼻孔的臉，「我沒有……」

「所以，我真的很不爽！」游白雪一腳踢向關銀鈴的肩膀。

這一踢差點就要踢中她的額頭，關銀鈴當場覺得全身都要粉碎，接著她的意識就像被扯斷般，猝然昏倒了。

◆◎◆◎◆◎◆

關銀鈴猛地睜開雙眼。

「醒來了嗎？」

還未看清楚眼前的景色，游諾天的聲音便從旁邊傳來，雖然他的表情就像往常一般冷靜，但從布滿血絲的雙眼來看，不難看出他心底其實很焦急。

「製作人……」

「先不要說話，我現在把醫生叫來。」

——原來這裡是醫院。

關銀鈴如此想著的同時，游諾天輕輕拍著她的手，之後他要站起來，她立即抓住他的衣袖。

「媽媽……和其他人呢？」

「放心，妳媽媽也來了，但她陪伴妳一整晚，身體有點累了，所以暫時到外面休息，靜蘭也陪著她。至於筱瑩和可儀，她們還不知道妳住院了。」

「嗯……」

「妳再睡一會，有什麼話等醫生來了之後再說。」

游諾天說完後就想轉身離開，關銀鈴很想就這樣再次沉入夢鄉，可是她咬緊牙關，奮力抓住游諾天。

游諾天察覺到事情不妥，於是轉回頭望向關銀鈴，「怎麼了？」

「製作人，你……」關銀鈴抿了抿唇，努力睜開雙眼望向游諾天，「有妹妹嗎？」

游諾天忽然覺得他的頭頂像被人用力敲打，震驚得說不出半句話。不只如此，他根本做不到任何回應，只能夠錯愕地看著關銀鈴。

過了不知多久，他終於開口了。

「妳，為什麼……」游諾天感到窒息。

——為什麼關銀鈴會知道這件事？

——明明在今天之前，她從來沒有這樣問過。

——也就是說，她在入院之前才知道這件事……

「……是誰打傷妳的？」簡單的一句話，已經用盡游諾天的力氣。他一直在疑惑，到底是誰有能力打傷關銀鈴。游諾天唯一得出的結論是對方趁她不注意的時候偷襲她，所以她不可能知道是什麼人出手。

但假如對方是正面攻擊。

那麼，對方就是擁有和她一樣，甚至是在她之上的超能力。

「我之前……見到一個自稱是製作人妹妹的女孩子，她的名字是……」關銀鈴毅然吸一口氣，緩緩說道：「游白雪。」

時間凝固了。

身邊的空氣仍然在流動，但游諾天有種被一雙無形大手牢牢抓住的感覺，無論怎樣用力，他都不能再吸入一口氣。那雙手不斷握緊，就像要把他整個人捏得粉碎……

「我也想知道發生了什麼事。」

一記女聲從後傳來，游諾天驟然轉過頭，便見到身穿白色西裝的卡迪雅站在眼前。不只是她，她身邊還有幾名身材高大的保鑣，以及穿著樸素和服的「神奇護士」神崎。

卡迪雅一貫的嬌豔笑容不見了，她現在瞪起一雙怒目，狠狠盯著游諾天。

「不要讓其他人進來。」卡迪雅一聲令下，身邊的保鑣立即關上大門，然後卡迪雅踏著尖銳的腳步走向游諾天二人。

「……卡迪雅，妳為什麼──」

游諾天話未說完，卡迪雅一手抓住他的領帶，迫使他面對自己。

「你這傢伙，是故意隱瞞不說的吧？」

游諾天隨即嚥一口氣，「妳在說什麼？」

「我說你那個寶貴妹妹的事情。你早就知道她逃出來了吧？」

「不可能！」游諾天猛地撥開卡迪雅的手，勉強穩住腳步，「……她不可能逃出來，半個月前她還在醫院裡。」

「半個月前？」卡迪雅立即挑起眉頭，眼神依然兇狠，「你這傢伙，半個月前去了醫院嗎？為什麼沒有告訴我？」

「我怎麼會告訴妳？而且不用我說，嚴鐵一也肯定會告訴妳吧？」話一說完，游諾天突然僵在原地，然後訝異地看著卡迪雅。

卡迪雅凝重地回望他，「我沒有收到嚴鐵一的通知。」

「不可能，他明明警告過我，他會通知妳。」游諾天感覺到天旋地轉，他連忙坐下來，神色痛苦地掩著臉頰。

「他沒有通知我，而且……」卡迪雅把聲音壓得更低，「他死了。」

游諾天太過驚訝，所以臉上沒有任何表情，只能夠抬起頭望著卡迪雅，「……妳說什麼？」

「阿鋒今天跑來通知我，說他在監視器裡看到游白雪的身影，我們立即派人調查，也派人到醫院視察情況。」卡迪雅皺起柳眉，臉色變得越來越難看，「然後我們找到嚴鐵一的屍體。」

「怎麼會……」游諾天想起半個月前的事情，那一天見到嚴鐵一，他明明還是龍精虎猛。沒想到只是區區半個月，嚴鐵一竟然死了……

忽然，他想到一個可怕的可能性。

「等等，妳說他死了……」游諾天用力吞下口水，卻難受得像吞下石頭，「他死了多久？」

「不知道，但是──」卡迪雅輕抿嘴唇，「肯定在一個月之前。」

「一個月……」除了重複卡迪雅的話之外，游諾天一句話都說不出來。

假如嚴鐵一真的在一個月前就死了，那麼，半個月前他見到的人到底是誰？

「嚴鐵一死了，這是意想不到的嚴重事態，但這不是最壞的情況。」卡迪雅悄然吐一口氣，然後她望向躺在床上、慌張地看著她的關銀鈴。

游諾天馬上想到了。即使腦袋已經不想再去思考任何事情，可惜答案實在太理所當然，游諾天根本阻止不了它湧上腦海。

嚴鐵一是精神病院的院長，擁有「無效化」的超能力，所以即使醫院裡住著大量精神失常的超能力者，醫院裡一直以來也都相安無事。

然而，嚴鐵一現在死了。
也就是說，再沒有人有能力可以封印院裡的超能力者！
「該不會……」
游諾天說不下去，卡迪雅隨即點頭，並用話印證他的想法。
「連同游白雪在內，有三個人不見了。」
三個人——乍聽之下，這只是一個不用一隻手掌便數得完的小數目。不過，游諾天不會有這種天真的想法。
「住在這裡的人，全是危險分子。」
游諾天想起嚴鐵一助手說過的話，同一時間，他想到另一件事。
「嚴鐵一有一個助手，一個皮膚黝黑的女人。」
「她叫蘇菲，她也不見了。」卡迪雅憤然說道。
游諾天馬上握起拳頭，跟著吐一口氣，「可惡，我竟然沒有察覺……」
「……製作人。」
突然關銀鈴從旁叫住他，游諾天立刻回過神。
「你們在說什麼？你們說的醫院，該不會是……」
NC裡頭有多間醫院，所以只說醫院的話，一般人不會知道對方指的是哪一間——但換個想法，如果對方不指明哪一間而只說醫院，意思就是那唯一的一間。
關銀鈴的臉色比之前更加蒼白了，游諾天不想讓她更加擔心，可惜他想不到其他更加適合的回答，所以只能無奈點頭，「就是NC精神病院。」
關銀鈴隨即掩嘴驚呼，她錯愕地望著游諾天，好一會都不知道該怎麼說下去，卡迪雅趁機叫神崎去檢查她的傷勢。
「失禮了。」神崎輕輕把手放在關銀鈴的額頭之上。

神崎的手有點冰冷，可是關銀鈴卻毫不在意，她仍然陷在驚訝中，睜著眼望向前方。

神崎緩緩放下手，「沒什麼大礙，不過腹部有內傷，我建議她使用超能力讓身體加速恢復。」之後改握起關銀鈴的雙手，繼續檢查她的身體。

關銀鈴無力地說：「她不是複製小貓嗎？為什麼會被關在……會待在精神病院？」

「她……」

「因為她『超能力暴走』了。」卡迪雅率先平靜地回答。

游諾天馬上抬起頭瞪著她，「等等，這件事和功夫少女沒有關係。」

「沒有關係？你是認真的嗎？」卡迪雅冷冷地說：「你已經知道是誰打傷她了吧？」

游諾天當場語塞。

關銀鈴尚未親口說出是游白雪打傷她的，但眼下所有情報都明確告訴他，打傷關銀鈴的人就是游白雪。

「她有知道真相的權利。」卡迪雅斷然道。

她重新望向關銀鈴，不過游諾天及時阻止了她。

「……讓我來說。」

卡迪雅再次挑起眉頭，她看看游諾天的臉，再看看手錶，顯得不太耐煩，「我們沒什麼時間，我還有事情要問她。」

「我會長話短說。」

游諾天雖然語氣堅定，但卡迪雅看得出來他依然在猶豫，所以她忍不住板起臉孔，不悅地盯著他。之後，她用力地嘆一口氣。

「給你五分鐘，之後由我來說。」

游諾天默默點頭，然後他望向關銀鈴，正好關銀鈴也轉過頭來看著他。

「製作人……」

「首先，抱歉，她竟然打傷了妳，我代她向妳道歉。」游諾天低頭說道。

關銀鈴隨即深呼吸，奮力用平靜的聲音回答：「這不是你的錯。」

「這不是你的錯。」

游諾天忽然想要吐出來。

關銀鈴這句話，是她現在可以說出來的最溫柔的話，也是最恰當的一句話。

不過這句話卻勾起了游諾天不願回想的記憶，那個宛如被囚禁在深淵之中的黑暗時刻……

「……」游諾天握起關銀鈴的手，低著頭不發一言。

卡迪雅看著這樣的他，不耐煩的心情又再湧上心頭，她幾乎要立即推開他，由自己一口氣說出事情始末。

不過在這之前，她的手機響了。

所有人都被她的手機鈴聲吸引，幾雙眼睛望著她，她卻不慌不忙，慢慢從口袋中取出手機。

打來的人是英管局情報管理部部長司徒鋒。

「怎麼了？」

「有麻煩了。妳附近有電視嗎？」

司徒鋒劈頭便這樣說，卡迪雅當場蹙起眉頭，她打開病房裡頭的電視。

「大家好～～～～～今天大家過得如何呢？我必須要說，今天從一早開始我就沒有遇到任何好事了！」

一道興奮的叫聲霍地從電視機傳出來，病房內的所有人立即瞪大雙眼，吃驚地看著畫面上的那名女子。

「半個月前有主播受不了而離職，我還以為自己有機會當上主播，但上頭竟然寧願用新人也不願意用我！這算什麼啊？太過分了吧！他還要我跑來這種危險的地方做採訪，根本是不顧我的人身安全！」

「那個人……」關銀鈴霍地想起來，正在攝影機前大叫大鬧的女子，正是之前曾經來到建築工地訪問她的那名女記者。

然而，她的雙眼很奇怪。

「所以，我不管了啦！既然要我做這種事情，我就盡情做給你看！那邊！在那邊！現在就去看吧！」女記者不顧攝影機未跟上，突然一鼓作氣往前衝出，之後攝影機也匆忙跟上去。

接著，一群穿著灰色衣服的暴徒映入鏡頭。

「這是……！」

暴徒的打扮和反超能力聯盟的人一模一樣，但他們沒有舉起橫幅，也沒有大叫口號，反而每個人都拿著棍棒，有一些人甚至舉起身邊的龐大雜物，發狂地破壞街道！

如果只有穿著灰衫的暴徒就算了，但當關銀鈴仔細看清楚的時候，便見到幾個戴著面具的人混在人群當中。

「是殭屍少女！怎麼會……」

殭屍少女也在大肆破壞街道，而在她的前方有一個人倒下了——那個人，也正是殭屍少女。

關銀鈴以為自己看錯了，但那兩個人都確實是殭屍少女，要說唯一的不同，就是站著的那一個的雙眼和女記者一樣閃爍著紅色光芒。

「馬上出動特別行動組，並向全城發出通告，要所有人到室內避難，不要隨便上街。」

卡迪雅這句話把其他人的注意力都抓回來，游諾天雖然也在吃驚，不過他立即想到卡迪雅為什麼能如此冷靜。

「妳知道這是怎麼回事嗎？」

卡迪雅想了一會，然後輕輕點頭，「我剛才說過，除了游白雪，還有另外兩個人不見了吧？」

「……他有什麼超能力？」

「很麻煩的超能力。」卡迪雅瞇起雙眼，盯著電視機裡頭的混亂狀況，語氣沉重地說：「我們稱它為『邪惡之書』。」

◆◎◆◎◆◎◆

NC正值動盪的時期，而且在SVT的恐襲之後，市民對超級英雄和超能力的信任程度跌到近十年來的新低。

假如在這種時候強硬宣傳超級英雄，並且讓他們隨意打擊犯罪事件，誰都可以肯定弊多於利──這種事，慕容博當然知道。他從來沒想過英管局會支持他的提案，他之所以會提出這種方案，一方面是要裝作支持超級英雄，另一方面則是抱著賭博的心態，假如英管局真的笨得接受這種提議，他也樂得輕鬆。

身為NC的市長，理所當然會支持超級英雄。在任的五年裡頭，慕容博的確成功演出這樣的心態，他不只會在公開場合稱讚超級英雄對NC的貢獻，他更主動提出幾個改善超級英雄業界環境的撥款申請，好讓英雄業界得到更好的發展，他甚至促成幾個和超級英雄相關的紀念活動，讓超級英雄得到更多市民的支持。

然而，這些都只是表面功夫。

慕容博清楚知道NC已經和超級英雄密不可分，假如想要強硬拆散他們，一定會遭到強烈反對，輕則會動搖政府在NC的地位，重則會令他的民望大跌，迫使他辭職引退。

如果要拆開這種密不可分的關係，必須從根本著手──他必須要挑起市民對超能力的恐懼。

這種想法所產生出來的東西就是SVT。

只要讓市民看到超能力的可怕，他們就會聯想到，超能力其實和斧頭、手槍之類的武器沒有任何分別，它甚至比這些武器更加危險。之後，市民就會想到要管制它。

這正是慕容博的想法，所以眼下發生的事情，理應都在他的劇本之中……

「這是怎麼回事？」慕容博來到女兒的房間，不悅地質問她。

「爸爸，你在說什麼？」

「我說，這是怎麼回事？」慕容穎臉上掛著平靜的微笑，看起來就是一臉無辜，但慕容博可不買帳，右手一指，指著電視機裡正在播放的新聞。

「有人在用超能力襲擊市民。」

「嗯，我知道。」慕容穎也轉頭看著電視機，漂亮的側臉露出淡淡的笑容。

「所以這是怎麼回事？我沒有下過這種命令。」

「爸爸當然沒有，因為是我下令的。」慕容穎笑著回答，慕容博一聽，馬上瞪起雙眼。

「妳想做什麼？」

「爸爸，你很討厭超能力，對嗎？」慕容穎不答反問。

慕容博隨即收起怒容，警戒地看著女兒，「妳到底在想什麼？」

「我知道的，爸爸你很討厭超能力，因為媽媽就是被人用超能力殺死的。所以，這幾年見到爸爸讚揚超級英雄對ＮＣ的貢獻，坦白說，我真的覺得很滑稽。」

慕容穎站了起來，然後慢慢走向慕容博。

紫色的連身長裙，每走一步都隨風飄揚。

「妳……」

「請不要誤會，我沒有否定爸爸的意思。我知道你討厭超能力，討厭到恨之入骨，所以不惜戴上面具，然後暗地裡組成ＳＶＴ，一切都是為了把超能力趕出ＮＣ。對於這份執念，我由衷尊敬。不過，我有一件事要告訴你。」

慕容穎來到慕容博的面前，抬起頭仰望著他。

「我也是一名超能力者。」

「什麼……！」慕容博猝然感到一陣暈眩。他並非因為女兒的話大受打擊，而是身體突然失去力氣，他辛苦地穩住腳步，然後狠狠盯著女兒。

「媽媽被殺了，我也很傷心，而且也很憤怒。不過，我和爸爸不同，我沒有討厭超能力，反而覺得超能力好厲害。」

慕容穎笑了一笑，之後轉頭看著電視機。

「爸爸你還記得嗎？小時候我很喜歡童話故事，尤其對裡面的魔法十分著迷，我還說過長大之後要當一名魔女。」

「我當然……記得。」慕容博虛弱地回道。

身體越來越無力，呼吸也逐漸變得困難，慕容博幾乎要跪倒在地上，可是他仍然奮力站著。

「對我來說，超能力就等同魔法。」慕容穎的眼神變得陶醉，「超能力讓我們做到了其他人做不到的事情，是超越科學、超越自然的力量。爸爸你也說過吧？這是上天賜給我們的禮物，雖然這不是你的真心話，不過我打從心底認同。」

「……超能力才不是禮物，只是詛咒……」慕容博終於撐不下去，雙腳一軟，立刻跪倒在地。

慕容穎這才回過頭來，臉上仍然是溫柔的笑容。

「我也認真思考過這種可能性。超能力到底是禮物，抑或是詛咒呢？超能力帶來改變和進步是毋庸置疑的事實，但它也確實給ＮＣ染上一抹黑暗。它不只讓大家知道什麼是力量，更讓大家知道自己擁有什麼超能力，也讓大家知道自己能夠使用這份力量做到什麼。因此超能力之亂發生了。」

慕容博已經沒有氣力說話了，他只能夠抬起頭瞪著女兒。

慕容穎則低著頭，眼神之中沒有輕蔑，也沒有同情，只是平靜地俯視對方。

「不過，大家都誤會了一件事情。每個人都以為超能力令我們高人一等。超級罪犯因此肆意襲擊普通人，超級英雄則挺身而出保護城市……然而，即使我們擁有超能力，我們和其他人其實都是平等的——」

「大小姐。」

一道女聲從後方傳來，慕容博卻連回頭看也做不到，慕容穎則緩緩抬起頭。

「兩小時後，『貝希摩斯』就可以啟動。」

「我知道了。找到她了嗎？」

「她已經出發了。」

「她的情緒很不穩定，記得要看好她。妳先去準備吧，我還有一些話要跟爸爸說。」

女聲沒有回答，就這樣默默離開。

慕容穎再一次低頭看著父親，就像剛才什麼事都沒發生過似的，仍然輕鬆微笑。

「抱歉，被打斷了。」慕容穎笑著說道，「剛才我說到，大家都是平等的，因為即使擁有超能力，大家都必須真正認識自己，然後才能找到前進的方向。」

「……這就是，妳找到的答案嗎？」慕容博終於說出了一句話來，不過在說話的同時，他也吐出血來。

「爸爸你也應該聽過這種說法，『我們是什麼樣的人，就會得到什麼樣的超能力。』所以……」

慕容穎往前伸出右手，食指輕輕抵在慕容博的額上，「這個答案，是英雄之石告訴我的。」

◆◎◆◎◆◎◆

「前輩，這、這到底是……！」

「不要停下來！」許筱瑩拉著藍可儀拚命逃跑。

——這絕對是糟糕的一天。

今天許筱瑩醒來的時候便接到游諾天來電，他聲稱要去辦一點事情，不能接送她和藍可儀到建築工地，所以要她們二人先到那邊幫忙。

在掛斷電話之前，游諾天叮囑她們注意人身安全，假如又遇上反超能力聯盟的人，不要勉強留在現場，找一個安全的地方暫避。

聽到這些話，許筱瑩察覺到一點不妥。

游諾天只是提到她和藍可儀，卻沒有提起關銀鈴。果然來到建築工地現場，她只見到藍可儀瑟縮在角落，關銀鈴則不見人影。

——肯定發生了什麼事。

不只關銀鈴不見了，連胡靜蘭也不見人影，許筱瑩立即不悅地板起臉孔。

她知道游諾天自有打算，不過她實在很討厭這種被蒙在鼓裡的感覺，所以決定事後一定要追問到底。

然後，事情發生了。

身穿灰色衣服的反超能力聯盟果然也來了，許筱瑩本來不想理會他們，但一看到他們的眼睛，她二話不說拉著藍可儀就跑。

她不知道發生了什麼事情，但正常人的雙眼不可能閃出紅光！

她們跑到另一條街道上，所幸反超能力聯盟的人沒有追上來，許筱瑩拉著藍可儀躲在牆邊，辛苦地喘著氣。

就在這時，她的手機響了。

在寧靜的街道之上，鈴聲十分響亮，許筱瑩來不及看是誰打來的，連忙接起電話。

「妳們那邊還好嗎？」

聽到是游諾天的聲音，許筱瑩馬上鬆一口氣，然後她壓著聲音說：「我們還好……但剛才我見到反超能力聯盟那些人，他們……眼睛好奇怪。」

「帶著可儀躲到最近的避難中心，絕對不要碰他們和被他們碰到。」

「避難中心？為什麼——」

許筱瑩話未問完，頭頂的飛艇傳來廣播。

「全城市民注意，全城市民注意，西邊地區發生嚴重事故，請所有市民不要接近該處，在該處的市民也請盡速前往避難中心。重複，西邊地區發生嚴重事故，請所有市民不要接近該處，在該處的市民也請盡速前往避難中心。」

「前輩……」

「要跑了！」許筱瑩再次抓起藍可儀跑了起來，同時她不忘追問游諾天：「製作人，到底發生了什麼事？」

「之後再告訴妳，總之先逃到避難中心，到了再聯絡我。」

「等等！避難中心——」許筱瑩話來不及說完，游諾天已率先掛掉電話。

——搞什麼啊！避難中心用不了手機吧！

許筱瑩氣得想要扔掉手機，不過她及時握緊拳頭，專心一志朝前方奔跑。

也許某一天又會有超能力者在城市搗亂，必須未雨綢繆，事先準備讓市民們避難的地方——正是這樣的想法讓NC各處都有一座避難中心。

但由於過去十年NC都非常和平，所以這些避難中心一直遭人棄置，直至半個月前SVT的出現，這些避難中心才再次受到重視。

政府不只重新開啟設施，更投入大量資源讓它們二十四小時全日無休運作，所以當許筱瑩二人趕到中心的時候，避難中心已經開啟了。

然而，當她們走進去的時候，裡面立即傳來怒罵。

「等一等！妳們是超級英雄吧？」

許筱瑩馬上望向怒吼的主人，對方穿著灰色外套，右手背上有一個藍色圓形。她認得對方，是之前在建築工地帶頭襲擊她們的反超能力聯盟的男子！

「這裡是讓無力保護自己的市民來避難的地方，妳們幾個是超級英雄，就應該挺身而出對抗罪犯！」男子毫不客氣地指著許筱瑩大叫。

其他人雖然沒有跟著瞎起鬨，但全都默默地盯著二人，似乎認同男子的話。

「如果妳們還有超級英雄的自覺，立即滾出去！和平的時候扮演保護市民的英雄，當危險真的出現了，卻跟著我們一起跑到避難中心，妳們還真有臉叫自己超級英雄！」

這次中心裡頭馬上傳來一陣騷動，許筱瑩不知該如何反駁，所以只能狠狠瞪著對方，並把藍可儀擋在身後。

「無話可說了吧？既然這樣，就快點滾出嗚——！」

男子突然像原地跳水一般往前撲倒，所有人譁然，接著一名頭戴偵探帽子、身穿男式西裝和長褲的矮小女孩一腳踢向男子朝天的屁股。

「竟然趁亂欺負女孩子，你不丟臉啊？」

「赤月小姐？」許筱瑩驚喜地說道。

赤月隨即抬起頭，快步走向她們，「不要管這種蠢蛋，快點進來，避難中心馬上要封鎖了。」

赤月把兩人拉進中心，男子適時站起來，他沒有放棄，馬上朝著三人跑過去。

「停下來！我們這裡不歡迎——」

「給我閉嘴！可惡的投機分子！」赤月霍地打斷男子的話。

男子當場一愣，還未能反應，赤月便接著說下去：「有難時就要超級英雄挺身而出；相安無事時卻去騷擾甚至襲擊他們。你們這種任性妄為的人，不要太自以為是了！」

「妳……我哪有襲擊他們。」

「你沒有？你以為大家都是白痴啊？你們這幾天做過什麼，大家都很清楚，不要以為大家認同你們的做法，大家只是在害怕而已。」

「妳！妳這混帳！妳是說在這裡的大家都是膽小鬼，所以才沒有站出來反對我剛才的話嗎？」

「我就是這個意思。難道不是嗎？」這話實在說得太大膽了，赤月竟然敢當眾說在場的人都是膽小鬼，簡直就像在跟全場人宣戰！

男子氣得臉紅耳赤，他拱起肩膀，一副想要捏住赤月的模樣。

「我認得妳了，妳是《英雄Future》的赤月！難怪妳會替超級英雄說好話，因為他們是妳的經濟來源，沒有他們，妳只是一個什麼都不懂的小女孩！」

男子不屑地嘲笑，他以為赤月會因此激動起來，不料赤月只是勾起嘴角，然後回他一記冷笑。

接著，她的瞳孔閃爍出一道紅光，「看來你很討厭超級英雄呢。」

「嘿，討不討厭根本不重要，反正我就是要反對他們，這樣子我就會有錢收——」男子猛然瞪大雙眼，這是他的真心話——正因如此，他才會這麼吃驚。

「妳……」

「立即給我滾開，你這隻寄生蟲！」赤月狠狠瞪起雙眼，之後她帶著兩名女孩繞過那名男子。

男子想要轉身阻止，但他一想起剛才的事情，馬上驚慌地僵在原地。

男子剛才的話令避難中心裡頭的氣氛變得更加緊張，可是赤月沒有再理會其他人，把許筱瑩和藍可儀帶到角落之後，她便放鬆表情，對兩人笑了一笑。

「我正擔心妳們呢，還好妳們趕來了……不過，怎麼只有妳們兩個人？諾天和其他人呢？」

「製作人有其他事情要辦，不知去了哪裡，至於靜蘭姐和銀鈴……我也不知道。」許筱瑩望向藍可儀。

藍可儀立即用力搖頭，「我、我也不知道……」

「這樣啊……」赤月輕輕捏著下巴，「偏偏在這種時候呢。」

「不過是他打電話來叫我們趕到這邊的。剛才……發生了一件奇怪的事。」許筱瑩說道。

「奇怪的事？」

「在來這裡之前，我們見到其他反超能力聯盟的人……他們每個人的眼睛，該怎麼說呢？好像是紅色的。」

赤月不禁挑起眉頭，「先說好，我的瞳孔也是赤紅色啊。」

許筱瑩搖搖頭，「不是這樣的，他們……那絕對不是正常人的眼睛，他們不只是瞳孔，而是整雙眼睛都是紅色的，就像在閃著紅光。」

赤月越聽越糊塗了，而當她猶豫是否該說出自己一旦使用超能力，雙眼也會閃出紅光的時候，一記沉重的聲音正好響起。

這是避難中心大門關上的聲音。

現在避難中心已經和外面分隔開來，除非有人能夠破壞用鋼鐵製成的厚重大門和牆壁，否則在警報解除之前，沒有人能夠走進來，也沒有人能夠走出去。

◆◎◆◎◆◎◆

「你們留在這裡，不要亂走。」

卡迪雅解釋完「邪惡之書」這個超能力後，便帶著英管局的人離開了。

聽過她的說明，游諾天也認同這個決定，之後他立即打電話給許筱瑩，要許筱瑩帶著藍可儀到避難中心暫避。

「製作人……這件事，和你的妹妹有關嗎？」關銀鈴忽然問道。

游諾天很想趁著這場混亂隨便敷衍過去，不過當他看到關銀鈴繃緊的表情，他心頭一緊，然後慢慢回到她的身邊。

「白雪小姐本來待在醫院，但現在不見了；而造成眼前混亂的那個人，也不在醫院中了……他們，難不成是……」

「我不知道，真的。但是……照現在的情況看來，他們很可能是同夥。」游諾天咬緊牙關，不甘願地說出這句話。他真的不知道發生了什麼事情，就連妹妹竟然逃出醫院這件事，他也是在十五分鐘前才知道，所以現在他所說的一切都只是他的猜測。

「她……發生了什麼事？卡迪雅小姐說她超能力暴走，這到底是什麼意思？」

「這是……很罕見的情況。」游諾天很不想說。一旦說出來的話，他就要坦承一切。他一直想逃避的、一直不願意面對的，統統都會曝露出來。

可是，即使現在不說，以後呢？他還可以逃到哪裡？

現在的NC已經無路可逃，他唯一可以做的，就只有像他之前的決定——咬緊牙關去面對。

「我們的超能力，一般來說都受到我們自身意志的控制。」

每說出一個字，游諾天便覺得喉嚨更乾涸，就像有什麼東西想要阻止他說下去，不斷抽走他嘴巴裡的水分。

他說完這句話之後，用盡全力才能吞一口口水。

「也許，在最初的時候我們都不懂得該怎麼控制那股力量，不過只要努力訓練，我們最後一定可以控制自己的超能力。然而，在一種極為罕見的情況下，超能力會脫離我們的控制，甚至會變得像擁有自我意識一般自動發動。」

「就像是……被動型的超能力者嗎？」

「不是。乍看之下，被動型的超能力者的確不能控制自己的超能力，不過他們只是不能停下來而已，只要經過訓練，他們依然可以把超能力的力量壓下來。」

關銀鈴當下血色盡失，「也就是說，如果我們的超能力暴走，我們非但不能停下來，而且超能力的力量還會提升到極限……」

「沒錯。超能力不是我們天生就擁有的力量，我們越是使用它，對身體的負擔就會越大，所以我們在無意識之中都會限制自己使用的超能力。舉個最簡單的例子，妳的超能力只能維持一小時，對吧？雖然我沒有證據，但我相信正是因為妳的超能力實在太過強大，所以為避免過分消耗體力，身體自動設上『一小時』這個限制。不過，假如超能力暴走了，這些限制將不再存在。」

「怎麼可能……這太危險了吧！」

「的確是非常危險。不只對身體，對精神也有嚴重影響。」游諾天握緊雙手，十根指頭都捏得發白。

「……他們會變成怎樣？」

「他們會變成『惡魔』。」

游諾天忽然說出意料之外的話，關銀鈴隨即一怔，但見他一臉認真，她不敢隨便打斷他。

「……不對，這只是研究學者的說法。一個人超能力暴走之後，他的情緒會變得非常不穩定，有時候會十分平靜，但有時候會大吵大鬧；有時候會相當的溫柔，有時候卻會很暴躁……他們的行為會變得難以捉摸，就像一個不講邏輯的小孩子。」

關銀鈴驀然想起和游白雪見面的時候，對方最初明明很高興，而且態度就像一個追星的小粉絲，但在吻上來之後，忽然以大姐姐自稱，接著就抓狂地襲擊她。

正如游諾天所說，她的行動根本毫無脈絡可言。

「為什麼……她會變成這樣子？」

「是我的錯。」游諾天這句回答比之前所有的話都來得快。

可是與此同時，他的表情十分苦澀，明明沒有皺起眉頭，整張臉卻是一片黯淡。

「我曾經當過超級英雄，然後……我傷害了她。」

「怎麼……不對，製作人，你曾經也是……」

「抱歉，一直沒有告訴妳們。我曾經當過超級英雄，不過我根本不配。要是我有認真思考超級英雄的真正意義，白雪就不會變成這樣子。」

關銀鈴說不出話。大量的訊息塞滿腦袋，她只能夠囫圇吞棗，而在這個時候，游諾天這句話就像石頭一般，沉重地從頭頂打下來。

——超級英雄的真正意義？

「這是……」關銀鈴用幾乎是囁嚅的聲音說：「什麼意思？」

「超級英雄的超能力，都是為了保護重要的東西而存在。但是，我卻沒有做到——」

「哥哥，找到你了！」

猝然一道聲音從旁響起，游諾天猛地轉過頭，便見到一個閃著金光的身影站在窗邊。金光的真身，是游白雪。

「白雪！妳——」

「哥哥，抱歉。」游白雪的動作極快，只見一道金光在半空殘留。

關銀鈴立即運起超能力，可惜還是慢了一步。

「之後，我會好好跟你談一談的。」

游諾天根本來不及反應，他甚至連疼痛都感覺不到就昏倒在游白雪的懷中。

「就這樣，我要把哥哥帶走了！」游白雪忽然笑著說道，然後抱著游諾天回到窗邊，輕盈地跳下去。

「等等！把製作人還回來！」

事情發生得太突然了，關銀鈴完全來不及思考，身體便率先跟上去。她的腹部依然有點疼痛，腹筋處甚至有點麻痺了，可是她沒有因此停下來，反而加緊速度追上去——

但她追不到。

「等等！」

任憑她跑得再快，游白雪依然輕鬆地跑在她的眼前。

——為什麼會追不上？

關銀鈴知道游白雪——亦即複製小貓——其超能力是可以透過親吻複製對方的超能力，每次只限一種，而複製回來的超能力和對方是一模一樣的。所以說，在超能力相同的情況下，抱著游諾天在奔跑的游白雪應該比她稍微慢一點，即使她遲了起步，她也應該可以追上才對。

——為什麼會追不上？

「等等！妳到底想做什麼！」

腹部傳來一陣輕微的痛楚，就像不小心被針扎了一下，關銀鈴以為正是這點疼痛令她追不上，但她忽然想起游諾天剛才說過的話。

「假如超能力暴走了，這些限制將不再存在。」

「難不成……等等！妳太亂來了，這樣身體會受不了的！」

關銀鈴慌忙大叫，她從沒想過對方會因此動搖，不料游白雪竟然真的立即停下來，然後慢慢轉過頭來。

游白雪沒有驚慌，只是疑惑地歪著頭，「身體會受不了？」

「是的！」

對方毫無防備，關銀鈴大可以趁機攻擊，但她只是趕忙來到對方身前，解釋道：「我的超能力很厲害，但對身體也有很大的負擔，如果妳不顧一切拚命使用它，妳一定會累倒的！」

游白雪明白了，於是輕輕點頭，「原來如此……所以呢？」

「所以……把製作人還回來，然後跟我回去吧。」關銀鈴往前遞出右手，「我不知道發生了什麼事，但我看得出製作人很擔心妳，所以和我一起回去吧！之後再和製作人好好地談一談——」

「我和哥哥的事情，才不要外人插手！」游白雪突然一聲怒喝。

關銀鈴隨即住口，同時她把雙手擋在身前，正好擋下游白雪的拳頭。

「嗚——！」

游白雪的拳頭雖小，刺拳的力道卻強大得像裝上了炸彈，關銀鈴當場覺得雙手的肌肉像是要裂開了，身體反射性地往後躍開，和對方拉開距離。

「哥哥是我的，我不會把他交給任何人！」

游白雪卻比她更快一步，關銀鈴才剛落地，游白雪已繞到她的身後，右腳如同釘子一般釘在地上後，以右腳為支點撐起身體，左腳則如同鞭子，狠狠踢在關銀鈴臉上！

「唔……！」

「想搶走哥哥，我絕對不會放過妳！」

關銀鈴被踢得眼冒金星，整個身體前後搖晃，游白雪隨即竄入她的懷中，右手由下往上朝她的下巴用力猛擊！關銀鈴驚險避過咬斷舌頭的危機，但衝擊直衝腦門，令她眼前一黑，狼狽地跌倒在地。

「不准再追上來，不然我殺了妳！」游白雪丟下這句話後便憤然離去。

當關銀鈴終於恢復過來，游白雪和游諾天已經不在眼前。

「怎麼會……」

看著無人的街道，關銀鈴心頭一沉，正想著無論如何都要追上去之際，忽然在不遠處傳來鬥毆的聲音，她連忙回過神，急步跑了過去。

五名雙眼閃著紅光的人，正圍著一名手無寸鐵的男人拳打腳踢。

「住手！」

關銀鈴大聲一喝，五名男子果然停了下來，之後他們全抬起頭，狠狠瞪著關銀鈴。

「臭丫頭，想當正義使者嗎？」其中一名男子冷冷道，他不待關銀鈴回應便抓著長棍走向她。

其餘四人也一邊叫囂，一邊朝她走過去。

雖然身體有點疼痛，但她現正處於超人狀態，要打倒這五個人根本易如反掌，不過她沒有忘記之前卡迪雅說過的話。

「絕對不可以碰到雙眼閃著紅光的人，也不可以被他們碰到。」

因此關銀鈴沒有衝動地衝上前，她只是用力深呼吸，然後仔細看著眼前五人的動作。

看他們的眼神、看他們的動作，以及看他們的呼吸。然後，她抓準機會，一口氣繞過五人，來到倒地呻吟的男子身邊。

「要跑了，請抓緊我！」關銀鈴抱起男子，馬上就要往另一邊逃跑。

就在這時，她突然察覺到自己犯了一個嚴重的錯誤。

見到一名手無寸鐵的人被五名暴徒襲擊，她就很自然地把被襲擊的人當成無辜的受害者。因此忽略了他碰到了那五個人——又或者說，他被那五個人碰到了的可能性。

如果他是「原來的他」，這不會有任何問題；萬一他已經是「另一個他」，關銀鈴就是親手碰到了他們……

關銀鈴猛然僵住，她低下頭，看著懷中的男子。

男子仍然痛苦地抱著身體，但他睜開了雙眼，奮力抬起頭望著關銀鈴。

他的雙眼正閃著冷冽的紅光。

「咦……！」關銀鈴嚇得丟開懷中男子，接著另外五名男子也跑過來了，關銀鈴顧不得一切，一口氣把五人打倒在地上。

「這不是真的、這不是真的、這不是真的……」關銀鈴左顧右盼，想要尋找「那個身影」，但她一直找不到，正當她以為自己僥倖避開危險之際，她猝然感到身後有人在盯著她。

「假的、假的、假的……」關銀鈴一邊像唸佛一般，一邊慢慢轉過身，此刻腦中迴響著卡迪雅說過的話。

「他的超能力名為『邪惡之書』。」

「這是一種很特別的超能力，他能夠把任何一本書變成『邪惡之書』，然後召喚出一種『邪惡分身』。」

「這個邪惡分身沒有殺傷力，單論體能，就連一個普通的小孩子也可以打倒他。」

「不過，他只要碰到別人，他就可以召喚出對方的邪惡分身。他召喚出來的分身都會具備本體的所有力量，而且也擁有召喚分身的能力。」

「邪惡分身是本體的邪惡面貌，他們心中沒有倫理道德，一心只追求破壞和混亂。」

「要阻止他，唯一的方法就是破壞他手上的邪惡之書。」

「你們的超能力都很危險，所以聽清楚，絕對不要碰到他們，也不要被他們碰觸。」

「不然，情況一定會變得更加混亂。」

「妳……」關銀鈴終於看到身後的人。

那人沒有穿著黃襯黑的運動服，也沒有戴著黃銅色的面具，可是那人有著一個怎樣也忽視不了的大額頭。

「妳、妳好？妳看起來和我很相似呢……？」關銀鈴裝傻道，同時她慢慢靠近對方，而對方仍然低著頭不發一言。

「現在街道很危險呢，妳最好快點去避難啊。」她的心跳加速，手心也不斷冒出冷汗，「如果妳不知道避難中心在哪裡，我可以帶妳去……」

——她不是我，絕對不是我！

關銀鈴在內心拚命吶喊，之後她慢慢握起對方的手。

這時，對方終於抬起頭來，露出一雙紅色的眼睛。

「煩死了！煩死了煩死了煩死了煩死了！」

不只是臉蛋，對方連聲音也和她一模一樣，關銀鈴不禁縮起肩膀，看著對方仰天叫道——

「太煩了！統統給我消失吧！」

紅色的光芒倏地籠罩對方全身，關銀鈴一驚，連忙撲上前抓住對方。

「放手！」

「我不放，我不會讓妳亂來的！」

對方狠狠甩開關銀鈴，不過關銀鈴及時再撲上去。

「那麼，給我去死吧！」

即使事先知道「邪惡之書」的事情，但關銀鈴還是忍不住吃驚。竟然會被自己叫去死！關銀鈴從來沒想過會發生這種事情，正因為這一瞬間的震驚，分身沒有錯過這個機會，身體往後一仰，直接來一記鐵頭撞擊！

「嗚！」

二人幾乎是同一時間慘叫出聲，關銀鈴摀著頭，分身也摀著頭，之後分身凶惡地瞪起雙眼。

「妳這傢伙，頭為什麼會這麼硬！」分身罵道。

「是妳撞過來的吧！」

「那妳就給我乖乖倒下呀！」雖然分身雙眼閃著紅光，但不難看出她正痛得流眼淚，緊接著她咬緊牙關，慢慢蹲下身體。

超人炮彈，發射！

分身倏地化身成紅色的彗星，拖著赤紅色的殘影急速蹬前，但關銀鈴把一切看得一清二楚，她沒有呆愣站著，反而順著對方的來勢，搶先竄進對方懷中。

「喝——！」

「妳以為會得手嗎！」分身叫道。

關銀鈴一記手刀快絕無影，不過分身也看得見她的動作，分身及時停下腳步，然後憑著急速煞停的力道，勉強劈出回擊一掌。

「嗚！」

兩個相同的物體以相同的速度互相碰撞，不只會給予雙方相同的傷害，自己也要承受相同的痛楚。這件事，關銀鈴現在切身體會到了。

「妳這傢伙……快點給我消失！」分身疼痛得要在原地亂跳，不過她拚命忍住了，同時沒有再胡亂撲出。她一邊撫著手掌，一邊打量著關銀鈴。

關銀鈴也是一樣。

二人就像鏡子一般，以相反的姿態做著相同的動作。

「妳為什麼要阻止我？妳明明也覺得好煩吧？NC也好，HT也好，其他所有瑣事也好，統統

都太煩了！什麼ＳＶＴ什麼反超能力聯盟的，我們都受夠了啦！把一切都破壞掉不是很好嗎？」分身憤然大喝。

關銀鈴隨即大聲回喝：「我的確覺得好煩，但是這不代表我們就要破壞一切吧！這樣做肯定是錯的！」

「那麼妳想怎麼做？就只是躲在病房，然後等一切自然消失嗎？」

「這個……」沒想到分身竟然會如此質問，關銀鈴當場縮起肩膀。

「妳不知道對吧？既然不知道就乖乖回去病房！反正妳什麼也不敢做，就讓我來結束一切！」

「我——」關銀鈴不自覺地退後一步。

這一步輕得沒有發出半點聲音，而且只在短短半秒之間，不過分身抓緊這一瞬間，紅色的身影猶如狂風般往前衝出，接著左腳一蹬，一記膝撞就要撞向關銀鈴頭顱。

關銀鈴這次也察覺到了，可惜分身是趁她未踏穩腳步之前就來到她身前，身體的重心正好往後偏移，慢了半拍才能夠反應過來。

「去死吧！」

超越人類體能的極限膝撞馬上就要撞上額頭，關銀鈴雖然對自己頭蓋骨的堅硬程度很有信心，但它的對手是自己的膝蓋，假如正面受到撞擊，關銀鈴肯定自己會敗！

「喝呀！」

關銀鈴避無可避，唯有順著身體退後之勢往後仰倒。同一時間，她發出驚天咆吼——不，其實沒有。雖然關銀鈴是很想大喝助威，但要一邊往後仰倒、一邊大喝，實在不是正常人可以做到的事情，所以她只是無聲地狼狽倒下。

而這記響亮的咆吼，是從天而降的。

「轟！」

一個龐大的身軀突然在關銀鈴眼前降落，兩條比身軀本人更加巨型的手臂則擋在她身前，正好擋住了分身的膝撞！

這記踢擊的威力非同小可，即使男子拚命想要穩住身體，但仍然失去重心地往後退了兩步。接著長著鱗甲的雙手變回普通的手臂，在結實的肌肉上明顯出現了一大片瘀青。

「你……」

「我們果然很有緣，是命中註定的一對！」雖然手臂在顫抖，但男子仍然擋在關銀鈴身前。

關銀鈴當然認得他，他就是自從他們在明星遊樂園的合作開始，就一直在追求她的暴君恐龍。

「雖然我不知道發生了什麼事，但既然我在這裡，就不會讓任何人傷害妳！」

即使現在天色灰濛濛的，暴君恐龍說出這番話的時候，神態英勇得就像迎面對著早晨曙光的戰場英雄。

這就是傳說中的「英雄姿勢」！

關銀鈴想起了之前接受過的拍攝特訓，她一直都做不好，眼前的暴君恐龍卻輕輕鬆鬆就做到了，真不愧是ＡＡ級——

「所以，妳就和我——」

「你這個白痴！你在幹什麼呀！」

冷不防關銀鈴一聲大喝，暴君恐龍當場愣住，並訝異地回望她。

「我……就是在保護妳？」

「不是啦！你你你你怎麼會被她碰到呀！」

「呃，不這樣做，妳就會被踢倒？」暴君恐龍聽得一頭霧水，之後他轉過頭看著分身。他終於察覺到不妥之處，「咦？她……好像和妳很相似？」

「她就是我啦！不，這件事不重要，你被她碰到，也就是說……」關銀鈴不敢說下去。

一個擁有無窮力量的女超人在城市裡大肆破壞？光是這樣就足以令市區一片混亂，而且肯定會造成難以估算的損失。

如果再加上一隻發狂失控的恐龍呢？那麼NC一定會變成一個有趣的大型馬戲團，到處都有精采表演……

——才不可能啦！

關銀鈴朝暴君恐龍的身後看過去，這一次她馬上就看到了——一個人影就像從海中浮起般，慢慢地從暴君恐龍的影子裡頭爬出來。

「不可以走出來！」關銀鈴趕忙跑過去，想要把人影壓回去，可是她一碰到人影，身體馬上像觸電一般，不由自主往後躍開。

「這到底是……」暴君恐龍也回過頭來，當他見到自己的邪惡分身，他當場目瞪口呆，然後錯愕地指著對方，「他……好像和我很像呢？」

「他就是你啦！」

「他就是我？我先說好，太複雜的事情我不懂——」

「總之，你要拚死阻止他！」

關銀鈴把暴君恐龍往前推，同一時間，暴君恐龍的分身睜大雙眼，不祥的紅光射出，然後他仰起頭，從丹田深處發出野獸的咆吼！

◆◎◆◎◆◎◆

邪惡分身引起的騷動越來越劇烈，西區的街頭不斷傳來叫囂和怒吼，濃煙與燒焦的氣味也充斥每個角落。

然而，在一間不起眼的咖啡廳，一名男子就像察覺不到四周的混亂，一個人坐在店裡頭悠閒地喝著咖啡。

在他的手邊，是一本裝幀特別、恰好是兩隻手掌大小的書本。

一般書本的封面都是平滑的，這本書的封面卻像礦坑一般凹凸不平，但如果親身用手去觸碰，便會驚覺它竟然異常柔軟，宛如生物的血肉。

而且在這本書的四周，隱隱閃爍著紅色的光芒。

「啊，又有新角色出現了。」空無一物的白紙上突然有文字浮現出來，男子本來不太在意，不過當他讀著紙上的描述，不禁越讀越起勁，雙手就像要陷入白紙一般用力捏著。

「喔呵，這女孩真厲害。」男子舉起手抓著後頸。

這是再自然不過的動作，不過男子的後頸已經被抓傷了，男子卻不以為意，即使傷口被抓破，他還是繼續抓著，弄得指頭都染上血汙。

就在這時，放在桌上的手機響了。男子有點不悅地看了一眼，之後隨便打開免持功能接聽。

「我應該說過，我不喜歡看書的時候被人打擾。」

「你的狀態似乎很不錯呢。」

對方巧妙地避開他的抱怨，他實在很不高興，但是同時他又很喜歡對方的聲音，所以決定原諒她，「我之前說過了吧？只要給我一本書，我就可以給妳看一個好故事。」

「這的確是一個好故事。」

她的聲音帶著笑意，他聽到後不禁心花怒放。

比起她的聲音，他更加喜歡她的笑聲。

「你的熱情我都感受到了，你的故事一定會越來越精采，不過你知道其餘兩人的情況嗎？我找不到他們呢。」

男子馬上癟起嘴巴。明明談得這麼愉快，她卻突然提起另外兩人，真是不懂情趣。

「那女孩跑去找她親愛的哥哥，至於那個小子，他好像混進避難中心了。」

「我們的計畫，好像是要讓他從外部破壞各個避難中心呢。」

對方的聲音依然溫柔平靜，聽起來不像是責難，男子卻立即板起臉孔，連聲音都低了幾分。

「我哪知道那小子在想什麼？我有好好跟著妳的計畫，不要埋怨我。」

「放心，我只是好奇而已，而且雖然我們早有制訂計畫，但你們才是身處現場的人，我相信你們的判斷。」

「哼，嘴巴倒是說得好聽。」

男子冷哼一聲，忽然他瞥到書本上的另一頁白紙又被文字填滿，他立即低頭看，然後馬上笑出來。

「這傢伙也好厲害。」

「又有新的演員上場了嗎？」

「沒錯，而且這傢伙可以變成恐龍，肯定會令氣氛更加高漲。」男子完全忘了之前的不快，開心地回答對方——接著，他察覺到又有另一頁紙被填上字了。

「呀哈，大家都好努力，我真是太高興了，我看看，這次新的演員是……哈！又是一名有趣的女孩！」

「事情這麼順利，那就太好了。」對方輕笑了一聲，「那麼，我也要回去準備，就不妨礙你看書了。」

「嗯！如果有有趣的劇情，我會通知妳的。」

「我拭目以待。」

對方說完後便掛斷電話，男子立即把全副心神都放在書本之上。他低著頭盯著文字的模樣，就像要把整本書都吞下肚子。

「好了，來吧來吧來吧……」他的眼球幾乎要貼在紙張之上，接著他抓著後頸，露出愉悅的笑容，「讓我看精采的故事吧！」

第四章

嘰嘰嘰嘰嘰嘰嘰嘰嘰嘰嘰——

避難中心的氣氛相當凝重，不只是瑟縮在一角的普通市民，連許筱瑩她們都覺得要喘不過氣，不過許筱瑩努力裝出平靜的模樣，然後慢慢打量四周。

鋼鐵的堡壘——這種說法一點也不為過，整個圓形的空間都被鋼鐵製造的牆壁包圍，抬頭仰望看到的是銀色天幕，往四方八面延伸的是冰冷且堅固的通道，把大廳和其他存放物資的房間連接在一起。

「這裡可以容納最多五百人，不過街上的情況很混亂，我猜頂多只有三百人來到這裡。」赤月也在打量四周，說出自己的觀察。

「我也是這麼想。」許筱瑩點了點頭，「這樣的話，這裡原本能夠應付兩個星期的物資，現在也許可以用上一個月。」

許筱瑩冷靜地看著手邊的避難中心簡介，藍可儀卻聽得臉色鐵青。

「我們……要留在這裡一個月嗎？」

「這是最壞的情況。」許筱瑩輕嘆一口氣，「誰叫我們現在和外面完全隔絕，根本不知道發生了什麼事。」

「嗯……」

「放心，正如筱瑩所說，這只是最壞的打算。除非外面發生了嚴重的天災，不然我們不會待這麼久的。」赤月微微一笑，然後點著下巴說：「說起來，剛才妳們說的事……」

「我們說的事？」

「就是那些雙眼發出紅光的人。坦白說，我是聽得一頭霧水，不過仔細一想，我好像聽過類似的傳聞。」

「真的嗎？」許筱瑩追問。

藍可儀也筆直地盯著赤月，赤月趕緊揮手說道：「不要用這種充滿期待的眼神看過來，我只是依稀有一點印象，而且……該怎麼說，那只是都市傳說。」

赤月慢慢調整偵探帽子的帽簷，緩緩地說：「那是我十幾歲時候的事情了，已經相隔十年，所以我可能記錯。曾經有一段時間，有很多人都說自己被眼睛閃著紅光的人襲擊。」

「……我好像沒聽說過。」許筱瑩疑惑地說。

「那時候妳們大概只是五、六歲，不記得也很正常，不過這件事當時很有名呢，有些報章還為這件事起了『紅眼怪人』這種蠢到不行的標題。」

「但我們不是見到一個眼睛發出紅光的人，而是一群眼睛發出紅光的人。」

「我知道，所以我只是說類似，而且這件事還有一個奇怪的地方。」

赤月停了一會，又道：「所有人對那位『紅眼怪人』的描述全部都不一樣。有人說他是一個高大的男人；又有說他長得很矮小，就像一個小學生；也有人說他其實是一個女人，十根指甲都塗上紅色的指甲油……有多少人見過他，他就有多少種不同的樣子。」

藍可儀聽到這些描述，不禁打了一個冷顫，「那不就是……和我的超能力一樣嗎？」

「這是其中一種解釋，而另一種解釋是……假如這個『紅眼怪人』並不是一個人呢？」

「如果是這樣——」許筱瑩沉著地說：「我們見到的那群人，也許就是那個『紅眼怪人』，又或者是和他有關係的人……」

「正是這樣。不過，這只是我突然想起來的事情，也許和現狀無關，而且就算兩件事真的有關係，我們什麼都做不了。」

赤月平靜地道出這個事實，許筱瑩心頭不禁一沉，之後她拿出手機，可惜就如她所想的一樣，手機現在收不到任何訊號，只是一件沒有任何用途的鐵塊。

「小鈴他們……不知道還好嗎？」

「銀鈴和靜蘭姐都比我們強得多，而且製作人也肯定有辦法保護自己，不要太擔心。」

許筱瑩說得平靜，但她其實也有點擔心，畢竟眼下的情況實在有點異常，比之前恐怖魔王事件更有過之而無不及。

「那個……」

忽然前方有聲音傳來，許筱瑩抬頭一看，便見到兩名女孩站在眼前。她們的年紀比她小一點，互相靠在一起，看起來有點畏首畏尾。

「怎麼了？」許筱瑩用一貫冷靜的語氣問道。

兩名女孩隨即驚慌地低叫一聲，然後更加貼近彼此，「這、這個……我、我們想……」

她們不敢正眼看著許筱瑩，於是低頭望向她身邊的赤月和藍可儀。

「可以請妳們……來幫忙嗎？」其中一名女孩終於說下去。

許筱瑩不禁挑起眉頭，「為什麼？」

許筱瑩其實沒有責備對方的意思，她知道市民現在不會相信她們，也很理解市民會排斥超能力，但兩名女孩一聽，又再嚇得叫出來。

「對、對不起！我、我們沒有討厭妳們，是真的！」

「呃，我不是這個意思……」許筱瑩又再皺起眉頭，她是在苦惱，可是看在其他人眼裡，總覺得她是感到煩厭。

赤月看著這樣的她，忍不住笑出來，「好了，妳再不放鬆眉頭，她們就要被妳嚇暈了。」

「……這只是反射動作。」許筱瑩不太高興地說道，但她也聽從赤月的建議，用力吐一口氣之後，終於放鬆緊鎖的眉頭。

「請冷靜一點，我不是在責備妳們，我只是有點好奇，妳們指的幫忙是？」

「那、那個……」兩名女孩還是不太安心，彼此相望之後，一名女孩才鼓起勇氣說下去：「我們，也許要在這裡待一段時間，對嗎？」

「我不敢肯定，但如無意外，至少要待上一、兩天。」

「所以……我們想請妳們來幫忙。」女孩在裙襬前握著雙手，「這裡有很多人，有小孩子、有老人家，健壯的大人也有不少，不過我們都太緊張了，不知道要怎麼辦……」

——坦白說，我也不知道該怎麼辦。

這是許筱瑩的真心話，而她相信藍可儀比她更加不安，所以她不敢貿然回答，只是默默地看著對方。

「既然這樣，我們就來幫忙吧。」

許筱瑩還未能下決定，赤月突然率先回答，之後爽快地站起來。

「咦？赤月小姐，請等一等！我們也——」

「不用想太多，在這種場合，我們能夠做的事情確實有限，但換個角度想，不就是說正好有我們能夠做的事情嗎？」赤月掛上平常的自信笑容，慢慢拉起許筱瑩。

「這……」

「幫忙分派物資、向他們解釋現在的情況、簡單介紹避難中心各個地方的用途……諸如此類的小事，雖然大家都有能力做到，可是正如她們所說，大家都太緊張了，這些平常可以做到的事情，現在都不知怎麼去做。」

赤月接著拉起了藍可儀，輕輕拍著她的手臂，「所以，這就是妳們出場的時候了。妳們戴著的面具，可不是普通的裝飾品啊。」赤月笑著指向自己的臉頰。

許筱瑩隨即舉起手輕碰自己的面具——熟悉的觸感，輕輕從指尖傳過來。

「……我明白了，就讓我們來幫忙吧。千面？」

許筱瑩望向藍可儀，本來以為對方會立即附和，但藍可儀只是看著前方，彷彿沒注意到她。

接著，藍可儀察覺到許筱瑩的視線，連忙用力點頭，「嗯！我、我們會努力的！」

得到她們的首肯，兩名女孩明顯露出安心的笑容，之後和她們一起走回去群眾身邊。

正如二名女孩所說，在場的人都相當不安，有些人見到許筱瑩她們的時候更是露骨地板起臉孔，不過他們都沒有像灰衫男子那樣大叫著「我才不要妳們的施捨」，而是默默接過她們分派的物

資，然後聽她們解釋現況。

一番工夫之後，瀰漫在避難中心的凝重氣氛稍微放緩，許筱瑩和藍可儀趁機稍事休息。

「妳們都做得不錯呢。」赤月把兩瓶熱牛奶遞給二人。

接過之後，許筱瑩不由得輕聲嘆氣，「但我們只能做到這些事。」

「這已經很足夠了，妳看他們不是比之前冷靜了嗎？」

「的確是。」許筱瑩淡然一笑，接著轉頭看著藍可儀說：「說起來，可儀妳還好嗎？」

「咦？我、我還好……？」藍可儀縮起肩膀，睜著圓滾滾的眼睛望著許筱瑩。

「妳是不是有點累了？從剛才起妳的臉色就很奇怪。」

「啊，這個，不是……」藍可儀慌忙揮著手，之後她望向人群，輕聲地說：「只是……不，應該是我想多了……」

「我看妳果然是累了吧？」許筱瑩把手中的瓶子交給赤月，然後握起藍可儀的手，轉頭對赤月說：「赤月小姐，我們去洗一下臉，馬上就會回來。」

許筱瑩帶著藍可儀走到洗手間，確認裡面沒人之後，她把門鎖上，然後脫掉護目鏡。

雖然早就習慣一整天都要戴著面具，但今天的面具特別沉重，所以當許筱瑩脫掉護目鏡之際，她忍不住吁了一口氣。

「妳也脫掉面具，好好放鬆一下吧。」許筱瑩一邊說一邊打開水龍頭，她把水舀在掌心潑到臉上。冰涼的感覺慢慢滲入體內，讓她精神為之一振。

「前輩……」藍可儀卻沒有脫下面具，她只是低著頭，雙眼緊盯水龍頭。

「不要太擔心，會沒事的。」許筱瑩用力深呼吸，「雖然情況還是有點糟糕，但正如赤月小姐說的，大家都比之前冷靜了，在這種時候，我們不可以反過來顯得慌張。」

「嗯……」

「所以趁現在放鬆一下吧，一直在緊張，身體會受不了的。」

許筱瑩說完後，馬上伸了一個懶腰，之後維持高舉雙手的姿勢，緩緩左右擺動。難得見到許筱瑩這樣的一面，藍可儀不禁一愣，但總算放鬆下來，接著她舉起手，準備脫掉面具。

「嘰嘰——」

「咦？」

忽然一個輕微的聲音傳到耳邊，藍可儀立即抬起頭，她以為許筱瑩也聽得見，但見許筱瑩只是重新戴上護目鏡，似乎沒有察覺。

「前輩……妳聽得到嗎？」

「抱歉，我沒有聽見。妳說了什麼？」

「不，我沒有說什麼，但是……」

藍可儀輕輕握起拳頭，她左右張望，想要尋找聲音的來源，可是聲音就像突然消失了，任憑她再細心去聽也聽不見。

「……也許是我聽錯了……」

「嘰嘰——」

「咿！」聲音果然就在附近！藍可儀嚇得大叫。

這一次許筱瑩也聽到了，她馬上走到藍可儀身邊，並把藍可儀擋在身後。

「嘰嘰、嘰嘰、嘰嘰——」

「這是……」許筱瑩說不出這是什麼聲音，只覺得聲音相當刺耳，就像有什麼尖銳的東西直接刮著耳膜。

「前輩，是不是……在那裡？」藍可儀指著其中一個隔間。

那裡的門沒有關上，但由於它位於洗手間的最內側，所以她們所在的位置不能看清楚那邊。

「……我去看一看。」

「我、我也去……」

兩人不只放輕聲音，連腳步都放輕了，只有腳尖碰上地面時發出輕微的摩擦聲。兩人越靠近隔間，她們的呼吸便越輕，甚至屏住了呼吸。然後，在離隔間只有幾步之遙的時候，許筱瑩變出了一把左輪手槍，緊緊地握在手裡。

「嘰嘰、嘰嘰——」

隔間就在眼前，許筱瑩沒有再靠近，她把槍口直指前方，揚聲問道：「有誰在嗎？」

沒有任何回答，唯一的回應就是那些「嘰嘰」的聲音。

藍可儀想要抓住許筱瑩的手，但她怕自己會妨礙到對方，所以只好縮起身體躲在對方身後。

「如果有人在的話，請出來吧。我們是超級英雄，我是隸屬於ＨＴ的惡魔槍手，身邊的是同屬ＨＴ的千面。」

許筱瑩報上身分，隔間裡頭卻仍然沒有回答，許筱瑩馬上轉頭看著藍可儀，用口型說出「我去看一看」，然後指著大門，示意她要見機逃跑。藍可儀不知如何是好，她實在不想讓許筱瑩隻身犯險，可惜在這種場合她和普通人沒什麼兩樣。

許筱瑩終於朝著隔間踏出一步。就在這時——

「嗚哇！」

洗手間外頭忽然傳來驚呼，她們隨即回過頭。許筱瑩顧不了隔間的謎團，馬上帶頭衝出去。

「嘰嘰、嘰嘰——！」

身後猝然傳來刺耳的雜音，聲音就像化成實體一般襲向她們，她們再度回過頭看著隔間，錯愕地看著「那些東西」。

它們只有手掌一般大小，乍看之下只是一個個圓滾滾的鐵球，不過在它們兩側有兩對如手指般粗的鐵爪，鐵爪撐著地面，讓它們直立在地上。鐵球的中心有一道猶如鋸齒的裂縫，那就像一張嘴巴，並且不停地開合，「嘰嘰」的聲音正是從那裡傳出來。

如果只有一隻，也許她們會覺得這是一件造型奇特的玩具。但在她們眼前的不是只有一隻，而是一群——它們從隔間裡跑出來，儼如鐵色的水流一般，瞬間淹沒眼前地板。

「咿……！」

藍可儀嚇得尖叫出來，所有鐵球立即被她的叫聲吸引，同時把嘴巴朝向她。

——不好！

許筱瑩內心驚呼，然後一如她所料，眼前的鐵球大軍果然朝著她們衝過來！

◆◎◆◎◆◎◆

——也許眼前的一切都是一場夢？又或者這是敵人的超能力，讓自己陷入惡夢之中，只要自己堅信眼前的事物都是假的，他們就會消失吧？

——這樣想好像比較合理。

——比起兩隻恐龍在身邊互相撕咬，和自己的分身拚命毆鬥，然後分身因為太過不爽所以不斷在咆哮……如果這是夢境，一切都合理太多了。

——不過，哪有夢境會有痛覺的？

——無論是左直拳、右勾拳、上段踢、掃堂腿，分身所有招數都是拳拳到肉，每承受一拳，身體就痛一分。這種直擊腦門的疼痛，才不可能是夢境！

「功夫少女，這到底是怎麼回事！」暴君恐龍終於忍不住大叫出來，接著他再次張開暴龍的血盆大口，朝著分身的脖子咬下去。

「這種軟綿綿的招數哪可能打中我！」暴君恐龍的分身及時扭開脖子避過這致命一擊，接著反過來咬回去。

暴君恐龍沒有硬碰硬，他霍地變身成體型較小的恐爪龍，輕盈地躍到對方身上。

「總之記住，要拚死阻止他，不要讓他碰到其他人！」

兩頭恐龍的戰鬥固然激烈，關銀鈴這邊的超人之戰也沒有閒著，分身的攻擊越來越凶狠，每一拳都挾著要同歸於盡的氣勢打過來，每打中一拳，不只是關銀鈴喊痛，連分身自己也受不了而皺起眉頭。

「快點給我倒下！」

「妳才是快點給我住手！」

「轟！」

兩人的拳頭正面衝撞，一股衝擊隨即在拳頭之間爆散開來，兩人都因為反作用力退了一步。

緊接著她們同時抓住地面，分身再次揮出直拳，但是拳頭未打中目標，卻被關銀鈴搶先抓住手腕，並被她順勢來一記過肩摔！

「喝呀——！」

「別以為……這樣就得手了！」

身體馬上要撞向地面，在這千鈞一髮之際，分身猛地用雙腳夾住關銀鈴頸部，關銀鈴還未來得及驚愕，分身腰間一使勁，她隨即感到天旋地轉，被狠狠摔在地上。

「嗚！」

「這隻手我要了！」

分身用全身的力氣緊抓住關銀鈴的手臂。關銀鈴當場一慌，連忙鼓起左手肌肉，拚命想要抵抗分身。

「咻——」

一個人影猝然從天而降，分身及時察覺並往後躍開，關銀鈴則立即收回手臂。她正想要跟著避開，可是一看清楚眼前的身影，馬上主動上前接住對方。

「嗚！」

對方如同炮彈一般打在關銀鈴身上，關銀鈴沒有受傷，反而是對方低叫一聲，然後撐著日本刀站起來。

「是妳！」關銀鈴認得眼前的人，她正是EXB的斷罪之刃，「為什麼妳會——小心！」

一抹銀光如箭矢般從頭頂射來，關銀鈴搶先擋在斷罪之刃身前，右手一撥，驚險地擋開射來的無情刀刃——那是一把日本刀，和斷罪之刃手上的一模一樣。

「等等，該不會……？」

關銀鈴臉上血色盡失，還未問下去，答案已來到眼前。

即使白色的面具完全擋住臉孔，但渾身散發出來的尖銳殺氣，以及和斷罪之刃一模一樣的瘦削身軀，足以說明眼前的人到底是誰。

「妳也被碰到了嗎？」關銀鈴險些要昏倒了。

以斷罪之刃的性格來看，肯定是她主動跑去攻擊其他分身，然後在混亂之際被碰到。

「哈哈哈，反正只是再多一個手持日本刀的邪惡分身，情況也不是那麼糟糕……才怪啦！這樣子根本沒完沒了！」關銀鈴懊惱地大叫。

「妳在看哪裡呀！」關銀鈴的分身倏地躍到二人頭頂，高舉的右腳化身成鋒利的鐮刀，藉著下墜之勢，一腳要劈向關銀鈴肩膀！

然而，出乎她意料之外，腳刀還未擊中目標，一剎銀光在眼前劃出一道弧形。

關銀鈴的分身認出這正是斷罪之刃手上的日本刀，但她沒有因此退縮，因為她堅信區區的日本刀，絕對不可能擋下她。

「喝——！」

分身使出的腳刀正面踢上日本刀，日本刀當場斷掉——可惜並沒有。

雖然斷罪之刃的身體的確被踢得往下一沉，可是她拚命握緊刀柄，猛地一喝，竟然把關銀鈴的分身推了回去！關銀鈴的分身在空中轉了一圈後才落到地上，分身驚訝地看著斷罪之刃，以及依然閃著耀眼銀光的完整刀鋒。

「怎麼會……」

無視分身的驚訝，斷罪之刃慢慢把日本刀收回刀鞘之中，接著沉下膝蓋。

關銀鈴見狀馬上阻止她，「等等，妳打不過我的！還是讓我來——」

「我知道，但我不會立即被打倒。」斷罪之刃毅然打斷關銀鈴的話，視線猶如刀尖一般直指前方，「我們交換對手，然後，妳要先打倒她。」

「咦？」關銀鈴霎時想不透斷罪之刃在想什麼，但見對方毫不畏懼，她突然靈機一動，然後猛地轉身面對斷罪之刃的分身，「我馬上就打倒她！」

斷罪之刃的分身手上不知何時再次拿著日本刀，她就和本尊一樣，刀在鞘中，身體則輕輕地下沉，極度專注地盯著關銀鈴。

看到她這個架式，關銀鈴就知道她們都有相同的想法——先打倒斷罪之刃（或分身），之後就可以聯手夾擊關銀鈴（或分身）。

論身體能力，處於超人狀態的關銀鈴絕對在斷罪之刃之上，所以勝負就在短短幾秒之間。但雙方的情況都是一樣的，分身也可以在幾秒之間打倒本尊的斷罪之刃。

關銀鈴沒時間多想，一吐一納之後，她霍地蹬出，五步之間便要竄進對方懷中。

但在這之前，斷罪之刃的分身出手了！

關銀鈴無論是速度還是反射神經都在斷罪之刃之上，照道理對方根本無力對抗，不過斷罪之刃擁有一個關銀鈴絕對比不上的優勢——攻擊距離。

單論攻擊距離，手持日本刀的斷罪之刃，絕對比赤手空拳的關銀鈴更占優勢，在關銀鈴出手之前，如果斷罪之刃能夠看清楚對方的動作，就可以先發制人。

當然，關銀鈴的速度遠比斷罪之刃快，斷罪之刃要搶先攻擊是不可能的，而且即使她誤打誤撞搶先揮出刀刃，以關銀鈴的反應速度也絕對可以避開。所以，斷罪之刃只能夠在那唯一的「剎那」揮出刀刃——在關銀鈴踏入日本刀的攻擊距離，並且要再次提起腳步那稍縱即逝的剎那。

只有在那一刻，關銀鈴會處於短暫的滯空狀態，而且她的意識都放在接下來的攻擊之上，對於突然的攻擊，反應肯定會慢上半拍。

為了抓住這個機會，斷罪之刃和她的分身都毅然使用居合。

很多人都誤解居合要求的是快。然而真正的居合，要求的是準確無誤——在最恰當的時機，以最極致的集中力，揮出最適當的一刀，這才是居合。

一閃！

「嗚……！」

關銀鈴一腳踏下，另一步正要踏出，猝然她察覺到斷罪之刃的分身猛地拔出日本刀，而且對方瞄準的不是胸口或頭顱，而是她的雙眼！

關銀鈴沒忘記斷罪之刃的日本刀不只鋒利，它更堅硬得猶如岩石，即使被她的拳頭正面擊中也能安然無恙，所以她連忙舉起右手，及時擋下這記凶險斬擊！

「嗚呀——！」

同一時間，一聲慘叫響起了。不是關銀鈴分身的慘叫，而是斷罪之刃的慘叫。

關銀鈴馬上轉過頭，果然見到本尊的斷罪之刃正倒在地上。她的居合失敗了！

「去死吧！」

「住手！」

關銀鈴連忙跑回去擋下分身的一擊，可是才剛擋下，斷罪之刃的分身也來到了，她沒有追擊關銀鈴，目標仍然是倒地的斷罪之刃本尊。

「暴君恐龍，阻止她！」

關銀鈴急忙向暴君恐龍求救，可惜暴君恐龍也抽不出身，他仍然在和變成暴龍的分身纏鬥，而當他一分心，險些就要被咬下來。

「可惡！」關銀鈴一腳踢開分身，及時轉身擋下從上劈來的日本刀，之後她把斷罪之刃擋在身

後，獨自面對眼前二人。

情況相當不妙。本來要對抗自己的分身已經費盡心力，現在還要和斷罪之刃的分身戰鬥，她很可能會被分身們找到破綻，然後被一口氣打倒。

接著，發生了更加不妙的事情。關銀鈴握著掛在胸前的銀色鈴鐺，正下定決心要搶先攻擊，忽然她身上的金光消失了。

「咦——」偏偏在這種時候到時限了！為什麼她的超能力消失了，但分身的超能力依然健在？關銀鈴猛然想起分身是在自己使用超能力一陣子後才出現，所以對方的超能力還要過一段時間才會消失。

「嘿，看來終於要結束了。」分身馬上察覺到這件事，立即掛上不懷好意的笑容，她更加故意放慢動作踏出一步，好讓關銀鈴看到她步步迫近，「花了我這麼多時間，看我好好收拾妳。」

分身的動作越來越快，而關銀鈴無處可逃，只能堅決擋在斷罪之刃身前，忍住顫抖盯著對方。

「現在求饒的話，我可以考慮原諒妳——」分身獰笑的臉孔就在眼前，突然一道白光在她後方閃現，接著一記咆吼轟然響起，「怎麼回事……！」

暴龍倒下！

本來傲然君臨天下的暴龍突然跪下來，地面頓時劇烈震動，然後他變回人形，痛苦地抱著小腿慘叫。

看到倒下的他眼中閃著紅光，關銀鈴便知道他是暴君恐龍的分身，她不由得安心地吁了一口氣，之後一隻翼龍來到她的眼前降落。

「抱歉，剛才我被他纏住，沒有來幫忙。」暴君恐龍不好意思地說道。

「不，沒關係，但……那是怎麼回事？」關銀鈴搖了下頭。

「即使變身成恐龍，本體依然是人類呢。」

前方傳來一名男子的聲音，關銀鈴對那聲音有些微印象，但卻想不起來在哪裡聽過，不料身後的斷罪之刃霍地站起來，一邊顫抖，一邊盯著前方。

然後，關銀鈴終於看到出聲的男子。他掛著和劍拔弩張的現場完全不相襯的親切笑容，繞過倒地的暴君恐龍分身後，慢慢朝著他們走過來。

男子的衣著十分單薄，只穿著一件白色背心和黑色長褲，腳上則套著一雙殘舊的白布鞋，在這種天氣理應會冷得發抖，他卻毫不在意，仍然一臉輕鬆。他的雙手手臂都綁上乾淨的繃帶，但修長的指尖滴著鮮血，他隨便抹在繃帶之上，就像在隨手抹拭髒汙。

「你是……」關銀鈴很快便想起他是誰——英管局的特工凶刃。

「咦？我們有見過……啊，原來是HT的功夫少女。」

凶刃本來歪著頭，但一看到關銀鈴分身的樣子，他便笑著點了點頭，之後他往旁邊望過去，便見到斷罪之刃的面具，臉上親切的笑容馬上變得更加柔和。

「很久沒見了呢。」

「咦？」關銀鈴看看斷罪之刃，再看看凶刃，「你們認識嗎？」

「喝！」

本尊的斷罪之刃還未有反應，她的分身卻像一頭飢渴的獅子撲向凶刃！

她的動作既快且狠，不過凶刃表現得游刃有餘，他輕輕一笑，接著一個閃身，輕盈地繞到分身身後，然後把手按在分身的手臂之上。

「不要碰她！」

關銀鈴遲了一步，在大叫之前，凶刃已經碰到分身。分身的手臂就像被人用刀刃劃過一般，一道清晰的血痕猝然冒出，分身馬上往後跳開，然後她按著手臂，警戒地用刀尖指著凶刃。

「不好！」

分身受傷固然令人吃驚，但更重要的是凶刃碰到了分身！關銀鈴馬上朝凶刃身後看過去，那裡應該會有一個人影從他的影子中爬出來……

可是沒有。

真的沒有。

關銀鈴以為自己看走眼，所以不斷左右張望，但無論她怎麼找都找不到凶刃的分身。難道他之前已經碰到其他分身，所以一早被做出分身了嗎？關銀鈴不禁擔心著。

可是凶刃忽然一笑，然後平靜地說：「妳不會找到我的分身呢。」

「但是，你明明就碰到她……」話未說完，關銀鈴便想起一件事——暴君恐龍的分身是被凶刃打倒的，也就是說，他的確早就碰到其他分身。

不過，凶刃他的分身就是沒有出現。

「『邪惡之書』的確是很麻煩的超能力，不過它有一個明顯的缺點。」凶刃停下腳步，笑著望向關銀鈴和斷罪之刃的分身，「它能夠做出一個人的『邪惡分身』，但是假如那個人本身就是『邪惡』，它就什麼都做不出來。另外……」

凶刃身上沒有散發出一絲殺氣，臉上也是一直掛著微笑。

下一刻，他來到斷罪之刃的分身眼前。

「……！」

「邪惡的人，不會有保護同伴的意識。」

分身馬上想要揮下刀刃，可是右手受傷令她慢了半拍，凶刃趁機碰觸她的左臂，被碰到的地方隨即被劃出五道血痕！

「嗚……！」

分身再也握不住日本刀，在她放手之際，凶刃一腳踢向她的腹部，把她踢倒在地。

「若是本尊的功夫少女，肯定早就跑來保護她了，但妳沒有，妳一直在等待攻擊的機會。」

凶刃望向關銀鈴的分身。如他所說，分身沒有跑去幫忙，只是站在原處神色凝重地盯著他。

「……嘿，她倒下了根本沒影響，你以為我打不過你嗎？」分身故作輕鬆地冷笑一聲。

凶刃看著她，輕輕搖了搖頭，「不，雖然我有信心打傷妳，但單打獨鬥我還是鬥不過妳吧？不過，妳該不會忘了這裡還有其他人吧？」

分身當場臉色一沉，之後她環看四周，除了暫時不能使用超能力的關銀鈴，尚有三名超能力者包圍著她──凶刃、暴君恐龍，以及奮力握起日本刀的斷罪之刃。

「妳的超能力還可以維持多久呢？五分鐘？抑或是十分鐘？在時限到來之前，妳可以打倒我們嗎？如果妳剛才跑來保護她，勝算肯定會更高吧。」凶刃的神情終於變了，就像孩子看到玩具，眼神閃出雀躍和興奮，「『邪惡』是你們的武器，也是你們的弱點。」

「你這傢伙……」

「妳至少還有五分鐘，如果能夠及時打倒我們，妳可以反過來盡情諷刺我呢，但是假如做不到……」凶刃右手一揮，指尖上的鮮血在半空飛濺，「就要請妳乖乖倒下了。」

◆◎◆◎◆◎◆

「啊呀！」

許筱瑩搶在鐵球大軍撲上來之前打開洗手間的門，慌忙把藍可儀丟出去，之後她也及時逃離洗手間。

「砰！」

假如慢個半秒，鐵球大軍就會跟著衝出來，幸好許筱瑩搶先關上門，把它們擋在門後。

「前、前輩！剛、剛才的是……」

「不知道！現在先不要管它們，外面有事發生了！」許筱瑩沒有忘記剛才傳來的驚叫，馬上就要拔腿跑回去，可是在這之前，她忽然發現了不妥。

「嘰嘰嘰嘰嘰嘰嘰嘰嘰嘰嘰嘰嘰嘰嘰嘰嘰嘰嘰──」

「前輩，下面……！」

藍可儀指著門的下方，許筱瑩看過去，竟然見到門下被挖出一道拳頭般大的裂縫，無數的鐵球怪物正從那裡竄出來！

「快跑！」許筱瑩抓著藍可儀往前逃，但是沒跑幾步她就後悔了，因為前方正是市民聚集的地方，雖然不知道他們剛才為何驚叫，不過這樣回到那邊，就是變相把那些鐵球怪物帶回去。

「前輩……！」藍可儀也想到了這件事，可是鐵球怪物就在身後，她不敢放慢腳步，只能拚命跟上許筱瑩。但沒走幾步，她毅然放開許筱瑩的手。

「前輩，分頭走吧！」

「咦？等一等！」

「我會引開那些小東西，前輩妳回去看看發生什麼事吧！」

「不行，這樣太危險了！」

「我、我在這邊！」

藍可儀不理會許筱瑩的喝止，轉過身就往另一邊跑去，而鐵球大軍真的被她吸引，它們全部調頭，繼續發出「嘰嘰嘰嘰」的聲音追上去。

——好可怕！

藍可儀沒想到她真的成功引開了鐵球怪物，更加沒想到全部的鐵球怪物都追了上來！看到那些不斷咬合的鋸齒，她忍不住尖叫起來，但她沒有因此而停下，反而用盡力氣往前奔跑。

可惜，她跑了沒一分鐘便上氣不接下氣，手腳都像被鐵絲綁住一般繃得緊緊的，她拚命持續再奔跑十五秒，剛好見到一道大門，馬上衝了進去。

「嗄……嗄……嗄……」

心臟痛得就像要爆炸，胸口更是不受控地上下起伏，她靠著大門坐下來，一邊全身顫抖，一邊用力深呼吸。

這裡是避難中心的監控室，眼前有眾多螢幕，顯示著避難中心各個地區。藍可儀看著它們，但還沒看清楚，大門猛然傳來劇烈的震動！

「嘰嘰嘰嘰嘰嘰嘰——」

「咿……！」藍可儀連忙想要站起來，可惜手腳提不起勁，立即摔個人仰馬翻，之後她手腳並用，驚慌地爬到房間內側。

「嘰嘰嘰嘰嘰嘰嘰嘰嘰嘰嘰嘰——」

「不、不要過來！」

大門的底部被瞬間挖空，鐵球怪物一隻接著一隻湧進來，藍可儀一手抓起旁邊的雜物，拚命朝它們丟過去，可惜這只是徒勞的掙扎，任何東西一落到地上，都會在幾秒之間被鐵球大軍嚼噬得不留半點殘骸。

然後，它們繼續朝著藍可儀往前衝。

「不……不要過來啦！」藍可儀站起來，然後整個背部緊緊貼住身後的牆壁。滾燙的淚水滑過臉龐，猶如刀刃一般劃過冰冷的臉頰，但她死命咬緊牙關，不讓自己哭出聲來。

鋸齒繼續無情地迫近，只要再幾秒鐘，它們就要撲上來。

藍可儀全身僵硬，連尖叫都做不到了，她只好低下頭，用力閉上雙眼。

——前輩、小鈴……妳們一定要平安無事。

藍可儀趁著自己意識猶在，花上最後的精神為許筱瑩和關銀鈴祈禱。她知道祈禱這回事對現況沒有任何幫助，但這已經是她唯一可以為她們做的事情——

「轟！」

猝然一記爆炸轟然響起，藍可儀當場嚇得睜開雙眼，只見鐵球大軍仍然在腳邊，只差一步便要咬上來，可是它們都停了下來，並且全部轉過身面對著大門。

應該說，曾經是大門的東西。

「果然是一群噁心的怪物。」

一道人影站在門前，藍可儀瞪大雙眼，驚訝地看著她那頭橙紅色的頭髮，「妳……」

「站在那邊，不要亂動。」

對方搶在藍可儀說話之前開口，迅速地往前丟出一條毛巾。

那是一條面積很大的白色毛巾，足以當成浴巾披在身上，看起來相當普通，但在它的中心，一個淡紅色的手印隱隱印在其上。眼看毛巾馬上就要落到地上，鐵球大軍興奮地嘰嘰亂叫，可是在它們要咬住毛巾之際，毛巾突然爆炸了！

「嗚哇！」

藍可儀嚇得抱頭大叫，不過她同時感到一陣安心。她看著腳邊被炸成爛鐵的鐵球怪物，雙腳一軟，應聲跪倒在地。然後她抬起頭，看著眼前的女子。

「爆靈前輩……是妳嗎？」

藍可儀實在難掩驚訝，女子──爆靈聽到她這句話，臉馬上皺成一團，接著輕輕點了點頭。

「為什麼爆靈前輩會在這裡……？」

爆靈的臉皺得更緊了，不過她很快便放鬆表情，並且輕輕嘆一口氣。

「我是受命前來，但是……也許我是來報恩的。」

「……報恩？」藍可儀滿臉疑惑。

爆靈一看，眉頭又鎖成八字形，但接著她輕輕笑出來。

她抬起頭，堅定地看著其中一個螢幕，「沒錯，是報恩。」

第五章

劃過天際的光芒

「可惡，放開我！」關銀鈴的分身生氣地叫道。

經過一番苦戰之後，她身上的超能力終於解除了，眾人馬上制伏她，並把她和其餘兩名分身綁在一起。

「我不會放過你們，絕對不會——！」

「再繼續叫啊，這樣子我就有大把理由砍了妳。」凶刃的右手倏地來到分身的脖子前。

分身馬上閉上嘴巴，但仍然狠狠地瞪起雙眼，不甘心地發出低吼。

「等等，不要隨便殺他們啦！」關銀鈴連忙阻止凶刃的行動，「他們是我們的分身，假如殺了他們，也許會對我們造成影響呀！」

「放心，分身就只是分身，即使他們受到任何傷害，對本尊沒有任何影響。」凶刃笑著說：「雖然曾經有記錄，有人見到自己的分身被殺而精神失常呢。」

「不要一臉愉快地說出這種可怕的話！」關銀鈴更加驚慌了。她很感激凶刃前來解圍，不過她也清楚知道，眼前這名英管局特工是一個不折不扣的危險人物。

「假如那個人本身就是『邪惡』，它就什麼都做不出來。」

也就是說，他就是邪惡。

「放心，大人交代過不能隨便砍人，就連分身也不可以，所以我會姑且忍耐一下。把他們丟在這裡吧，要結束這件事，還是要去找那個傢伙——」

「嗖——！」

凶刃話未說完，突然一記凌厲的斬擊劈到眼前，他隨即往後一仰，險險避過。

原來還有另一個分身嗎？關銀鈴嚇得睜大雙眼，轉頭看到斷罪之刃手持日本刀，全身散發殺氣盯著凶刃。雖然看不清楚她的臉孔，但看她身上的傷勢，關銀鈴知道她是本尊。

「等一等，他不是敵人！」

關銀鈴著急地抓住斷罪之刃的手腕，斷罪之刃馬上甩開她，然後刀尖直指凶刃。

「不可以相信這傢伙！」斷罪之刃說道。

關銀鈴立即想起之前凶刃出現時他說過的話，問道：「你們……果然認識嗎？」

「不可以相信他！」斷罪之刃沒有回答，只是進一步把刀尖指向凶刃，「這傢伙比那些分身更加邪惡！」

斷罪之刃的日本刀鋒利無比，哪怕是輕輕一割都足以讓人皮開肉裂，但被這樣的刀刃指著，凶刃卻不驚不懼，臉上依然掛著輕鬆自在的笑容。

「幾年沒見，妳變得很精神了呢，妹妹。」

「咦？」

「我才不是你妹妹！」

斷罪之刃憤然劈出日本刀，刀鋒猛疾地劃出一道烈風，可惜在斬中目標之前，凶刃用最小的動作，輕輕一個閃身避開它。刀刃就在鼻前掠過，凶刃卻連眉頭也不皺一下。

「不只是變得有精神，身手也變靈活了。」凶刃又再笑著說道。

斷罪之刃氣得幾乎要擲出日本刀，不過在她有行動之前，關銀鈴及時從後抱住她。

「等等，你們是兄妹吧？兄妹不要兵刃相向啦！」

「不要把我和這傢伙混為一談，我沒有這樣的哥哥！」

斷罪之刃一肘打在關銀鈴頭上，關銀鈴痛得低叫出來，但沒有放手。

「總之，妳先冷靜下來吧，現在不是做這種事的時候！」

「給我放手！妳放手！這傢伙——只有這傢伙，我絕對不可能相信他！」斷罪之刃又再一肘打中關銀鈴，「他殺了爸爸和媽媽！」

霎時，四周的空氣凝結了。關銀鈴仍然抱住斷罪之刃，雙手卻在不自覺之間慢慢放鬆。

「他……殺了妳的爸爸和媽媽？但你們不是兄妹嗎？」

「所以我不能原諒他！」

斷罪之刃終於甩開關銀鈴，不過她還未動手，暴君恐龍搶先擋在她的身前。

「等一等，雖然我不知道你們之間發生了什麼事，但現在真的不是做這種事的時候。」暴君恐龍從懷中取出手機，然後說：「剛才製作人通知我，現在情況很混亂，其他事務所的超級英雄都出動了，不過情況沒有好轉。要解決眼下的情況，我們必須儘快找出這個超能力的主人。」

「就算是這樣，我也不會相信他！」

「但我們需要他！」

暴君恐龍大聲一喝，斷罪之刃沒有退縮，依然抬頭挺胸，可是她沒有反駁。

「我們不知道對方有什麼超能力，但他知道，而且對方的超能力對他無效。」暴君恐龍用力深呼吸，轉頭望著凶刃，「而且他會來到這裡，肯定不是偶然。」

「你雖然肌肉發達，但頭腦不簡單呢。」凶刃滿意地點了點頭，並從長褲的口袋中取出一個扁平的黑色儀器，「我們追蹤到那傢伙了。」

凶刃沒有解釋他們是如何追蹤到對方，暴君恐龍也沒有追問，他只問最重要的一個問題：「他就在附近，對吧？」

「正是這樣。所以，妳要怎麼做？」

凶刃揚起嘴角，挑釁似的看著斷罪之刃。斷罪之刃當場一顫，纖瘦的手臂用力握緊日本刀。

「令城市變得混亂的元凶就在附近，妳要因為私人恩怨而白白放過他嗎？抑或說，妳既要解決私人恩怨，同時又要去追捕他呢？」

「你……」

如果斷罪之刃沒有戴著面具，肯定能看到她咬緊牙關，齜牙咧嘴地瞪著凶刃。

凶刃聳了聳肩，然後轉過身，毫無防備地走向前方。

隨便妳斬殺過來吧——從容的背影，彷彿在說這樣的一句話。

「……混蛋！」斷罪之刃一聲吆喝，但她接著把刀收回刀鞘之中，快步跟了上去。

暴君恐龍也要跟上去，不過他沒有忘記關銀鈴。

「功夫少女，妳要跟來嗎？」暴君恐龍有點不安地說：「我不放心讓妳留在這裡，但妳現在不能用超能力，跟上來也許會有危險。」

「我……」當然要跟上去！

即使沒有超能力，關銀鈴也不可能對現況坐視不理，所以她馬上就想這樣回答。

不過，她猶豫了。當她能夠使用超能力的時候，她非但不能阻止這種事情發生，更讓事情一直朝更加糟糕的方向發展。先是被游白雪複製了超能力，更讓游白雪搶走了游諾天，之後追到街上，更不慎被做出邪惡分身……更何況她現在不能使用超能力？

現在的她是無力的，跟上去，她肯定會拖大家後腿。

「我就留在……」

「不，妳還是跟我來吧！」

忽然暴君恐龍一把抓起她的手腕，她訝異地睜大雙眼，然後便見到暴君恐龍對著她微笑。

「我不可以丟下妳的，而且妳只要休息一會，馬上就可以使用超能力吧？到時候我們就會需要妳的力量。」

「……但我至少要休息一小時，才能夠使用超能力。」

「不用擔心，在妳能夠再使用超能力之前，我會保護妳的。」

暴君恐龍笑了一笑，之後爽快地要把她背起來。

關銀鈴當場臉頰漲紅，最初她不知所措，之後暴君恐龍變成恐爪龍，她才不發一言，默默抱著對方脖子。

凶刃走在最前頭，不斷被雙眼閃著紅光的分身們擋著去路，不過他完全不把他們放在眼裡。他的雙手所及之處，無一不灑出血雨，而他的臉色一直沒變，只有當鮮血濺到臉上時才輕輕笑出來。

接著，他在一間咖啡廳門前停下來，「他就在這裡。」

斷罪之刃和暴君恐龍跟著停下，關銀鈴從暴君恐龍的背上跳下來，然後望著眼前咖啡廳的白色牆壁。

「讓我們來看看『邪惡之書』的主人吧。」凶刃打開大門，慢慢走進店裡頭。

這是一間樸素的咖啡廳，所有的擺設和裝飾都有點殘舊，看得出全都是別人捐贈的，其中一張桌子更是由教室的大門改裝而成。在這張桌子的旁邊，一名男子正悠閒地喝著咖啡。

這名男子有著一頭及腰的長髮，臉上戴著長方形的黑色眼鏡，身穿貼身的西裝，乍看之下是一個平靜溫和的人，在他的後頸之上卻有一片明顯的紅色抓痕。

他察覺到一行人的闖入，但沒有震驚，只是慢慢放下杯子，然後拿起手邊的書本。

「歡迎，各位超級英雄，以及……英管局的特工先生。」

男子一語道出自己的身分，凶刃倒不吃驚，並且回以一笑。

「真厲害呢，竟然一眼就能看出我的身分。」

「在你們來到這裡之前，我已經知道了。」男子笑著說：「啊，抱歉，我竟然忘了自我介紹，我是克里斯．顏。」

「無謂的自我介紹就免了，我們來的目的並非交朋友。」

凶刃環看四周，這是一間狹小的咖啡廳，他們四人走進來之後，店內已經被擠滿了一半，要躲在這裡而不被察覺是不可能的事情。

換句話說，這裡只有克里斯一人。

「你要乖乖解除超能力，然後跟我回去？抑或要奮力抵抗，被我砍倒之後再被迫解除超能力，然後跟我回去？我個人衷心建議後者。」

「這個嘛……」克里斯打量著眼前的四人，露出苦惱的表情，「你們有四個人，而我只是孤身一人，反抗並非上策。」

「言下之意，你要乖乖投降？」

「非也。你有聽說過這一種編劇技巧嗎？」克里斯輕輕敲著手邊的書本，接著說道：「故事要精采，主角必須面對難關。」

「好像聽說過。所以呢？」

「所以，現在正是——」

斷罪之刃突然往前衝出，速度之快，克里斯完全來不及反應。

刀刃，出鞘。

銀色的閃光馬上要斬下克里斯的手臂，他渾然不覺，雙眼仍然看著凶刃。接著，一道紅光擋在他的身前。

「……！」

刀刃結實地劈上目標，可是對方沒有受傷，反而一股衝擊傳到斷罪之刃的手邊，她咬緊牙關才能夠握住刀柄，但是正因為全身力道都放在雙手之上，當對方轉身揮出拳頭之際，她毫無閃避的餘力，正面承受了這記沉重打擊！

斷罪之刃的面具當場粉碎，身體更是轟然撞向牆邊，咖啡廳彷彿微微搖晃，然後一記夾雜著憤怒和愉悅的聲音緩緩響起。

「剛才你們好囂張呢。」

「怎麼會……」關銀鈴倒抽一口涼氣。

眼前這名猶如憑空出現的人，正是關銀鈴自己的分身，而且對方身上閃著耀眼紅光，明顯在使用超能力！

「這是『Rewrite』，重新召喚分身的超能力。」克里斯笑著說：「我不可能一人單挑四人，但對於全盛狀態的她來說，應該是游刃有餘。」

「哼！剛才我只是一時大意，像他們這種對手，不用一分鐘就可以解決了！」關銀鈴分身猛然

怒喝，筆直地指著凶刃，「你說過了吧？假如我能夠打倒你們，我就可以盡情嘲諷你吧？」

「我的確有這樣說過。」

「那麼……」關銀鈴分身勾起嘴角，「你就後悔自己這麼囂張吧！」隨即身影突然消失！

不，她並沒有消失。雖然在場所有人都看不到她到底是何時移動，但他們都知道關銀鈴分身是以超越人類的超高速襲向凶刃。他們能夠見到的，僅僅是殘留在空中的紅光。

面對如此壓倒性的速度，凶刃沒有慌張。在短短一秒，甚至是更短的時間中，凶刃倏地吸一口氣，他全身放鬆，閉上雙眼，把注意力投放到雙手觸及範圍之內。幾乎在關銀鈴分身攻擊的同一時間，他霍地往後方伸出左手。

「嘖！」

食指指尖掠過關銀鈴分身的右眼眼角，劃出一道血絲，分身和凶刃都不禁皺起眉頭，因為只要再深一公釐，關銀鈴分身的右眼就要報廢。

「你這傢伙……！」

關銀鈴分身抹去眼下的鮮血，正要再次搶攻之際，暴君恐龍變身成恐爪龍來到她的身邊，張嘴一咬，馬上要咬住她的手臂！

「小狗給我滾開！」

關銀鈴分身不閃不避，更反過來舉起手肘撞向暴君恐龍的下顎！這一記肘擊堪比上勾拳，暴君恐龍踉蹌地退後幾步，關銀鈴分身趁機躍到他的背上，然後雙手從左右兩側抓住他的頭顱。

「去死吧！」

關銀鈴分身就要扭斷暴君恐龍的脖子，暴君恐龍及時變回人形，二人頓時失去平衡，狼狽地倒在地上。

「混蛋——！」

關銀鈴的分身騎在暴君恐龍身上，猝然一道銀光從旁射來，她右手一抓，牢牢抓住日本刀的刀柄，然後頭也不回，把它朝反方向擲回去。刀刃的前方正是血流滿面的斷罪之刃，只是站著已經用盡全力，面對這記突然的反擊，除了睜眼看著之外已無計可施。

「小心！」關銀鈴想要衝上去擋住日本刀，但刀的速度實在太快了，她根本不可能追得上，只能夠看著它即將刺穿斷罪之刃的身體——

「連站也站不穩，就乖乖倒下啊。」

刀鋒染上鮮豔的紅色，鮮血自刀尖上慢慢滴落。斷罪之刃錯愕地瞪大雙眼，看著擋在她身前的凶刃。

「為什麼……」

「不為什麼，身體的自然反應罷了。」

凶刃笑了一笑，從臉色完全看不出他受傷了——但只要低頭一看，便能看到日本刀結實貫穿他的右臂。

斷罪之刃全身僵住，說不出半句話。

「哈哈！原來這裡有一個笨蛋！」關銀鈴分身從暴君恐龍身上跳下來，她看著日本刀，再看著從凶刃手臂上流下的鮮血，馬上掛起猙獰的微笑，「右手變成串燒，我看你要怎麼和我打！」

分身的獰笑響徹咖啡廳，接著她沉下身體，再一次從眾人眼前消失。

凶刃馬上集中精神，可是在彈指間，關銀鈴分身已來到他的右邊，他立即旋身迎擊，可惜就是短短一剎的延誤，分身已抓住刀柄，一口氣把刀拔出來。

咖啡廳當場血花四濺，關銀鈴分身沐浴在這陣血雨之中，神情興奮地高舉日本刀。

「再見了，混蛋！」

刀鋒劈開血雨，就要直取凶刃首級！

◆◎◆◎◆◎◆

「可儀，不要！」

眼見鐵球大軍全部追著藍可儀，許筱瑩幾乎要轉身跟上去，不巧就在這時，前方又傳來驚呼，許筱瑩立即咬緊牙關，加快腳步跑過去。

「赤月小姐！」

「不要過來！」

正要走進大廳，不料赤月竟然搶先跑過來，兩個人險些要撞在一起，幸好許筱瑩及時停下來，一把抱住赤月。

「赤月小姐，到底發生了什麼——」

「待會再問！這邊，快！」赤月匆忙抓住許筱瑩往大廳的反方向跑。

許筱瑩一驚，接著就像要證實她的想法，一連串的怪聲從後追上來。

「嘰嘰嘰嘰嘰嘰嘰嘰嘰嘰嘰嘰嘰嘰嘰嘰——」

「你們也遇到那些怪物嗎！」

「也？妳不要告訴我前面也有這些怪物！」赤月臉色鐵青地叫道。

「可儀引開它們了！這到底是怎麼回事！」

「我不知道！它們突然跑出來，我試著引開它們，沒想到它們真的全部追上來嗚！」

赤月突然左腳絆右腳，狼狽地往前摔倒，許筱瑩來不及抓住地面，也跟著跌倒在地。身後的鐵球大軍沒有錯過這大好機會，一口氣追上二人。

「嗚哇——！」

「妳快點逃！」

赤月拚命推著許筱瑩，但許筱瑩不願意丟下赤月一人，她深吸一口氣，隨即變出一把散彈槍，怒道：「你們這些怪物，給我滾！」

「轟！」

散彈槍的後座力大得驚人，許筱瑩根本抓不住它，一開槍整個人便往後仰倒！跑在最前頭的鐵球大軍被散彈槍打得粉碎，不過在後方的軍隊完全沒有受損，它們繼續咬合鋸齒般的大嘴，如同風暴一般往前直衝。

赤月馬上擋在許筱瑩的身前，但看著眼前的鐵色波浪，她實在難掩驚恐，不由得閉上雙眼。

「找到妳了！」

突然一個尖銳的聲音在耳邊響起，赤月還來不及睜大雙眼，一道白光便籠罩而下，她趕緊抓起許筱瑩的右手，然後用力吸氣。

她認得這道光芒，所以當她睜大雙眼，沒有被眼前截然不同的景象嚇倒，而是驚喜地看著身邊的男孩，「為什麼你會在這裡？」

「因為我聞到妳的氣味了！」

眼前的男孩穿著一件寬鬆的白色長袍，全身都光禿禿的，就像一隻無毛的猴子。假如在其他日子見到他，赤月肯定轉身逃跑，但她必須承認，現在他真的是救星。

這名男孩正是英管局的特工閃兒。

「別說廢話！你為什麼會在這裡？是老女人派你來的嗎？但她根本沒必要派人來救我啊？」

「大人當然不會這樣做啦。」閃兒揮著手說：「我是來抓人的。」

「抓人？抓什麼人？」赤月疑惑地問道。

同時赤月望向許筱瑩，想要確認她是否安好，卻忽然見到許筱瑩一臉驚訝地睜大雙眼，朝她的視線看過去，便見到坐在牆邊的藍可儀——以及那個意料之外的人。

「有病人從醫院逃走了，我們是來抓他的。」意料之外的那個人平靜地說道。

許筱瑩忍住顫抖，難以置信地看著對方，「……光？」

許筱瑩本來以為自己聽錯了，但當她看到對方的臉孔，當場心頭一熱。爆靈則垂下眼簾，悄悄

避開她的視線。

「為什麼，妳明明被英管局關起來……」

「因為大人的宗旨是廢物回收再利用。」閃兒賊笑著說：「只要有利用價值，就算是垃圾，大人才不會讓他們在監獄發黴呢。」

「也就是說……」許筱瑩用力握緊拳頭，「妳現在是英管局的特工？」

爆靈仍然在避開許筱瑩的目光，過了好一會，她才一邊嘆氣，一邊轉回頭，「就是這樣。現在我是這些怪咖的同伴了。」

被稱作怪咖，閃兒不悅地低吼一聲，爆靈沒有理會他，接著逕自說下去：「現在不是敘舊的時候，要快點抓到那傢伙才行。不抓住他，那些鐵球怪物就要吃掉一切。」

「妳的意思是……有人混進來了？」

「就是這傢伙。」

爆靈從口袋中拿出一張相片，赤月、許筱瑩和藍可儀都探頭看過來，馬上皺起眉頭。

「我們沒見過這個人。」許筱瑩代表回答，接著補充一句：「不過，來這裡避難的有三百多人，我也許看走眼了。」

「再看一次就知道了。」爆靈指著顯示著人群的螢幕，「閃兒，帶我們到這邊。」

「不要，反正我是怪咖。」

「快點，不然我就向部長告狀。」

閃兒馬上噘起嘴巴，之後他鼓著臉頰，抓起爆靈的手。

「等等，也帶我去。」許筱瑩搶先說：「我會幫忙的。」

「……我必須要說，這是英管局的工作，不是超級英雄的。」爆靈輕聲回答。而當她說出「超級英雄」的時候，雖然她極力壓抑，但還是忍不住輕輕抿著嘴巴。

許筱瑩看得一清二楚，所以她立即下定決心。

「我知道，但我要去。」許筱瑩抓起閃兒的手臂，「我說過了，我不會丟下光妳一個人。」

爆靈馬上皺起臉孔，她緊抿著嘴唇，然後別開視線，「……我未必可以保護妳。」

「放心，我不是這麼柔弱的人。赤月小姐、千面，妳們就留在這裡，如果有什麼發現，請告訴我們。」許筱瑩說完之後，對著爆靈輕輕一笑。

爆靈仍然別過了臉，接著她深呼吸，定眼看著螢幕，「算了，受傷我可不管……閃兒。」

「哼。」閃兒冷哼一聲，不過他也老實使用超能力，一道白光籠罩三人，瞬間移動到市民聚集的大廳。

「哇！」

市民明顯被突然出現的幾人嚇到了，許筱瑩立即站出來說：「大家請冷靜！這兩個人是英管局的人，是來幫我們的。」

見到許筱瑩，市民稍微安心了點，但仍然不安地退了兩步，半信半疑地看著閃兒和爆靈。

「哼！英管局的人，那不就和你們超級英雄一樣沒有用處嗎？」灰衫男子不客氣地指著二人叫道：「他們有空來這裡，不如去解決外面的騷亂吧！這裡不需要——！」

爆靈猝然一手揪住男子衣領，把他抓到自己眼前，所有人馬上屏住呼吸，灰衫男子則嚇得倒抽一口氣，但仍然奮力叫道：「我、我有說錯嗎？這裡根本不需要嗚哇——！」

「不是他。」不待男子說完，爆靈一手推開他，並對著眼前所有人說：「剛才你們都被那些鐵球怪物襲擊吧？把它們召喚出來的人，就在你們當中。」

爆靈高舉手中的相片，讓所有人都看清楚。

「就是這傢伙！大家看清楚身邊，如果見到這個人，馬上抓住他！」

人群頓時一陣騷動，他們看著身邊的人，再抬起頭看著爆靈手中的相片，不約而同吸一口氣。

爆靈也沒有閒著，她和許筱瑩互相使了個眼色。許筱瑩立即變出一把左輪手槍，而爆靈則緊盯

著人群，只要有人大叫出來，她就會往前衝出。

然而，四周一片寂靜。所有人都一臉疑神疑鬼，眼神不斷游移，可是沒有一個人叫出來。

「光，這是……」

「不在這裡嗎？」爆靈沒有鬆懈，仍然緊盯著眼前，然後揚聲說：「所有人都在這裡嗎？」

沒有人敢回答，他們只是面面相覷，搖了搖頭。

「他可能躲起來了。」許筱瑩說：「這裡有很多人，他很可能趁著剛才的混亂悄悄離開。」

「不，他就在這裡。」閃兒反駁許筱瑩的話，同時一雙大眼直勾勾地盯著人群。

被這樣的大眼瞪著，所有人更加緊張了。

「……為什麼你會這麼肯定？」爆靈說。

「妳竟然會問這樣的問題，證明妳還不是我們這邊的人呢。」

閃兒忽然勾起嘴角，露出天真的笑容，爆靈看著卻起了一陣雞皮疙瘩。

「妳沒有看清楚他的相片嗎？他長著一張邪惡的臉孔啊。」

爆靈隨即疑惑地看著相片。在相片裡頭的是一名笑容可掬的男孩，雙眼處還有一對完美的臥蠶，可說是一名可愛的男孩子。雖然爆靈也覺得他的笑容未免太過燦爛，不過她完全感受不到閃兒口中的「邪惡」。

「不只如此，妳也清楚他的超能力吧？他明明可以趁著外頭混亂的時候大肆破壞，但卻故意混進來，他為什麼要這樣做，妳真的想不到嗎？」

閃兒的嘴角也勾得越來越高——和相片中的男孩子越來越相似。

爆靈忽然想到了，「難不成……」

閃兒一臉理所當然地說道：「他混進來的目的，就是要在近距離欣賞大家驚恐的表情。所以他一定在這裡，這裡可是特等席啊。」

「你——」許筱瑩說不出半句話。閃兒的分析很有道理，但正因如此，她感受到一股前所未有的惡寒。

在場所有人也是。

他竟然能夠如此冷靜地正視這種邪惡！竟然為了看到人們驚慌的樣子而混進避難的人群中，然後故意造成騷動……許筱瑩不可能想像這種事情，她甚至從來沒想過竟然有人有這種想法。

然後，有人笑了。

不對，那不是笑聲，而是——

「嘰嘰嘰嘰嘰嘰嘰嘰嘰嘰嘰嘰嘰嘰嘰嘰嘰嘰嘰嘰——」

「嗚哇！」

鐵色的大軍猝然從大廳四方八面湧出來，就像洶湧的波濤一般猛襲而來。人群嚇得驚慌尖叫，拚命往裡頭推擠，許筱瑩也不禁一驚，她倏地把槍口對準鐵球怪物，但還未扣下扳機，爆靈率先輕輕握起她的手。

「不用怕，這些傢伙有弱點。」

「嗚哇！不要過來！」

許筱瑩還未反應，一聲驚叫便從前方響起，只見灰衫男子被一群鐵球怪物爬到身上，他慌忙想要撥開它們，但鐵球怪物張嘴一咬，硬生生把他的手指咬斷了！

「嗚哇呀！」

灰衫男子的慘叫引來更多鐵球怪物，它們就像聞到蜂蜜的蜜蜂一般聚了過來，許筱瑩連忙想要跑過去幫忙趕走它們，不過爆靈率先拿出一個手指大的膠囊，往灰衫男子反方向投擲出去。

「轟！」

一記輕微的爆炸轟然響起，許筱瑩和一眾市民都大吃一驚，他們都反射性地往後避開爆炸，鐵球怪物卻立即被爆炸吸引，它們從男子身上跳下來，一窩蜂衝向爆炸的地點。

「這些傢伙是靠聲音來確認目標的位置，所以……」爆靈拿出另一個膠囊，「像這樣子用巨大

的聲音把它們吸引到一個地方，然後再用我的超能力，就可以一口氣炸掉它們。」

「轟！」

鐵球大軍被炸得粉碎，接著又有另一隊的鐵球大軍被爆炸聲吸引而來，爆靈看準機會，再次丟出炸彈。

「嗚……！」

看著眼前連環的爆炸，群眾都忍不住驚呼，幾隻漏網之魚聽到了他們的叫聲，立即轉頭襲擊他們。許筱瑩沒有讓它們得逞，接連扣下扳機，子彈穿過驚慌的人群，順利擊中目標。

「閃兒，把那傢伙找出來！」爆靈趁著爆炸的時候大聲叫道：「這些傢伙沒完沒了跑出來，不可以讓他繼續——」

「鈴鈴鈴鈴鈴鈴鈴鈴鈴——」

頭頂的火警鐘聲突然響起，自動灑水系統應聲灑水，爆靈驚覺這是爆炸造成的濃煙所致，但她沒有因此停下來，繼續擲出炸彈。不過，她突然察覺到一件事。

火警鐘聲響徹整個避難中心，如同鋼針一般刺著耳膜，本來一直追著爆炸奔走的鐵球大軍倏地停下來，並抬頭在原地打轉。它們張開眼睛，閃出冰冷的藍色光芒。

爆靈馬上想起在報告中提過的一件事。

「快走！」

爆靈的吆喝刺穿了火警鐘聲，可是市民仍然在震驚，沒有一個人來得及反應，而鐵球大軍仍然在原地旋轉，其中幾隻更因此失去平衡，撞倒身邊其他鐵球。

「嘰、嘰、嘰、嘰……」

鐵球在地面掙扎的模樣十分滑稽，儼如一隻被反轉了的烏龜，看到這幅景象，不少市民都因此放鬆，有些甚至輕輕吁一口氣。

猝然，所有鐵球都停了下來。

「不要發呆，快走！」

爆靈抓起身邊最近的市民，粗暴地把他丟向後方，接著她又抓起另一人，不過這一次她還未動手，鐵球大軍率先低下頭來。

「嘰呀呀嘰呀呀嘰呀呀嘰呀呀嘰呀呀！」

就像一個蜂巢被摔到地上，鐵球大軍駭然往四方八面橫衝直撞！它們不顧自己撞倒了同伴，發瘋似的向前暴衝，撞上任何東西都沒有停下來，接著它們一口氣躍上四周的市民身上，張開鋸齒大嘴劈頭就咬！

「咿呀！不要！」

腳趾頭、小腿、大腿、腰腹、胸口、手臂、嘴巴、耳朵——鐵球大軍沒有挑剔，所有在嘴邊的東西都成為它們的食物。

大廳頓時陷入一片恐慌，爆靈見狀毅然衝入人群之中，把手掌按在地面上，「大家散開！」人群驚慌四散，爆靈也趕忙回頭奔跑，緊接著地面變成了炸彈，炸飛了在上頭暴走的鐵球。

可惜，這只是冰山一角。鐵球大軍只會追著聲音跑，而當聲音從四方八面傳來，它們就會失去方向感——不過，這並不代表它們會失去行動力。它們會變成瘋狂亂闖的蝗蟲，要阻止它們只有一個方法。

「快找出那傢伙！」

一隻鐵球正好從腳踝爬上來，爆靈無懼被它咬傷，一手抓起它後，便把它變成炸彈丟出去！

◆◎◆◎◆◎◆

日本刀馬上要斬斷凶刃脖子，但在這之前，斷罪之刃及時解除了超能力，日本刀隨即消失，闗銀鈴分身因為這突如其來的變化而稍微失去平衡，凶刃立即轉守為攻，左手二指直取對方雙眼。

可惜，在出手之前，他就知道這記攻擊不可能奏效。

「如果你的右手能用，肯定打倒我了吧？」

不足半秒鐘的差距，卻是致命的關鍵，關銀鈴分身仰起頭，指尖僅能劃過她的鼻翼，區區的小傷口根本不痛不癢，關銀鈴分身旋身踢出一腳，結實踢中凶刃的胸膛！

「嗚——！」

關銀鈴分身這一腳狠辣非常，即使是凶刃也難免慘叫一聲，在他往後飛退之際，關銀鈴分身正要上前追擊。

一直待在旁邊的斷罪之刃沒有錯過對方分神這個大好機會，她變出日本刀，在對方出擊之際，揮出快疾一擊。可惜，這捨命一刀並不能打倒關銀鈴分身。刀鋒掠過關銀鈴分身的鼻尖，分身不慍不怒，踏穩腳步之後，如流水一般扭動身體，右臂抓住斷罪之刃毫無防備的脖子。

「唔……！」

「難得拾回一條小命，妳卻不懂好好珍惜呢。」

以關銀鈴分身的握力絕對可以一口氣捏碎斷罪之刃的脖子，她卻沒有這樣做，她只是維持令斷罪之刃難以呼吸的力道，緩緩舉起對方。

「放開她！」

暴君恐龍再一次變成恐爪龍跳過來，可是身受重傷的他比剛才明顯慢多了，關銀鈴分身維持著抓住斷罪之刃的姿勢，迅速轉身踢出一記右旋踢，直接踢中暴君恐龍的太陽穴。暴君恐龍連慘叫都做不到，當場癱倒在地上，同時身體在無意識之間變回人形。

「好了，礙事的人都不在了，我們繼續來行刑吧。」

「嗚唔……」

關銀鈴分身把斷罪之刃抓到眼前，露出嘲諷的笑容。

「他似乎很重視妳呢，既然如此，我絕對不會輕易放過妳的。」

關銀鈴分身慢慢加強手邊力道，斷罪之刃只能夠張大嘴巴，可是根本吸不到一口氣。勝負已分。

這是毋庸置疑的事實，即使凶刃能夠再次站起來，但剛才直接承受了分身正面一擊，他不可能平安無事；暴君恐龍也是一樣，剛才的一踢足以令他腦震盪。他們對分身不再有任何威脅。

因此，關銀鈴分身沒有察覺到一件事。

「喝呀——！」

一聲嬌喝突然響起，關銀鈴分身馬上轉過頭，便見到關銀鈴往前直衝——她並非衝向分身，而是衝向拿著邪惡之書的克里斯！

關銀鈴從剛才起就一直看著戰況，看到凶刃的手臂被日本刀刺穿，她馬上知道他們會慘敗給分身，偏偏這種時候她不能使用超能力，所以她根本不成戰力。

然而，她知道他們還有一線生機。

分身的注意力都集中在凶刃、暴君恐龍和斷罪之刃三名能夠戰鬥的人身上，所以沒有留意她，只要她趁著這個時候搶走邪惡之書，就可以反敗為勝。

克里斯看起來是一個瘦弱的男子，即使不能使用超能力，關銀鈴也有信心可以從他手中搶走書。因此，在來到克里斯眼前的時候，事情一如關銀鈴所料，他未能做出任何反應，只能夠睜大雙眼看著她。

可是，關銀鈴駭然察覺到克里斯在笑。

他絕對沒有想過關銀鈴會突然撲來，但他仍然胸有成竹，原因只有一個。

「剛才很英勇呢，臭丫頭。」

忽然有人從後方架住關銀鈴的手臂，她大吃一驚，可還未反應，一記重拳便打上她的腹部！

「嗚……！」

關銀鈴痛得想要蜷縮起身體，可是身後的人沒有放開她，接著四個人影逐一在她眼前出現。她

認得他們，這五個人就是剛才被她打倒的邪惡分身。

「嗚！」

又一拳直接打在她的腹部之上，另一個分身更是毫不留情就是一腳，關銀鈴痛得連叫都叫不出來，只能吐出苦澀的胃酸。

「一個女孩子膽敢逞英雄，妳知道這有什麼後果吧？」

比剛才更加沉重的拳頭打上腹部，接著他們把她壓在地上，關銀鈴馬上驚恐地亂踢手腳，不過旋即被制伏。

「你們唔嗚——！」

「安分一點就不會痛啊。」

關銀鈴拚命掙扎，可惜他們比她強壯得多，手腳被壓住之下完全動彈不得，她只能睜大雙眼，看著五人露出淫笑。

關銀鈴忍不住閉起雙眼。她知道五人想要做什麼，而在這裡沒有人還有餘力幫助她。

凶刃沒有，斷罪之刃沒有，暴君恐龍也沒有。

他們都要被眼前的邪惡吞噬。

——不要、不要、不要！絕對不要！

假如能夠使用超能力，眼下的情況肯定截然不同，她不會被五名邪惡分身壓住，她的分身也不可能打倒他們，他們一定可以搶走邪惡之書，然後結束這場騷動。

——偏偏在這個時候，自己竟然不能使用超能力。

——為什麼？

——為什麼偏偏是這麼重要的時候？

——為什麼我的超能力不能隨心使用？

「我們在無意識之中都會限制自己使用的超能力。」

「因為妳的超能力實在太過強大，所以為避免過分消耗體力，身體自動設上『一小時』這個限制。」

關銀鈴想起了游諾天曾經說過的話。

——這是真的嗎？

——為了保護自己，所以身體才會為超能力設上時限嗎？

——假如真是這樣，這根本是本末倒置！我的超能力是為了保護他人而存在，可是在需要它的時候卻不能使用它，那還有什麼用處？

沒有。

不只沒有用處，更是沒有意義。

「超級英雄的超能力，都是為了保護重要的東西而存在。」

「嗚唔——！」

「妳繼續掙扎啊，妳越是掙扎，我們越高興。」

關銀鈴霍地睜開雙眼，狠狠地瞪著眼前正在解開褲頭的男子。

——給我動起來、給我動起來、給我動起來！

關銀鈴拚命舉起雙手，壓著她的男子低頭賊笑。

「妳還是死心吧，萬一弄傷了妳，我們負不起責任呢。」

這是何等諷刺，竟然會從這些連人都不是的分身口中聽到「責任」二字。

「唔……！」關銀鈴用嘴巴狠狠咬住男子的手掌，本來他還是一臉不在乎，但關銀鈴沒有放開嘴，一直拚命地咬，男子當場一驚，接著手掌的肉竟然被硬生生扯下來！

「臭丫頭！」男子痛得大叫出來，他舉起染滿鮮血的拳頭，朝著關銀鈴的腦袋打下去。一拳接著一拳，下手毫不留情。

疼痛蔓延全身，關銀鈴以為她要死了，不過她一直睜大雙眼，看著頭頂的光芒。

在朦朧之間，那光芒看起來就像是綠色的，就像是那一天，突然在腦海中閃現的那道光芒。

那道劃過天際的光芒。

那道刺穿黑暗的光芒。

以及，直接刺在胸口之上的光芒……

「不要打死她！」

「我當然不會，我要她打從心底後悔反抗我們——」

男子話未說完，關銀鈴忽然舉起右手，牢牢地抓住他的手臂！一陣劇痛自手臂傳來，男子憤然想要揮下拳頭，可是任憑他再用力，竟然也掙脫不開關銀鈴的手。

然後，關銀鈴手腕一扭，男子的手臂應聲折斷！

另一名男子立刻察覺到這駭人的景象，急忙舉腳踢向關銀鈴側腹。

「臭丫頭嗚！」男子踢中目標，下一刻竟然有種踢中鐵板的感覺，他不禁抱著腿在原地喊痛。

「怎麼會——！」壓著關銀鈴的男子整個人被舉了起來！

所有人都驚訝地睜大雙眼，一直抓著斷罪之刃並冷笑旁觀的關銀鈴分身驚覺不妙，猛地丟下奄奄一息的斷罪之刃，朝著關銀鈴衝過去！

關銀鈴清楚看到她的分身的動作，她甚至覺得對方的動作很慢，不過她並沒有迎面反擊，丟下男子之後，轉頭望向克里斯。

一直悠然笑著的克里斯正錯愕地瞪過來，下一刻，關銀鈴來到他的身邊，右手一抓，不只把他手上的書搶過來，並同時把他的手腕扭斷。骨肉斷裂的劇痛讓克里斯痛苦慘叫，他憤然想要把書搶回來，不過關銀鈴比他快一步，雙手左右拉扯，整本書當場被撕成兩半。

「咿呀呀呀呀呀呀呀呀呀呀呀呀呀呀呀呀呀呀呀呀——！」

猶如無數哀號扭曲纏繞的淒厲尖叫在咖啡廳響起，尖銳地刺穿了四周的空氣，緊接著所有的分身竟然七孔流血。

「妳這傢伙——！」

兩行血淚劃過關銀鈴的分身臉頰，她一口氣朝關銀鈴撲上去，但關銀鈴搶先抓住她的手腕，狠狠地瞪著她。

「妳……！」

關銀鈴五指深深插入分身的手腕之中，分身當場痛苦地皺起臉孔，她馬上伸手抓向關銀鈴的肩膀，但在抓到目標之前，她的指頭忽然憑空消失，然後是她的手掌、手臂、胸口。

「可惡！可惡！」

分身瘋狂地仰天咆吼，然後如同瘋狗一般，想要用牙齒咬斷關銀鈴的頸動脈。

關銀鈴毫不留情，結實地打碎了她的門牙。

「可惡——！」

分身消失了。就像沙子被海水沖走一般，在場所有的分身都悄然消失，仍然殘留在咖啡廳的，只有令人窒息的寂靜。

「妳……為什麼可以用超能力？」克里斯按著右手，跪在地上瞪著關銀鈴。

關銀鈴彷彿聽不見對方的話，仍然默默盯著前方。

然後她一拳打在克里斯臉上。克里斯被打得頭破血流，如抹布一般在地上抹出一道鮮紅血痕。

關銀鈴面無表情，冷冷地走向倒地的克里斯。

暴君恐龍正在這時醒過來，他依然神智不清，不過清楚看到眼前這一幕——關銀鈴竟然舉起右腿，準備朝著無力反抗的克里斯踢出一腳。

「功夫少女，住手！」

暴君恐龍連忙喝止，可是關銀鈴就像充耳不聞，右腳無情地踢下！

◆◎◆◎◆◎◆

——在哪裡？到底在哪裡？

眼前的市民陷入恐慌，所有人都你推我擠，許筱瑩被推跌在地上，可是她沒有喊痛的時間，她睜大雙眼，冷靜看清楚所有在逃走的人。

——如果閃兒沒有猜錯，控制鐵球大軍的人就在這裡！

——但這真的有可能嗎？

——也許閃兒猜錯了？

——假如他人就在這裡，他自己也會被這些鐵球襲擊吧？

——他混在人群裡面逃走了嗎？

幾隻鐵球爬到身上，許筱瑩當場有種蛇皮滑過身體的感覺，顫抖從腳底湧上來，一隻鐵球趁機咬了她肩膀一口，疼痛讓她猛地清醒，然後一手丟開它們。

——他到底在哪裡！

許筱瑩焦急了。再不找到他，全場人都肯定會被這鐵色巨浪吞噬——

「前輩！」

猝然藍可儀的聲音從後頭傳到耳邊，許筱瑩慌忙回過神，果然見到她正顫抖著雙腳跑過來。

「白痴！妳來幹什麼？」

「我嗚——！」

藍可儀被逃跑的人撞倒了，膝蓋狠狠撞到地上，痛得她動不了，許筱瑩跑過去扶起她。

「妳真的是白痴嗎？妳們明明可以看到這裡一片混亂，跑來想幹什麼啊！」

「是、是那個女孩！」

藍可儀突然叫道，許筱瑩一愣，不知道她在說什麼，疑惑地眨了眨眼。

「相片裡的那個人，就是之前找我們幫忙的女孩！」

「咦？」

許筱瑩終於知道藍可儀在說什麼，但是對方的話和她的認知產生了矛盾，所以她仍然是一臉疑惑，「那個女孩？但我們在找的人是男的。」

「我知道！但、但是，那個女孩子的臉好奇怪！」藍可儀用力說下去：「我之前一直都在想這件事，現在我明白了！那張臉孔，不是她本來的臉孔，是變出來的！」

許筱瑩想到藍可儀的超能力，她立即轉回頭，再一次看著逃跑的市民。

人還是很多，而且全部都在拚命逃跑，要在這裡找到特定的目標根本是大海撈針，但是許筱瑩沒有放棄，她在腦海中整理現有的情報。他們要找的不是相片中的男孩，而是之前向她們求助的女孩子。

而且閃兒說過，他會混進來，就是要在近距離看到人們驚慌失措的樣子。

即使會被捲進去，但仍然可以看到人們驚慌模樣的最佳地點——

「光，在裡面！」許筱瑩揚聲大叫，然後她不顧危險，逆向人潮往鐵球大軍跑過去。

「前輩！」藍可儀在後面叫她，她很想轉身叫對方逃走，不過她最後還是咬緊牙關，全力往前衝去。

「嘰嘰！嘰嘰——！」

許筱瑩踢翻了腳邊的鐵球，但更多的鐵球跳了上來，其中幾隻張嘴就咬，險些就要咬斷她腳跟的肌腱，她忍住疼痛，低頭朝它們扣下扳機。

然後，她看到了。

在逃走的人群中心，一名女孩就坐在那裡，她左邊的耳朵被咬掉了，可是她沒有畏懼，甚至沒有舉手掩著傷口，只是睜大雙眼看著四周。

乍看之下，她是因為太過恐懼而動彈不得。

然而仔細一看，她的嘴角竟然正往上勾起！

「找到……你了！」
許筱瑩馬上開槍射擊，在她的操縱之下，兩發子彈像長了眼睛似的，輕盈地避開混亂的人群，準確無誤擊中女孩。
手槍射擊出的是催眠彈，連中兩發肯定會立即昏倒，所以眼見子彈命中目標，許筱瑩隨即吁一口氣。然而，鐵球大軍沒有停下來，仍然像殺紅了眼的野獸一般撲向市民！
「怎麼會……！」
許筱瑩不禁睜大雙眼，因為女孩中槍後竟然沒有倒下來，反而轉過頭來對她露出興奮的笑容。一股惡寒直奔許筱瑩腦門，她推開人群跑到女孩身前，一把揪起女孩的衣領。
「妳們終於發現了呢。」
不只是樣子，眼前的人開口就是女性的聲音。不過，看著對方一臉陶醉的神色，許筱瑩就知道對方的確是她要找的目標。
「立即解除超能力！」許筱瑩惡狠狠地說道，同時舉起手槍威嚇。
但對方卻不當一回事，只是挑起眉頭，饒有趣味地看著反射著亮光的槍口，「我拒絕。現在才是最精采的時候，我才不會這樣做。」
「你——」
「而且我很好奇，現在我拒絕了，妳會怎麼做呢？」女孩正面看著許筱瑩，露出戲謔的笑容，挑釁道：「妳要殺了我嗎？」
明明是她占著上風，許筱瑩卻反過來僵在原地，她看著女孩的眼睛，總覺得對方瞳孔閃爍著不祥的光芒。
「……立即解除超能力！」許筱瑩再一次叫道，同時身邊再度傳來幾聲驚呼，又有人被鐵球抓住了。
「剛才妳向我開槍了呢，那是什麼子彈？麻醉彈之類的嗎？抱歉，因為家庭關係，我對這些藥品都免疫了啊。」女孩無視許筱瑩的脅迫，仍然輕鬆自在地笑著，「所以呀，想要阻止我，要不把我打昏，要不就殺了我吧。」

「你……」

又一記驚呼響起來了，這一次還伴隨著淒厲的慘叫，許筱瑩險些忍不住扣下扳機。

「救命！不要！」

人們都在求救，許筱瑩可以救到他們——只要打倒眼前的女孩就可以了，不過以她的臂力，不可能打昏這個連催眠彈都打不倒的女孩，所以要阻止對方，她只有一個選擇。

那就是扣下扳機，殺死對方。

「你……給我解除超能力！」許筱瑩咬牙切齒道。

「我再說一次，我拒絕。」女孩一臉無懼，甚至主動抓起許筱瑩拿槍的右手，把槍口按在她的額頭之上，「要我解除超能力，扣下扳機就可以了。」

女孩伸出舌頭，輕輕舐著嘴角。

她臉上真的完全沒有懼意，更甚可以說是神采飛揚——因為顯現在許筱瑩臉上的，正是她最喜歡的畏怯神色。

「我……我真的會開槍！」

「妳就開槍啊，我不介意。」

女孩並非虛張聲勢，她是真心不介意，哪怕中槍後她會死，她也絕對不會主動解除超能力，讓眼前有趣的事物溜走——許筱瑩從眼前被血染紅的臉上看出她的想法，而四周驚呼不斷，逐漸奪走許筱瑩的理智。

——要殺了他。

——殺了他，四周的驚呼就會停止。反正他就是一個邪惡的人，殺了他一人，就可以救在場所有人，這樣做是正確的。

——所以，扣下扳機吧。

——這是，我應該做的事情……

「妳給我……清醒一點！」

就在許筱瑩的食指要扣下扳機之際，一記重拳狠狠地打在她的臉上，她當場跌倒在地，並且霍地回過神來。

賞她一記重拳的人，是怒髮衝冠的爆靈。

「這不是妳應該做的事情！」

爆靈抓過女孩，接著把她重重摔到地上！

女孩落地的聲音媲美打樁的巨響，她當場應聲昏倒，許筱瑩不禁驚訝地抬起頭來。

「光，妳……」

「妳是超級英雄，是市民的憧憬對象，也是ＮＣ的和平象徵。」爆靈仍然一臉不高興，但她悄然放輕聲音，「妳不可以變成像我們這樣的人。黑暗的事，交給我們就可以了。」

爆靈淡然笑了一笑，許筱瑩看著她，感到一陣心痛。

「不，我怎麼可以……」

「前輩，後面！」藍可儀猛地大叫。

許筱瑩隨即轉過頭，便見到鐵球大軍全部轉過頭盯著她。

閃耀的湛藍雙眼，不知何時變成了令人心寒的紫色。

「妳們竟然敢傷害哥哥！」

一記吆喝從人群當中刺出來，許筱瑩抬頭一看，便見到另一名女孩正怒目瞪著她們。

許筱瑩認得她，她是之前一起來找她們幫忙的另一名女孩！

「我不會原諒妳們的！」

女孩右手往下一揮，鐵球大軍便集中衝向許筱瑩，許筱瑩著急地站起來，可是她一時大意，腳下一滑，狼狽地摔在地上，「嗚——！」

鐵球大軍湧到眼前，然後像巨浪一般捲向許筱瑩，許筱瑩只能舉起槍口，慌張地開了幾槍。她擊落了幾隻鐵球，但有更多鐵球已來到眼前。

「小心！」爆靈搶在許筱瑩身前，一手抓出幾個膠囊擲出去。

連環的爆炸成功擋下眼前的鐵球大軍，不過在濃煙散去之後，一隻鐵球從黑煙中躍出，它跳到爆靈的脖子之上，一口氣咬下去！

「嗚！」

「光！」

爆靈一手撥開鐵球，可是脖子已被咬出一個大傷口，她按著傷口的同時倒下來，許筱瑩立即抱住她，然後狠狠瞪著前方。

在黑煙的背後，她看到另一名女孩的身影。

「妳竟然敢……」許筱瑩扣下扳機。

她其實看不清楚前方，只是任由子彈往前直飛，接著聽到一聲痛苦的叫聲傳來，鐵球大軍霍地停下，然後就像不慎陷入泥沼一樣，慢慢沉入地面消失。

「光，妳不要死，光！」

許筱瑩沒有再理會四周的鐵球大軍，她甚至忘記了身邊所有人，因為她看到在爆靈手掌之下那一大灘鮮血，鮮豔得猶如紅花的鮮血。

「光……不要、不要！」

血染滿了爆靈的手掌。

血流不止。

◆◎◆◎◆◎◆

「哥哥，快一點！要遲到了！」

「放心，時間不是還有很多嗎？從家裡到ＨＴ，用不了半小時啦。」

「總之快點啦！到了之後我還要深呼吸半小時來平靜心情！」

游白雪真的很緊張，早上不到六點便起床了，之後她把仍然在睡覺的游諾天拖下床，半請求半強迫他幫她梳頭髮。如果是其他人，肯定會拒絕游白雪這種無理的請求。

不過，游諾天不會。

「妳馬上就要當超級英雄了，不可以這麼慌張啊。」游諾天笑著說。同時他手邊的動作沒有因此凌亂，雙手甚至像擁有自我意識一般，俐落地梳理游白雪柔順的黑髮。

「嗚……哥哥你不要給我壓力啦！今天只是去面試，如果失敗了……」

「妳不會失敗的。」游諾天打斷妹妹的話，臉上的笑容變得更加柔和。

「白雪是全世界最喜歡超級英雄的孩子，妳一定會成功的。」

游白雪小巧的臉蛋隨即漲紅。游諾天總是這樣子，在他的眼中，她肯定還是那一個會抓著他玩模仿英雄遊戲的小孩子吧？

游白雪對此並無不滿，更可以說她很喜歡這樣子的哥哥，不過有些時候，她還是希望游諾天能夠把她當成成年人看待。

「所以，我會準備大餐等妳回來的。」

「嗯。」她的嘴角忍不住輕輕往上揚起。雖然想稍微抱怨，但看著游諾天真摯的笑容，游白雪就是半句話都說不出來。

「我回來了！」

忽然一個大嗓門打碎了身邊祥和的氣氛，游白雪立刻鼓起臉頰，不悅地瞟向大門。

「抱歉，昨天又加班了！咦，原來是今天嗎？」

和穿著樸素的游諾天不同，眼前的大哥游傲天總是一身俗氣打扮，那件夏威夷襯衫好礙眼，游白雪很不喜歡。

「大哥，你好吵。」

游白雪毫不掩飾內心的不滿，游傲天卻彷彿沒有看見，仍然笑容滿面。

「我們家終於要出現超級英雄了，當妳成名之後，我來拍妳的泳裝照吧！」

「變態，噁心！」

待游諾天梳理好頭髮之後，游白雪馬上一口氣跑到門邊，但在離開之前又跑回來。她在游諾天身邊踮起腳尖，在他臉頰上啄下一吻。

「我一定會凱旋而歸的，大餐我想吃壽司！」

「我會準備好的。」

「沒有給大哥的親情之吻嗎？」

「大哥去死吧！」游白雪對著游傲天扮出鬼臉，接著真的離開了。

「這丫頭真黏你呢，明明以前都是黏著我的。」看著妹妹如龍捲風一般遠去的背影，游傲天感慨地說。

「從來沒有這種事吧？」游諾天苦笑著回答。

「至少不會大聲叫我去死。」游傲天聳了聳肩，「話說回來，你告訴她了嗎？」

「你指哪件事？你要搬出去的事嗎？」

「不是，她才不會在意這件事吧。我在說你得到超能力的事。」

游諾天的表情稍微僵住，「……不，還沒有。」

「如果她知道你也有超能力，肯定會很高興的。」

「我知道，不過……該怎麼說呢？我有點不知所措。」游諾天看著手掌，然後慢慢握起，「我還沒想到要怎麼做。」

「也去當超級英雄如何？」

「我考慮過，也許之後會試一試，但現在呢……」游諾天閉上眼睛用力深呼吸，然後他放開手掌，回復平靜的笑容，「還是先去準備大餐吧。」

◆◎◆◎◆◎◆

身體突然像被人扛起來，雙腳更是有種懸浮的感覺，游諾天倏地睜大雙眼，然後便看到頭頂花白的天花板。腹部很痛，但並非因細菌所致。出乎意料之外，他清楚記得昏倒之前發生的事情。

所以，當游白雪的聲音從旁邊傳來，他並不吃驚。

「哥哥，你終於醒來了。」

「……白雪。」

游諾天奮力撐起身體，看著坐在房間另一邊角落的妹妹。

他不知道這裡是什麼地方，不像是牢房，反而有點像船艙，四周都是灰白色的，兩邊都沒有窗戶，唯一的照明就是牆上的日光燈。

「妳真的逃出來了。」

「嗯，我逃出來了。」游白雪輕輕點頭，「因為我很想見哥哥。」

游白雪的表情太過平靜了，游諾天險些以為自己還待在夢境之中，可是看著妹妹那頭銀白色的短髮，游諾天便知道眼前一切都是現實。

「就只是因為這樣嗎？」

「就只是因為這樣……吧？」游白雪維持抱著右腿的姿勢，似笑非笑地看著游諾天。

游諾天沒有被束縛，兩人之間也沒有任何障礙，可是看著她的笑容，游諾天覺得有一道無形的牆壁擋在他們中間。

游諾天不禁咬緊牙關，「不對。妳知道我會在哪裡，如果想要見我，只要來ＨＴ就可以了，但妳卻跑去襲擊功夫少女。」

游白雪立刻瞇起雙眼，「……所以呢？」

「妳為什麼要襲擊她？她是ＨＴ的超級英雄。」

「這種事我當然知道，正因如此，我才會去襲擊她。」

如同湖面般平靜的聲音，當中沒有一絲感情起伏，游諾天的拳頭握得更緊，奮力接著說：「我不明白……之前探病的時候，妳明明還很關心ＨＴ。」

「我現在也很關心ＨＴ。」游白雪猝然站起，走到游諾天眼前，「不過，我也很討厭它。」

「我不明白，妳——」

房間突然搖晃了，游諾天猛地往床邊倒下，游白雪卻不受影響，安然站在原地，繼續用冰冷的眼神盯著他。

幾乎同一時間，房間的門往內打開。

「準備好了沒？」

黝黑的身影映入眼簾，游諾天認得她，她就是嚴鐵一的助手蘇菲。

「……是妳。」

蘇菲聽得到游諾天的話，可是她沒有回應，反而游白雪當場不悅地皺起眉頭。

「這就是原因。」游白雪說出這樣的一句話，然後她捧起游諾天的臉頰吻下去。

游諾天不禁僵在原地，不過並非害羞或吃驚，而是這個吻勾起了「那一天」的記憶。

「哥哥，我最討厭你了。」

「為什麼？為什麼你要這樣做？」

「我明明，最喜歡哥哥……」

複製小貓，能力發動。在嘴唇碰觸的瞬間，游白雪已經成功複製游諾天的「電子世界」，可是

她沒有放手，反而繼續吻著游諾天，熱情得就像一對打得火熱的戀人。
游諾天感受得到，全身的精力正被人從嘴巴強硬地扯出去。
「哥哥，我真的，很討厭你……」
當游諾天全身乏力，只能夠像破布一般躺倒在床上之後，游白雪終於放開他，接著用拇指輕輕抹著嘴唇。
「準備好了。」
游白雪頭也不回地走向蘇菲，蘇菲點一點頭，帶著她離開房間。大門關上。
寂靜和無力感驀然襲來，游諾天感到窒息，他想要站起來，追著妹妹跑出去，可惜身體就是動不了，只能夠緩緩沉入床中。
——算了。
眼睛逐漸被黑暗掩蓋，一雙無形之手正把他扯進去。
——就這樣，睡吧。
游諾天放棄了掙扎，乾脆順應黑暗閉上雙眼，讓自己默默沉睡。
——反正，這不是第一次……

第六章

移動要塞「貝希摩斯」

「功夫少女，住手！」

關銀鈴毫不留情踢向倒地的克里斯。接連的戰鬥早就令她身上穿著的病人服變得破破爛爛，踢出這一腳後褲管更是當場裂開，但她毫不在意，她瞪著血紅的雙眼，穿過垂落在眼前的髮絲盯著克里斯，然後又是一腳。

「住手！」

一雙大手從後抱上來，關銀鈴馬上反過來抓著對方，十指一捏，一聲淒厲的慘叫響起。

關銀鈴猛然回神，「暴君恐龍！」她慌忙轉過身，便見到暴君恐龍抱著流血的雙臂跪在地上。

「你……我……」關銀鈴跪在他身邊，看著那十道血痕，她有種自己的血也從那裡流出來的感覺，手腳變得冰冷，全身更是僵硬得不能動彈。

暴君恐龍卻忽然笑了，「妳可以使用超能力了呢。」他臉色蒼白，說話更是有氣無力，不過他彷彿不在意，仍然對著關銀鈴微笑。

「對不起，我……」關銀鈴心頭一熱，一行淚水劃過臉頰。

「妳沒事就好。」暴君恐龍舉起右手，想要撫摸關銀鈴的臉頰，但是他一看到手臂上的鮮血，馬上苦笑出來，「呃，我的手有點髒……」

「對不起！」關銀鈴哭了。即使身上仍然閃著金光，她卻在放聲大哭，軟弱的樣子就像一個無助的孩子，「我不知道自己在做什麼，真的！但、但是，我竟然做了這種事……我……對不起！」

「不，我才應該要道歉。」

關銀鈴猛地抬頭，還未開口，暴君恐龍不再顧慮雙手仍然在流血，把她抱入懷中。關銀鈴當場顫抖，可是她沒有推開眼前的男孩。

「我明明說過在妳能使用超能力之前會保護妳，我卻在這邊睡覺……害妳受驚了，抱歉。」

「我……」

「不過，現在已經沒事了。」暴君恐龍加強擁抱的力道，「妳已經打倒敵人，沒必要再維持超人狀態。」

「不對，不只是他，外面還有其他SVT的人……」

「即使我們是超級英雄，也沒必要單打獨鬥。」暴君恐龍放開關銀鈴，筆直地凝望她的雙眸，緩緩說道：「妳還記得恐怖魔王那場戰鬥嗎？我們沒有一個人可以打倒他，不過最後我們齊心協力打倒他了。」

「但是……」

「這次也是一樣。雖然我們根本沒辦法打倒妳的分身，而且最後也是靠妳破壞邪惡之書才打倒他，可是正因為我們纏著分身，她才會忽略妳，妳也才會有機可乘。」暴君恐龍握起關銀鈴的手，用力吸一口氣，「所以，妳不要再單打獨鬥。接下來的戰鬥，我一定會待在妳的身邊，成為妳的力量。」

暴君恐龍的雙手沾滿鮮血，冰冷而且黏答答，不過他的手掌很厚實，縱使他現在面青唇發白，雙手卻沒有因此放鬆，依然牢牢地握住關銀鈴的手。

包圍雙手的結實觸感，關銀鈴覺得很溫暖。

關銀鈴不知道自己為何可以使用超能力，所以她並不知道解除的方法，可是當她透過暴君恐龍的手掌感受到他的體溫和心跳，激動的心情逐漸平靜下來，然後她跟著對方的呼吸，慢慢止住身體的顫抖。

金光驟然消失。充盈全身的力氣就像蒸發一般從身上洩走，關銀鈴整個人癱軟地靠在暴君恐龍的身上，但她奮力睜開雙眼，不讓自己倒下來，「……多謝你。」

「既然這樣，不如和我交往吧？」暴君恐龍笑著說道。

他早就有心理準備關銀鈴會賞他白眼，不料關銀鈴竟然環抱他的胸膛，輕輕點了點頭。

「咦？」暴君恐龍吃了一驚，「功夫少女，妳的意思是——」

「……不要叫我功夫少女，叫我阿鈴就可以了。」關銀鈴的聲音很輕，臉頰漲紅得不得了，不

過這句話確實傳到暴君恐龍耳邊。

「但是，這不是我們之前用的假名嗎？」

「這是我的真名啦！我的真名是……」

「雖然很不想打斷你們感人的告白場面，但我必須要說，這裡還有其他人在呢。」

凶刃愉悅的聲音忽然從頭頂傳來，關銀鈴馬上嚇得抬起頭，正要慌忙反駁之際，她驚見凶刃整個右手都是血紅色，「你的右手……」

「放心，這種小傷，神崎馬上就可以治好了。」凶刃掛上一貫的笑容，似乎真的毫不在意右手的傷勢，不過另一隻綁著繃帶的左手卻一直按著胸口，「而且妳剛才說得沒錯，克里斯只是其中一人，還有兩人在逃，我還要去追捕他們——」

「你……為什麼……」斷罪之刃打斷凶刃的話。

眾人轉頭看過去，便見到斷罪之刃的情況只能用重傷來形容，關銀鈴立即不顧身體疲憊，跑過去攙扶她。斷罪之刃的面具已經碎了，臉也被揍得頭破血流，在她纖細的脖子上更有五道瘀黑的指痕。縱使如此，她的雙眼卻依然射出凶狠的光芒，冷冷地瞪著凶刃。

「妳竟然還站得起來呢。」凶刃輕輕一笑，滿意地點點頭，「看來妳這些日子真的過得不錯，不只身手變得靈活，身體也變強壯了。」

「你為什麼要跑過來救我！」斷罪之刃沒理會凶刃的調侃，開口一喝就是質問，激動得幾乎要倒下來。

「救妳？我哪有做過這種事？」凶刃歪著頭。

斷罪之刃立即指著他的右臂，「如果沒有擋下那把刀，你不會被她打得這麼慘吧？我不需要你來救我！」

「妳說這件事啊？這不是很簡單明瞭嗎？」凶刃慢慢走向斷罪之刃，低下頭迎向她的視線，「因為妳太弱了。」

「你……！」

凶刃依然掛著微笑，可是他猝然伸出左手，一把握住斷罪之刃的脖子。沒有施力，也沒有壓迫，他就只是輕輕握著。

在場所有人都見識過凶刃的能耐，如果他發動超能力，斷罪之刃就會當場身首異處，所以他們不禁僵住身體，屏息靜氣盯著凶刃。

「妳的確變強了，散發出來的殺氣也很凌厲，不過這些都不會改變妳太弱的事實。當一個超級英雄，妳綽綽有餘，但要上真正的戰場，妳遠遠不夠。」

凶刃慢慢收回左手。在收回的同時，他在斷罪之刃脖子上劃出淺淺的血痕。

在場三人仍然說不出一句話。凶刃沒有再說話，只是從口袋取出一個耳機戴在耳上，「閃兒，把神崎帶過來。」

「現在不行，新人快死了。」

意料之外的回答讓凶刃稍微一怔，但他並不慌張，「你們解決另一人了？」

「應該是吧？除非他們是三胞胎呢。」閃兒賊笑一聲，「你也解決了嗎？但是竟然受傷，太窩囊了吧。」

「我又不像你那樣可以不斷逃走。」斷罪之刃回以一笑，「神崎還要花多少時間？」

「大概十分鐘？十分鐘之後，新人就會決定是否要去見閻王了。」

「那麼，十分鐘之後就帶她過來——」

地面驟然震動了！凶刃險些站不穩，幸好及時抓住身邊的桌子，而地震沒有停下來，就像有一個巨人抓住整個ＮＣ，興奮地左右搖晃！

◆◎◆◎◆◎◆

「前輩，請不要太擔心……」

「嗯。」許筱瑩點了點頭，但她其實根本聽不到藍可儀說了什麼，只是下意識地回應對方。

在她們的眼前，爆靈正躺在地上接受神崎的治療。

避難中心裡不只鴉雀無聲，更像是被人遺忘的墳墓一般死寂。所有人都受傷了，而且都不是輕傷，不過他們都害怕得說不出一句話，只能低著頭，把恐懼和痛楚壓在心底。

爆靈的表情看起來很祥和，臉色卻蒼白透明，只有脖上那片血紅是如此鮮豔奪目。神崎把左手按在爆靈頸子的傷口上，闔上眼睛低頭不語，神情凝重得如同一尊神像。

許筱瑩看著眼前這個景象，終於忍不住顫抖起來，「……是我的錯。」氣若游絲的一句話，刺穿了四周的寂靜，「要是我果斷開槍，光就不會跑過來……」

「前輩，請冷靜一點。」藍可儀連忙握起許筱瑩的手，許筱瑩沒有甩開她，但也沒有回過頭。

「如果光不跑過來，她就不會被那些怪物咬到……是我的錯，都是我的錯……」

「不是的！前輩沒有做錯任何事！」藍可儀奮力叫道，可惜這聲吆喝依然傳不到許筱瑩耳中。

「躺在那邊的人應該是我才對！」許筱瑩終於回過頭，她雙眼紅腫，淚水都在瞳孔裡打轉，可是沒有一滴流下來。

「是我強硬要求跟過來，如果我沒有這樣做，光就不會分神保護我……不！那個時候我應該要推開她的！那些怪物是衝著我跑過來，應該要擋在身前的是我才對——」

「啪！」

耳光猶如爆炸般在許筱瑩耳邊轟然響起，一陣炙熱從臉頰傳來，許筱瑩做不到任何反應，只能睜大雙眼，看著在眼前顫抖的藍可儀。

「前輩，妳……沒有做錯任何事！妳們是為了保護大家才回來的，而爆靈前輩也是為了保護前輩才會挺身而出，所以！」藍可儀緊握雙手，圓潤的臉頰變得通紅，「爆靈前輩絕對不想看到前輩妳在自怨自艾！她保護妳，絕對不是要看妳這種軟弱的樣子！」

藍可儀的叫聲在大廳迴響，所有人都屏住呼吸，同時他們就像忘了痛楚，忘我地看著藍可儀。

也許是吼得太用力了，藍可儀感到一陣天旋地轉，她連忙深呼吸後穩住身子，然後緊緊握著許筱瑩的手，「前輩，我知道妳很難受，但妳一定要振作！爆靈前輩一定會平安無事！」

藍可儀臉蛋一陣青、一陣紅，顯然是太過激動。許筱瑩看著這樣的她，內心依然不安，但總算稍微放鬆下來。

「……嗯，是的，她一定會……」

「仔細一看，原來妳也很可愛。」

忽然閃兒在兩人身邊蹲下來，光禿禿的頭反射出亮光，他對著藍可儀笑了一笑，藍可儀卻忍不住失禮地尖叫出來。

聽到這聲尖叫，閃兒沒有生氣，反而笑得更加燦爛，「這叫聲也好可愛呢！我決定了！我也要妳哎呀！」

閃兒話還沒說完，赤月便一拳打在他的頭上。

「你這光頭小子，不要趁亂調戲女孩。」赤月頭頂上的偵探帽子稍微歪掉了，她戴好後冷冷地瞪著閃兒。

「咦？這就是傳說中的吃醋嗎？」閃兒興奮地說。

「吃你個頭。」赤月毫不留情地白了他一眼，「不要說廢話了，你們打倒了那個逃犯，現在要怎樣做？」

「這個嘛，我先聯絡其他人。」閃兒一邊說，一邊在口袋抓出一個耳機。

「聯絡？避難中心不是與外面隔絕的嗎？」

「英管局的科技局長是一隻藍色小貓，擁有很多法寶，區區避難中心不會是他的對手。」

閃兒說得理所當然，赤月當然不相信，不過她沒有追問。

「算了，反正就是英管局的秘密吧。那麼，你要聯絡誰？還有現在外面怎麼樣了？」

「另一件人類垃圾。如果他按照計畫打倒敵人，外面的騷動就會平息了。」閃兒正要按下通訊鍵，但在這之前他先收到外面傳來的通訊，他隨即把耳機塞進耳朵。

聯絡他的人正是凶刃。

「閃兒，把神崎帶過來。」凶刃劈頭就這樣命令。

閃兒稍微不悅，然後聳了聳肩，「現在不行，新人快死了。」

「你們解決另一人了？」凶刃馬上說。

「應該是吧？除非他們是三胞胎呢。」閃兒賊笑一聲，「你那邊也解決了嗎？但是竟然受傷，太窩囊了吧。」

「我又不像你那樣可以不斷逃走。神崎還要花多少時間？」

閃兒望向神崎和爆靈的方向，又再聳一下肩。

「大概十分鐘？十分鐘之後，新人就會決定是否要去見閻王了。」

「那麼，十分鐘之後就帶她過來——」

不要，太麻煩了。閃兒不討厭凶刃，甚至說把他當成同伴也不為過，可他也是真心覺得麻煩，所以直覺想要拒絕。

不過在回答前，地震打斷了凶刃的話。

一直安靜的大廳馬上響起驚呼，因為這陣地震不只是輕微搖晃這麼簡單，整個地面都在震動，彷彿要把避難中心撕成兩半！

赤月站不穩，狼狽地倒在地上，「發生了什麼事！」

閃兒當然不知道發生了什麼事，他立即以四肢著地的姿勢蹲下來，然後按著耳機重複赤月的問題：「發生了什麼事？」

沒有回答。

並非通訊斷線，聽著從耳邊傳來的動靜，閃兒便知凶刃仍在另一頭，「凶刃，不要無視我。」

「……嘿。」凶刃突然一聲冷笑，他並非在嘲笑閃兒，而是高興地笑出來，「閃兒，叫神崎動作快一點。」

「是有什麼有趣的東西出現了嗎？」即使隔著耳機，閃兒也能夠想像到凶刃掛著那張親切的笑容——甚至是比平時更加興奮，更加雀躍。

「沒錯。我不想錯過，你也不會想錯過的。」凶刃的聲音幾乎拔尖了，「所以叫神崎快一點，要是她害我錯過眼前這個大東西，我一定會砍了她。」

「不准砍了它，要等我！」閃兒馬上切斷通訊，然後不顧腳下的震動，一口氣跑到神崎身邊。

受到地震的影響，神崎的身體稍微歪倒，不過她仍然把手按在爆靈的脖子上，全神貫注地看著對方。誰都不敢打擾神崎，但閃兒不管，他幾乎想要抓起神崎的手搖晃她。

「神崎快一點！」閃兒睜著凸出來的大眼說：「凶刃說外面出現有趣的東西，我要趕去看！」

神崎沒有理會他，繼續把整副心神都放在爆靈身上，閃兒終於忍不住要伸手抓住她，不過在這之前，許筱瑩率先擋住他。

「你不要妨礙她們！」許筱瑩狠狠地瞪著閃兒，想要迫退閃兒，但閃兒並未因此退縮。

「我沒有妨礙她們，只是要神崎快一點而已，而且神崎已經搶救了快五分鐘，如果新人真的有救，早就醒來了。」

「你是想說……光她已經死了嗎？」

「如果她就這樣死了，證明她連當特工的價值也沒有，要丟到垃圾桶。」

「你——」許筱瑩氣得說不出話，一手揪住閃兒的衣領。

直接給你一槍——許筱瑩充血的雙眼就像在傳達這個意思，但當她舉起右手之際，一道虛弱的聲音從後傳來。

「你們這些怪咖……果然是人渣……」

「光！」許筱瑩馬上丟下閃兒，轉過頭，果然見到爆靈睜開了雙眼，「妳終於醒來了！妳不要

亂動，神崎小姐還在治療妳。」

「……可以幫我一個忙嗎？」爆靈奮力吸一口氣，拚命舉起左手。

「我幫，我一定幫。」許筱瑩立即握起她的手，「現在先不要說話，之後我會聽的。」

「可以代替我去……協助他們嗎？」爆靈指著閃兒，苦笑一聲。

「這些人渣……我真的不想和他們待在一起，不過……這就是我的工作，我必須要為之前做過的事付出代價。」

「妳已經在做了。」

「但我現在……恐怕沒有什麼力氣。」爆靈又笑了，然後凝望著許筱瑩，「所以……可以拜託妳嗎？我知道這不是超級英雄的工作，不過……如果是妳，我應該可以放心……」

「交給我吧，妳就好好休息一下。」許筱瑩說道，「我一定會——」她忽然停下來，因為爆靈用盡全力握著她的手。

「話雖然是這樣說，但妳不要再忘記自己到底是什麼人。」爆靈放開手，然後握起拳頭，「妳是超級英雄。」拳頭打上許筱瑩的手背，力道輕柔得就像一團棉花，接著她把拳頭舉在半空，對著許筱瑩微微一笑。

許筱瑩心頭一熱，連忙用力深呼吸。

「我們一起努力吧。」

過去的回憶浮上腦海，許筱瑩握起拳頭，輕輕碰上爆靈的手背，「我會記住的。」

「那麼……」爆靈維持微笑一會，之後對神崎點了點頭。

神崎稍微皺起眉頭，似乎不太滿意對方的決定，但最後她緩緩站起來。

「閃兒，DS小姐，我們走吧。」

許筱瑩也看得出爆靈只是險險走出鬼門關，如果要治療對方，現在是最好的時機，不過當她和爆靈四目相交後，她隨即握緊拳頭，然後跟著站起來。

「爆靈就拜託妳們了。」許筱瑩轉頭對藍可儀和赤月說道。

藍可儀和赤月都沒有說話，只是輕輕頷首。閃兒不耐煩地想要先行出發，神崎和許筱瑩及時走到他的身邊，搭上他的肩膀。

「去看大傢伙吧！」閃兒發出和現場完全不相襯的歡呼，帶著二人離開避難中心。

◆◎◆◎◆◎◆

地震發生得太過突然，所以關銀鈴和其他人最初只在意腳邊的震動。不過，他們很快便察覺到了——地面每次震動都伴隨著一記沉重的巨響，緩慢的、規律的，就像一個龐然巨物在地上走動。

然後他們走出咖啡廳，馬上看到了「那個東西」。

「那是……什麼？」關銀鈴目瞪口呆。

由於超能力的關係，NC居民對於「超乎現實」的理解和其他地方的人不同，在他們心中似乎沒有事情是不可能的，哪怕眼前突然出現一個巨人，他們都會先想到這是某人的超能力。

然而，眼前的東西只能用「超乎現實」來形容。

暴君恐龍也看呆了，斷罪之刃也是，凶刃也是。不過凶刃突然勾起嘴角，發出一記冷笑。

他和耳機另一邊的閃兒說了幾句話之後便切斷通訊，接著他往前踏出腳步，就像要靠近眼前那個東西，「那些傢伙竟然藏著這麼厲害的玩具。」

恐怕只有凶刃會把眼前的東西當成「玩具」。在關銀鈴三人眼中，那東西絕對是怪物！

那是一座山——不，那不是一座山！光亮的白色表面和崎嶇不平的山路完全不同，那是經由人工精心製造的裝甲。它巨大的姿態即使抬頭仰望都不能看見全貌，左右兩邊伸出無數猶如觸手的炮臺，在下方支撐著它的是八條白色巨臂，每走一步，裝甲就會像有生命一般往外打開，噴出灰白的煙霧。

宛如從深海游出來的龐大異形，所及之處都被它的身體輾壓成碎屑，而它不痛不癢，繼續以君臨天下的姿態蹂躪眼前一切。

「這到底是……」

「功夫少女！」

胡靜蘭的聲音從天而降，關銀鈴立即抬起頭，便見到對方一身銀白的星銀騎士裝扮。

「終於找到妳了！」胡靜蘭在關銀鈴身邊降落，「妳和諾天突然不見了，發生了什麼事嗎？還有，諾天人在哪裡？」她一邊手忙腳亂地檢查關銀鈴的身體狀況，一邊焦急地問道。

關銀鈴馬上垂下眼簾，悄然避開對方目光，「製作人他……被抓走了。」

胡靜蘭僵住，「……被抓走了？被誰？卡迪雅嗎？」

「不是。抓走製作人的……是他的妹妹。」

胡靜蘭訝異地說不出半句話。她知道關銀鈴因為被人襲擊入院，也知道ＮＣ四周被眾多邪惡分身襲擊，不過她並不知道游白雪的事情。

「被白雪……不，這怎麼可能？她明明還在……」

「游白雪和克里斯以及另外一人，都從病院逃走了。」凶刃打斷胡靜蘭的話。

胡靜蘭轉頭看著他，她仍然全身僵住，即使隔著一層盔甲，也看得出她手腳繃緊。

「如果這是真的……」胡靜蘭的聲音輕微顫抖，「難道，他們就在……那裡嗎？」

胡靜蘭看著前方遠處的龐然巨物，用力吞了一口口水。

「我不知道，不過，值得去看一看。」

凶刃說完之後，一道白光正好在身邊閃現，接著閃兒、許筱瑩和神崎三人倏地出現。

「前輩！」關銀鈴一看見許筱瑩，驚喜地跑過去，「妳們還好嗎？」

許筱瑩顯然沒想到會在這裡見到關銀鈴，她不禁吃了一驚，緊繃的表情稍微放鬆，「妳怎麼會在這裡？星銀騎士也……等等，製作人呢？」

相同的問題，相同的答案，許筱瑩聽到關銀鈴的回答之後，表情又皺在一起，然後她轉頭看著白色的巨大身影。

神崎趁這個時候替凶刃療傷。凶刃不只有手臂受傷，胸口處也瘀青了一大片，神崎眉頭一皺，安靜地發動超能力。

「如果製作人真的在那裡……」許筱瑩輕輕咬著下唇，「我們就要打倒那個大東西，但那到底是什麼？」

「是移動要塞『貝希摩斯』。」

又一個聲音從天而降，接著另一個穿著盔甲的人在眾人眼前降落。和胡靜蘭的厚重盔甲相比，眼前這人的盔甲更顯精良，黑色的金屬表面以及流線型的設計，明顯是人工精心打造，而在他的腳底，一把漆黑的大劍懸浮在半空，湛藍的光芒在劍身上游動，宛如極地的極光般耀眼。

這人正是排名第二的事務所——Cyber Justice 的天劍。

「天劍，你知道那個東西嗎？」胡靜蘭率先回神問道。

「我不知道，但索妮亞小姐知道。」天劍凝重地說：「因為那是她在學時期的設計。」

「那麼，在裡面的人是索妮亞？」

理所當然地猜測，不過天劍搖了搖頭，「雖然這是索妮亞小姐的設計，但那已經是她在學時期的事情了，而且當時她就只是畫出設計圖，並沒有付諸實行。」

「既然這樣……是誰把它造出來？」

「索妮亞小姐有一個想法，但她不敢肯定……」

天劍正要說出答案，不過凶刃搶先說：「這種事不重要。」

凶刃手臂上的傷口已經不見了，只剩下乾涸的血跡，胸口的瘀青也消失了一大半，只剩下隱隱約約的青紫色。

「神崎，也治療一下這個不自量力的笨蛋。」凶刃指著斷罪之刃，接著繼續說：「不管是誰製

造它，也不管裡面有什麼人，只要把它砍了就可以了。問題是，這大傢伙看起來不像是可以直接砍的東西。」

「它是用高分子材料製造，而且兩側都設置了炮臺，不可能正面硬碰。」天劍道。

「高分子材料……也就是說，我不能控制它。」胡靜蘭壓低聲音說。

「證明對方是有備而來。」天劍繼續說：「亞瑟和維多利亞小姐已經趕過去，不過亞瑟不認為這東西可以從外部破壞……即使可以，他也不敢冒險。」

「冒險？」許筱瑩皺起眉頭，「冒什麼險？」

「這麼大的東西，很容易成為攻擊目標，它卻公然走在路上……當中一定有古怪。」

「但我們不可以任由它在城市裡隨便走動。」

「所以，我們要攻進去。」天劍直指貝希摩斯，「貝希摩斯是一座移動要塞，也就是一部精密的大型機器，即使不能從外部破壞，只要從內部切斷能源，一定可以阻止它。」

「簡單來說，就是砍了裡面的人吧。」凶刃嘴角上揚，「但我們要怎樣走進去，敲門請對方讓我們進去嗎？抑或你知道秘密通道？」

「索妮亞小姐在設計時的確設置了一條秘密通道，不過她不認為對方會原封不動抄襲她的設計圖，所以……」天劍腳底的大劍閃出亮光，「我們要靠武力打開入口。」

「我喜歡這計畫。閃兒，把我們帶到大傢伙的身邊。」

「雖然我一直懷疑你的智商，但你該不會是要我把這裡所有人都帶過去吧？」閃兒瞟了凶刃一眼，冷哼了一聲。

「你做不到嗎？」

「做得到也不要！」

「不要這樣說嘛，這不是很有趣嗎？難得會見到這種科幻故事一般的東西呢。」

「兩件事沒有關係！你會數數目嗎？你數數看這裡有多少人，一二三四五六七八九！我不要做這種麻煩事！」閃兒的手指快速掃過在場眾人，光禿禿的頭頂因為激動而稍微漲紅。

不過，凶刃不以為意，輕鬆地聳著肩膀，「根本是小菜一碟，但如果你做不到的話……這樣好了，帶我一個人過去吧。」

「請等一等，我有一個想法。」天劍舉起手提議道：「我們不知道貝希摩斯四周和裡面會有多少敵人，所以我們越多人越好。我和星銀騎士帶上惡魔槍手和功夫少女，你們就帶上暴君恐龍和斷罪之刃，神崎小姐就聯絡卡迪雅部長，看看英管局有何打算，這樣子如何？」

「不錯的想法，就這樣吧。」凶刃點頭附和。

「嘖，麻煩死了。」閃兒不悅地咋舌，不過他就只是抱怨這樣一句，沒有再反對。

「那麼，就這樣決定了？」天劍望向胡靜蘭以及其他人。

胡靜蘭低頭沉思，過了會才不情願地點頭，「照目前情況，這應該是最好的辦法。」

「抱歉，情勢危急，我想不到更好的方案。」天劍低頭道歉，接著朝許筱瑩遞出右手。

許筱瑩稍微猶豫了一下，才搭上天劍腳下的大劍。

「功夫少女，妳們到了之後，我會立即趕去妳身邊的。」暴君恐龍輕聲說道。

關銀鈴聽到後臉頰一燙，默默點了點頭，之後暴君恐龍便走向閃兒和凶刃。

首先離開的是凶刃一行人。在白光閃爍之後，他們便消失不見，接著天劍也策劍飛行。

「妳們要小心！」許筱瑩在離開前對二人說道。

胡靜蘭抬起頭，對著她舉手示意。

現場只剩下關銀鈴和胡靜蘭。關銀鈴悄然深呼吸，毅然說道：「靜蘭姐，我們也走吧。」

不料胡靜蘭卻沒有立即回應，只是轉過頭來看著她。

「妳還好嗎？」胡靜蘭卸去右手的盔甲，輕輕撫著關銀鈴的臉頰。

女孩的肌膚因為晚風吹拂的關係而變得乾燥，而一道濕潤的淚痕清楚地劃過臉蛋，冰冷的觸感刺穿指尖，胡靜蘭心頭一疼，手指頭隨即變得僵硬。

她不知道剛才發生了什麼事，但她知道關銀鈴一定受驚了。

「天劍說人越多越好，我也是這樣想，不過……如果妳不想去，我不會勉強妳的。」胡靜蘭放下手臂，溫柔地握起關銀鈴的手，「諾天和白雪都可能在那裡……坦白說，我還是不敢相信白雪竟然抓走了諾天，假如他們就在那裡，我一定會帶他們回來。」

胡靜蘭垂下頭，「我有責任帶他們回來，但銀鈴妳沒有，而且於情於理，都應該是由我們保護妳們，我們卻一直令妳失望，所以妳可以留在這裡──」

「不，我要去。」關銀鈴搖搖頭，然後堅定地望著胡靜蘭，「妳和製作人一直都在支持我們，我很感激，而且你們也一直想盡辦法保護我們、幫助我們……所以我一定要去。」

關銀鈴反過來握緊胡靜蘭的手，用力深呼吸，「雖然我還沒搞清楚到底發生了什麼事，也真的想躲在安全的地方……不過，我要去，超級英雄不需要單打獨鬥，這次換我來幫助你們了。」她的手在顫抖著。

即使關銀鈴的眼神堅定，但她的手就是止不住發顫，胡靜蘭感受得到，她自己也感受得到──因為在白色巨獸那邊等待著他們的不可能只有游白雪。比剛才更加可怕的敵人，甚至是整起事件的幕後黑手就在那裡，稍有差池，他們肯定會被對方吞噬，連一根骨頭都不會剩下來。

「……我明白了。」胡靜蘭重新裝備右手的盔甲，然後手掌一翻，散落在四周的鐵塊拼湊在一起，組合成一面能夠讓一人站在其上的鐵板，「我們一起去吧。」

「嗯！」

關銀鈴站上鐵板，胡靜蘭二話不說使用超能力讓它浮起來，帶著她追上天劍。

二人不知道在前方有什麼等著她們，內心的恐懼也並未消失，甚至越變越大，但她們都沒有停下來，反而不斷加速。

然後，她們終於來到白色巨獸的眼前……

◆◎◆◎◆◎◆

「抱歉，你的超能力不適合我們事務所。」

晴天霹靂！

其實沒有那麼誇張，游諾天早就猜到會是這種結果，但要說完全不失望，這絕對是騙人的。

第一次面試就是業界的龍頭大哥 Excalibur，而且自己也不像其他人那般憧憬超級英雄，事前沒有做足準備功夫，要是僥倖被錄取，對那些認真想要當超級英雄的人實在太失禮了。

「原來這就是超級英雄的面試……」

回想剛才大廳的氣氛，用「緊張」來形容已經很客氣，假如所有人都拿著武器，絕對是劍拔弩張。游諾天記得自己不小心碰到一個人，明明已經立即道歉，對方還是大聲吼出來，要不是有人及時跑來調停，這件事一定會登上明天的報章頭條。

在等待的時候，幾乎每個人都不發一言，默默等著自己被點名。難得可以見到一大群立志當超級英雄的人，游諾天本來想要攀談，問他們為什麼對超級英雄如此著迷，可惜他一直抓不住機會，最後輪到他被點名，他只好走進面試室。

面試的過程倒是沒什麼特別，除了一些例行公事之外，最主要就是展現超能力。游諾天對自己的「電子世界」很有自信，在現今科技發達的年代，能夠入侵並控制電子儀器的超能力可謂無價之寶，不過他也清楚知道，這種霸道的超能力並不適合當超級英雄。

所以當他喝下一口咖啡，苦澀在口腔擴散的時候，他只是稍微放鬆肩膀，淡然嘆一口氣，「面試已經是這樣子，如果是真正的工作……難怪她近來總是愁眉苦臉。」

「請問是游諾天先生嗎？」

一道親切的聲音忽然從身邊傳來，游諾天不小心嗆了一下，險些就要把咖啡濺在身上。

然後，他以為自己眼花了。

嘉年華會面具！今天絕對沒有任何慶典，而且這裡只是一間普通的咖啡廳，不是哪來的馬戲團，所以眼前的面具相當突兀，它的主人倒是毫不在意，臉上掛著燦爛的笑容。

「呃，我是。」游諾天盡量保持禮貌，上下打量眼前的男子，「請問你是……？」

「咦？你不認識我嗎？」嘉年華面具男子真心大吃一驚。

游諾天不禁一愣，稍微放輕聲音，「抱歉，你是……這裡的店主？」

「這裡看起來是奇怪的店嗎？」

原來男子也知道自己打扮奇怪，不過這份自知之明沒有讓游諾天放下戒心，反而令他更加疑惑了，「對不起，我真的不認識你。」

「你剛才明明去了ＥＸＢ面試，但不認識我嗎？」

ＥＸＢ＝Excalibur＝超級英雄事務所。

超級英雄＝要保密身分＝要戴面具＝眼前的嘉年華會面具。

游諾天花了兩秒就想到這些事情，不過最重要的關鍵他依然沒想到。他再問：「你是ＥＸＢ的超級英雄嗎？」

「你竟然問這種問題……抱歉說一句，難怪你會被我們拒絕。」男子在對面坐下來。

有一瞬間游諾天想要立即站起來逃走。

「我是梅林，請多多指教。」

被搶先了，「呃，我是游諾天……那個，你好。」

梅林的手就在眼前，和他臉上的面具相比，這倒是一隻樸實無華的手，至少沒有塗上亂七八糟的指甲油。

游諾天想了一會，最後決定握手回應——同一時間，他想起了一件事。

「等一等，梅林好像是……」

「哥哥，你聽我說！」

「雖然ＥＸＢ的靈魂人物是亞瑟先生，但是我其實更喜歡梅林先生！之前《英雄 Leisure Time》辦過一個『最想和他約會的超級英雄票選』，男子組的第一名就是梅林先生！果然大家都喜歡看起來有點神秘，又好像有點壞主意的男性呢。」

「啊！」游諾天當場臉頰漲紅，然後慌忙低頭道歉，「對不起，我剛才太失禮了！我竟然會問梅林先生是不是超級英雄……」

「我真的有點受傷，可是有人不認得我，證明我還不夠努力呢。」

梅林雖然笑笑著說，但游諾天可不敢陪笑，只是把頭垂得更低。

「我真的很抱歉，那個，我竟然認不出梅林先生……」如果桌上有洞，游諾天真的想立即鑽進去，可惜無論他怎樣盯著，桌面就是完好無缺，乾淨的表面甚至映出梅林的笑臉。

「玩笑話就此為止，你不用介意，剛才我只是逗你玩的。」

嘉年華會面具把梅林半張臉都擋住了，所以游諾天難以判斷對方是否真的在開玩笑，他只好忍住尷尬，抬起頭看著對方，「那麼，請問梅林先生你找我……有什麼事嗎？」

「剛才的面試，我就在另一邊的房間看著。」梅林收起笑容，但嘴邊流露出來的仍然是一派輕鬆，「我對你的超能力很有興趣。」

「你是指……『電子世界』嗎？」

「除非你有另一種超能力。」

「不，我只有這一種超能力。」

「所以，是的，我就是指你的『電子世界』。」

這時，梅林招手叫來服務生，也點了一杯黑咖啡。游諾天警戒地看著他，看到服務生興奮地請求握手，他才相信梅林真的是那個梅林。

「……我不明白你的意思，那個，就是說你對我的超能力感興趣。」游諾天的聲音越來越輕，身體也慢慢往後靠，不過他並非在害怕，而是在戒備，「剛才面試官告訴我，我的超能力不適合你

們的事務所。」

「他的確這樣說過，可是我不認同，所以我決定親自來見你。而且……我對你也有點興趣。」

「你是指……哪一方面的興趣？」這個問題真的蠢死了，游諾天說完之後也覺得很難為情，可是梅林連眼也不眨，只是輕輕勾起嘴角。

「你為什麼會來面試呢？」

「因為我憧憬超級英雄，想成為他們的一分子。」因為面試官也曾經問過這個問題，游諾天很自然地說出排練過的答案。

「不對，你並不憧憬超級英雄。」梅林笑著搖頭，「不是我自誇，我是ＮＣ排名第二的超級英雄，但你連這樣的我都不認識，怎麼可能憧憬超級英雄？」

無言以對就是指這種情況。

梅林說得很有道理，完全沒有反駁的餘地，游諾天隨即低下頭，默默盯著手邊的咖啡。

「請放心，這不是什麼正式的面試，更加不是質問。」

梅林笑了一笑，正好服務生端來一杯黑咖啡，梅林接過後，就像要讓周遭的氣氛稍微和緩，捧著咖啡慢慢喝了幾口。

「我只是很好奇，你明明對超級英雄沒什麼興趣，為什麼還會來面試呢？現在ＮＣ的發展的確和超級英雄息息相關，幾乎所有工作都可以和我們扯上關係，不過你特地來到這個業界的核心……不可能只是單純地找工作。」梅林放下咖啡杯，杯裡的咖啡水面平靜得沒有任何漣漪。

游諾天終於抬起頭，再一次看著梅林，然後輕輕吁一口氣，「抱歉，我說謊了。正如你所說，我會到ＥＸＢ面試，並非憧憬超級英雄，當然也不是單純地找工作。」他老實承認，接著喝了一口咖啡，又吁了口氣。

「那麼可以告訴我原因嗎？你該不會是哪裡來的間諜吧？」梅林依然是那張猜不透的笑容。

但游諾天這次沒有慌張，只是回以苦笑，「不是的，我只是……有點好奇。」

「啊？」梅林調高了聲音，「對我們好奇嗎？」

游諾天點了點頭，接著說：「那個……因為法案的關係，我不可以說得太詳細，我身邊的某個人在幾個月前當上了超級英雄。」

梅林沒有打岔，默默等著游諾天說下去。

「她一直很喜歡超級英雄，而且她進入的那間事務所裡面有她最喜歡的偶像，所以她很高興，最初每天都很疲累，不過總是掛著滿足的表情。」

梅林沒有忽略這一句話，「最初？」

游諾天握緊拳頭，之後悄然放開，「是的。最初，我一直都沒有留意超級英雄的工作，對你們的認識僅限於電視和其他地方的宣傳，所以我並不知道超級英雄平時要做什麼。最近我察覺到她好像有點變了，回來的時候雖然也是一臉滿足，但我總覺得……她是在強顏歡笑。」

「這是不是你的錯覺？」梅林問道。

「我不知道，真的。」游諾天淡然笑道：「我也希望是自己的錯覺。有一次我問她超級英雄的工作是否很辛苦，她當時只是笑著說不辛苦，然後就跑去睡覺……」

「除此之外？」

「那次詢問後，她有時候會很晚才回家，甚至沒有回來。」游諾天忍不住嘆息，拿起咖啡喝了幾口，「當她回來的時候，態度和平時好像沒什麼分別，還是會對我撒嬌，也會興高采烈地向我說其他超級英雄的事情……可我真的有點搞不懂了，所以我不禁好奇，到底超級英雄是怎樣的工作。」

「於是你就來面試？」

「真的很抱歉，竟然抱著這種想法去面試，就像在試探什麼的……」

「不，我很喜歡這個原因。」梅林冷不防這樣說。

游諾天當場一怔，半信半疑地看著他，「這明明是很不要臉的原因吧？」

「不對，比起千篇一律的『憧憬超級英雄』，這個原因真摯多了。簡單來說，你就是擔心某個

人，所以才會想親眼看清楚超級英雄是怎麼樣的工作吧？」

梅林的表情似乎比之前更加開朗，不過游諾天還是不敢放心，依然緊張地回答：「……對，就是這樣。」

「這樣啊。」梅林敲著杯子的邊緣，動作很輕，而且很有規律，發出微弱的「喀、喀、喀」的聲音。

游諾天聽著這些聲音，有種像是要被吸進去的感覺。

但在這之前，梅林率先停下來，笑著說道：「那麼，你要來當超級英雄嗎？」

「……什麼？」

游諾天以為自己聽錯了，但是梅林卻笑著重複一遍：「我說，你要來當超級英雄嗎？」

這一次，游諾天肯定自己沒有聽錯。

「咦？這不就是走後門嗎？」

「梅林先生說，這是第二把交椅的特權。」看著對方驚訝的眼神，游諾天就知道她沒有惡意，所以他只是苦笑出來。

「但這句話不能寫進去啦！如果大家知道大名鼎鼎的電子世界竟然是靠這種方法進入ＥＸＢ，你們的人事部明天就會被投訴電話淹沒啊。」

「呃，那麼拜託妳不要寫進去。」

「這個嘛……如果你請我喝熱可可，我可以考慮？」對面的女孩嫣然一笑。

她是《英雄Future》的新人專欄作家赤月，一聽見是《英雄Future》這份月刊，再得知對方是女孩子，游諾天其實很想推辭這次訪問，不過梅林堅持要他接受，所以他只好厚著臉皮赴約。

之後二人一見面，游諾天便放心了。

游諾天非常擅長應付妹妹，但他就是因為太過遷就妹妹，所以一直以來都沒和其他異性有適當的接觸機會。

如果對方是一名穿著長裙、臉上濃妝豔抹的女性，他肯定自己會胃痛，甚至轉身逃走。幸好赤月是一名男孩子——不對，雖然游諾天第一眼看到她時，真的誤以為她是個男孩，但仔細一看，她絕對是不折不扣的女孩子，只是她長得矮小，又一身偵探的打扮，臉上也沒有塗脂抹粉，看起來才會像個小男孩。

另外，她是一個笑容很好看的女孩子。

「好的，請再來一杯熱可可。」游諾天舉手叫來服務生，點了一杯熱可可。

這是再自然不過的動作，但赤月忽然睜大眼睛，眨了眨眼。

「……你真的請我喝啊？」

「咦？不是妳要求的嗎？」

「是我要求的，但沒想到……你真是一個認真的人呢。」赤月又笑了，這次的笑容比之前的都要輕，不過也更加溫柔。

「好奇一問，妳該不會把ＥＸＢ裡面的超級英雄都當成是梅林先生或者蘭斯洛特那樣子吧？」

「坦白說，在見面之前，我以為你也是那一類人。」赤月噗哧一笑，「我看過你的表演，在舞臺上的你完全是另一個人呢，神情興奮，又很會帶動氣氛，舞臺上的燈光和特殊效果都是你一手控制的吧？要一邊表演一邊做這種精細的工作，一般人肯定是做不到的。」

「這都要多謝亞瑟先生的特訓，最初一個月好辛苦，我每天回到家後就倒頭大睡，有時候更會嘔吐出來。」

「現在肯定不會了吧。說起來，關於剛才你說的事情，我可以問一下嗎？」

「妳指特訓的事？」

「不，我是指……你身邊當上超級英雄的那個人。」赤月小心翼翼地說道。但即使她再小心，還是觸動到游諾天的神經，他當場愣住——只是短短的一秒鐘，不過也明顯得不得了。赤月隨即

猛吸一口氣，接著再繼續問：「請問，我可以問嗎？」

「……妳想問什麼呢？」游諾天回復親切的笑容，之後他拿起咖啡喝了一口。

「你提到自從這個人當上超級英雄之後，你們之間的關係好像改變了……那麼輪到你當上超級英雄之後，你們的關係有沒有因此改變呢？」

游諾天沒有放下杯子。本來他臉上就戴著面具，不容易看到他的表情，而他現在把杯子放在嘴邊，更加擋住了臉孔，完全看不出他在想什麼。

短暫的沉默之後，游諾天終於回答：「正如我剛才所說，加入ＥＸＢ之後，我一直都在接受特訓，一回家就倒頭大睡，醒來後又要趕去事務所……所以，我和她的見面時間變少了，有時候一星期才能勉強見到一面。」

「也就是說，你們變得疏離了？」

「應該沒這麼誇張，但是……嗯，是的，比起以前，我們沒有這麼親密了，上次一起吃飯……好像已經是兩個月之前。」

「請恕我失禮，這樣的結果，不就和你原本的目的背道而馳嗎？你本來是想要了解這個人的工作才去當超級英雄，卻因此少了和這個人相處的時間。」

「也許真的是這樣。」游諾天淡然點頭。

「你有為此後悔嗎？」

赤月的眼睛悄然閃出一抹紅光，游諾天沒有注意到，他只是若有所思地望著咖啡的水面。

「後悔……如果說沒有，我一定是騙人的。每天回到家都抱頭大睡，還沒睡醒就要出門了，有時候我很想偷懶，偶爾一天沒什麼問題吧！就是這種想法，不過呢……」

他輕輕搖晃杯子，由於已經喝了一大半，所以咖啡沒有濺出來。

「我好像有點理解了，她為什麼會這麼喜歡超級英雄。」停下來之後，游諾天再次看著水面，平靜地笑出來，「梅林先生說過，我因為擔心她，所以才會想當超級英雄。這是真的，當時我甚至想過她若仍一臉愁眉苦臉，就要勸說她不要再當什麼超級英雄……幸好我沒有說出這種話，如果我真的這樣說了，無論是對她，抑或對其他的超級英雄都是一大侮辱。」

游諾天把剩下來的咖啡一飲而盡，然後抬起頭望著赤月，溫柔地笑了一笑，「超級英雄真的很辛苦，而他們之所以會這麼努力，就是想要保護心中重要的東西。」

赤月眨了眨眼，凝望著游諾天。

「這就是超級英雄受人憧憬的原因。超級英雄是NC，甚至是全世界的奇蹟，看著五花八門的超能力，大家都會覺得好興奮，不過即使擁有再厲害的超能力，超級英雄還是會拚命努力，務求把自己最好的一面展現給市民大眾。我們擁有超能力能夠做到其他人做不到的事情，正因如此，我們更不可以浪費這份禮物，必須要讓它展現最耀眼的光芒。」

游諾天把手機放在桌上，手機的螢幕便射出一道光芒，光芒最初只是一團朦朧，接著它逐漸變成人形，在螢幕上旋轉跳舞。

「現在的NC好和平，和平得像是理所當然，但大家都知道世上沒有什麼東西是理所當然的，NC能夠國泰民安，全賴大家的努力。超級英雄的存在，就是為了守護大家的這份努力，讓它開花結果。」

光影舞動著，即使咖啡廳燈火通明，也無損它悅目的光芒。

游諾天收起手掌，光影便變回一團白光，緩緩融入螢幕之中。

「這就是大家努力在做的事情，如果這時候我不識趣地說什麼不要當超級英雄，她肯定會討厭我呢。」游諾天靦腆地笑了。

熱可可在這時候送過來，赤月卻彷彿沒有察覺，一直盯著游諾天。

「赤月小姐？」

赤月霍地回神，她看看眼前還在冒煙的熱可可，再抬頭看著游諾天，嘴角忽然往上揚起，「抱歉，有點分神了……還有，對不起。」

赤月突然低頭道歉，游諾天嚇了一跳，連忙說道：「呃，妳什麼都沒做啊？」

「不，我有，我對你使用了超能力。」

「咦？但是……」游諾天低頭看著自己身體，左看看，右看看，沒有缺了一條手臂，也不見身上有長出奇怪的東西。

「我的超能力不會對目標造成身體上的傷害，只是會令人說出真心話。」

「啊……」

「你似乎沒有察覺到自己中了超能力，也就是說你打從一開始就沒想過要騙我呢。」

「是這樣……沒錯？」游諾天其實不敢肯定赤月的意思，可是他真的沒想過要隱瞞什麼事情，所以跟著赤月笑出來。

赤月見狀，自然地捧起熱可可，喝了一小口，「你是一個有趣的人呢，明明聽到自己中了超能力，依然氣定神閒。」

「因為我真的沒有什麼特別的感覺……但如果這是真的，赤月小姐妳以後還是不要這樣做吧，要是被英管局知道，他們不會跟我一樣笑著放過妳呢。」

「該怎樣說呢……你真是一個爛好人，即使你不介意，至少要擺個生氣的樣子吧？」赤月稍微皺起眉頭，她噘起嘴巴，然後又喝一口熱可可。

「嚴格來說，赤月小姐並沒有對我做什麼不好的事情，不是嗎？」

「不，絕對不是，我對你做了很過分的事情，直接一點說，就是試圖侵犯你的個人私隱。所以我一定要鄭重道歉。」赤月再次低下頭來。

游諾天有點不知所措，只好放輕聲音，「妳真的不用介意，我會接受妳的訪問，本來就沒打算隱瞞什麼。當然，一些重要的個人隱私，例如我的個人身分就不便透露了。」

「我知道。」赤月倏地抬起頭，「但就這樣子讓事情不了了之，不符合我的性格，就當你真的不介意，我也對自己剛才的行為感到羞愧。」

「我就說，妳真的沒有——」

「所以，請問在訪問之後你有空嗎？方便的話，我想請你吃晚飯賠罪。」

被赤月強硬的氣勢壓倒，游諾天霎時說不出話，同時赤月的身體朝他靠過來，他立即順從本能退後。

「我……」

「請務必讓我謝罪。」赤紅色的瞳孔迫近眼前，就像兩團火焰般耀眼。

游諾天看著，不禁被它們深深吸引，移不開目光。

「……既然赤月小姐這麼堅持，那我恭敬不如從命了。」游諾天總算恢復平靜的語氣回答。

赤月的表情馬上如花朵綻放般亮了起來，她退回身體，抿了抿唇，道：「我知道有一間不錯的店，我一直想試一試，但一個人走進去太難為情了，今晚我們就去那裡吧。」

「有勞妳帶路了。」

赤月藏不住喜悅的心情，輕輕咬住的嘴唇往上勾起，忽然她頓住了，想了一會後，她在游諾天沒有察覺的情況下關掉錄音筆，「說起來，我忘了問一件事。」

「請說？」

「這件事也許會涉及到你的真正身分，如果不方便回答，拒絕回答也可以。」赤月輕手整理衣領，「你一直提到的『她』，請問是你的戀人嗎？」

「咦？這個……」游諾天尷尬地搔著臉頰。

赤月一看，連忙接著說：「抱歉！竟然問了這種問題，我不應該問這種事的。」

赤月的臉蛋染上一抹紅暈，神情顯得慌張，游諾天看到之後不知為何也有點緊張，所以立即搖手說：「不，她不是我的戀人。」

「那麼，請問她是……」赤月的眼睛又閃出一道紅光，這一次連她自己都沒有發現。

「她是……」游諾天猶豫片刻，接著嘴角忍不住往上揚起，「我的妹妹。」

◆◎◆◎◆◎◆

游諾天霍地睜開雙眼。

眼前仍然是一片矇矓，手腳彷彿不屬於自己似的，拚命使勁才能夠勉強動上一根指頭，不過游諾天沒有再閉上眼睛，他咬緊牙關，嘴角咬出血來，然後鮮血慢慢回流到口腔。好苦，而這陣苦澀正好讓他完全清醒過來。

——竟然在這種時候夢到以前的事情。

「真是剛好……」游諾天雙手顫抖，現在稍有不慎，整個人就會滾下床，但他寧願滾下床，也決心不再躺下去。

然後他真的滾下床了。

「啊！」肩膀率先撞上地面，他明明痛得大叫出來，可是身體仍然不聽使喚，甚至覺得是腦子擅自覺得疼痛，堅持拒絕所有它發出的動作指示。

游諾天就這樣子靠在牆上，用力深呼吸，一次、兩次、三次……

沒用。游諾天記憶所及，自己從來沒有喝醉過，所以他只能懷疑這種狀態和宿醉是否相同。

「她真是……不留情呢……」

——眼皮好重。身體也是。算了，再次睡覺吧，再次回去昔日美好的時光……

「……游諾天，給我振作一點！」游諾天奮力舉起手，二話不說朝自己的臉上摑一巴掌！可惜的是，他現在根本使不上力，手掌是打在臉上，卻不痛不癢。

「這是第二次了……這種感覺，就算是第十次……我肯定都會受不了……」

——痛楚無效，只有靠不斷的自言自語來維持清醒。數質數吧。不行，在這種狀態做規律的事情，只會越來越疲累，然後就會不知不覺睡著。現在要做的……沒錯，是推理。

——這裡是什麼地方？是游白雪藏身的地點，還有，嚴鐵一的前助手蘇菲也在這裡。二人是什麼關係？線索太少，但要逃出精神病院，一定要有人裡應外合才行，所以蘇菲和游白雪是同夥關係，這件事毋庸置疑。

——那麼，回到之前的問題，這裡是哪裡？

不知道。唯一知道的是游白雪似乎藏身在這裡，也就是說，這裡是他們的大本營？她為何要把他抓回來大本營？是要一家團聚？不，不可能，就像之前所說，如果要見他，去ＨＴ的話隨時見得到，不需要把他抓回來。

四周是白色的牆壁，看起來不是金屬，但相當堅固，旁邊的大門則令游諾天想起英管局情報管理部的大門，雖然體積小得多，厚重的感覺卻有過之而無不及。

這裡是牢房嗎？這裡的確沒有窗，不過感覺不像，而且他也沒有被綁住，是不需要這樣做，抑或有不能這樣做的理由？

游諾天怎樣想也好，都覺得不可能是後者。

「但是……很奇怪……」游諾天用力吸一口氣。他沒有被綁住，很大的可能是因為對方覺得沒有這個必要，因為憑他的力氣，不可能在沒有工具輔助下逃出這個幾乎是密室的房間。

既然這樣，還是那個問題——為什麼要抓他回來？

因為游諾天太囂張了，所以抓他回來教訓。這種事並非完全不可能，但游諾天不認為對方會因為這種無聊的原因而動手。

要把他當成人質，然後和英管局交涉？這種猜想比較有可能性，可惜仍然不合理。如果他們真的想要談判，怎麼可能會使用邪惡之書令全城陷入混亂？這種做法和之前的恐怖魔王如出一轍，目的就是要從根本打亂ＮＣ的和平。

他們要他做些什麼嗎？也不是，剛才他們已經見面了，真有任何要求，大可以直接說出來——

突然，游諾天靈機一動，「對了……」游白雪離開之前吻了他。不是吻他的臉頰或額頭，而是

吻他的嘴唇——她要複製他的超能力，「為什麼……她要這樣做？」

她明明複製了關銀鈴的「超人身體」，論戰鬥能力可謂無人能及，不過她卻主動放棄。

他們需要他的「電子世界」——不對。他們也許真的需要電子世界，但他們更加需要反制電子世界的力量。

「也就是說……」游諾天閉起雙眼。意識險些在黑暗中沉沒，他及時穩住心神，然後讓自己緩緩往下沉。

接著，他果然見到一點亮光。

那是一團拳頭大的白色光芒……不，大小只是他的錯覺，在這個空間裡，一切外在形象都沒有意義。

「我好像沒有見過你。」游諾天平靜地對光球說。聲音在這裡也是不存在的，至少不是靠嘴巴說出來，不過光球似乎聽到了他的話，慢慢在原地旋轉。

「我，好像沒有，見過你。」光球以生澀的語氣重複游諾天的話。

「你是新啟動的世界嗎？」

「我，新啟動，世界。」

光球繼續重複游諾天的話。如果在其他場合，游諾天早就不耐煩地皺起眉頭，不過他現在沒有不滿，如果他還存有表情，甚至會輕輕微笑。

「果然是這樣……」腳邊一直傳來震動，是大型的交通工具嗎？」

「交通，工具。」

「對，交通工具，把人或貨物從一個地方運送到另一個地方的工具。」

光球旋轉的速度加快了，就像在思考游諾天的話，「人，貨物，交通工具。」

「就是這樣。你是一個交通工具，對嗎？」

「我，交通工具……」光球逐漸變得暗淡，然後又閃閃發亮，「是的，我，交通工具。」

「那麼，可以告訴我你的名字嗎？我是游諾天，是另一邊世界的人。」

「另一邊，世界。」

「另一邊世界。很難用話解釋，如果你願意相信我，我直接展示給你看。」

游諾天朝前方伸出手──意識是這樣想著，他在這裡卻是沒有手的，所以他不能實際碰觸光球，可是光球適時停止旋轉，停下來的姿態猶如一隻定睛看著新奇事物的小狗。

「相信，你。」

「如果你願意。」游諾天沒有催迫它，只是柔聲說道。

光球隨即減弱光芒，但仍然閃著耀眼白光。然後，它慢慢靠近游諾天。

游諾天不禁吁一口氣，也主動靠近光球。

就在這時，一道聲音忽然從腳邊傳出來，「不准碰他。」這道聲音同樣輕柔，同時擁有一種不容分說的壓迫感。

光球當場停止前進，並緩緩往後退。

「他不是朋友，是敵人。」一個紅色的光芒在不遠處的前方冒出來，那就像一道映在水面上的人影，在微風吹拂下微微擺動。

「朋友，敵人。」

「朋友就是對你釋出善意的人，敵人則相反。」聲音放輕了半分，感覺像在嫣然一笑。

「有時候敵人會裝作釋出善意，實際上是滿腹惡念。」

「善意，惡念。」

「他的意識還未統合，不會知道妳在說什麼。」游諾天打斷對方的話。

紅光馬上搖晃了一下，彷彿正在搖頭，「哥哥你就是這樣，一直以為他們是不懂事的小孩子，淨用一些婆婆媽媽的方法教導他們。」

紅光的真身果然是游白雪。游諾天並不吃驚。

「他們的學習速度很快，我們根本難望項背，不過他們很脆弱，尤其在初生階段，和人類的嬰兒沒有任何分別。」

「哥哥，你錯了。人類的嬰兒的確很脆弱，沒有人照顧就活不下來，神經還很敏感，受一點小傷就會哇哇大叫。然而，他們不一樣。」紅光往前張開雙手，「他們很聰明，而且具備理性，面對未知的事情不會恐慌，會充分利用他們的智能去了解事物的本質。所以，即使他十分鐘前才出生，但絕對不是嬰兒。」

「不是，嬰兒。」

「對，你不是嬰兒。你的名字是貝希摩斯，『群獸』貝希摩斯，一人足以敵千萬。」游白雪來到光球身邊，輕柔地環抱雙手，猶如母親擁抱孩子。

「等一等。」游諾天猝然感到一陣惡寒——在電子世界當中理應不存在的感情，「妳不應該告訴他名字，他的名字不是由我們賜予，而是——」

「但這就是他的名字。」游白雪笑著打斷游諾天的話，「貝希摩斯，這不是很不錯的名字嗎？」

「這只是你們給他安排的名字，假如他就這樣接受了——」

「貝希摩斯。不錯。名字。貝希摩斯、貝希摩斯、貝希摩斯，我的，名字，我的，名字，我的……名字。」

光球突然急速旋轉，紅光雙手的部分當場變得像化開了的墨水，快速融入光球中。

「貝希摩斯，我是，貝希摩斯。」光球的聲音變得高亢，閃現出來的紅色光芒也變得刺眼，儼如長矛一般，結實刺穿游諾天的意識。

「不對！這不是你的名字！」游諾天有種身體粉碎了的感覺，他拚命咬緊牙關奮力大叫出來。

「不，我就是，貝希摩斯。」光球——貝希摩斯卻不為所動，它慢慢往上飄升，飄至高空，宛如紅色的太陽俯瞰蒼生，「我要，毀滅ＮＣ。」

「不對！你——」游諾天朝著天空高舉雙手，猝然腳下懸浮的感覺消失了，取而代之的一股重力攀上他的全身，他還沒搞清楚發生了什麼事，身體便轟然墜落！

他張開嘴巴拚命大叫，可惜發不出任何聲音，只能夠看著紅光越離越遠。

「噗哈！」游諾天駭然睜大眼。身體像剛遇溺一般渾身濕透，而且上氣不接下氣，無論他再怎麼用力深呼吸，肺部依然索求著更多的氧氣。

他連一根指頭都動不了，只能夠奮力張開嘴巴。他知道發生了什麼事——他剛才是在深潛狀態，假如不好好從電子世界中「浮」上來，就會如潛水時沒有好好加壓就急速上浮的情況類似，雖然身體並不會得到減壓症，但環境的劇變卻會對意識造成嚴重影響。

會突然從深潛狀態當中醒過來，只有一個原因。

眼前仍然是一片花白，不過當游諾天抬起頭來，他清楚看到一個身影悠然坐在床上。

「抱歉，因為我想和你談一談，所以用了較粗暴的方法。」

聲音聽起來很遙遠，不只像從房間外頭傳來，甚至像從外太空傳來一般，聽起來很不真實。游諾天卻知道她是誰。

「你慢慢來，不用著急，不過我必須告訴你一件事。」對方仍然坐在床上，聲音也像是遙遠得觸碰不到，「他們攻進來了。如果你不快一點，也許會趕不及。」

明明是說著緊急的事情，對方的語氣依然平靜——游諾天甚至覺得她也許在笑。

第七章

百分之七十四

來到貝希摩斯的跟前，眾人才驚覺自己實在太小看它。白色的軀體衝入視野，它每走一步，地面不只在震動，腳下所及之處都當場粉碎，大地發出哀鳴慘叫。

「亞瑟、維多利亞！」胡靜蘭帶著關銀鈴趕到眾人的身邊，亞瑟望向她們，淡然笑了一笑。

「你們來得正好，這東西很不妙。」

「而且它好像變得更加不妙。」維多利亞接口道。她抬起頭，眉頭緊皺，「它好像加速了。」

「加速了？它要去哪裡嗎？」胡靜蘭問道。

「不知道，它突然從地底出現，然後一直往前走……」亞瑟凝重地說：「我們只知道一件事，它是從政府大樓的底部爬出來的。」

「怎麼會……」胡靜蘭快說不出話。政府大樓不只是行政機關聚集的地方，頂層更加是市長的住所，是ＮＣ最高權力核心的所在地。

眼前的白色巨獸竟然是從那種地方爬出來？政府人員會不知道自己腳底有這種東西嗎？抑或說，他們知道卻視而不見——甚至就是他們造出它的？

「無論如何，我們一定要阻止它。」維多利亞冷靜地說：「不管是誰造出它，也不管它的目的地在哪，它走在街上就是一個嚴重的災難。」一邊說，一邊舉起雙手對準貝希摩斯右邊的前肢。

亞瑟馬上擋在她的身前，「等一等，這種龐然巨物突然走在路上，我不認為它會對我們的超能力毫無防備。天劍剛才說過，這東西是用高分子材料製造，明顯是針對星銀騎士的超能力，而妳的『重力』是出名的超能力，他們也一定早有準備。」

「那又怎樣？」維多利亞冷冷地說：「這種體積龐大的東西，本身的負荷已經很沉重，只要稍微加重它的負擔，它肯定會立即倒下。如果他們真的有什麼對策，待它倒下之後再說吧。」

「不，我也認同亞瑟的想法。」胡靜蘭也加入勸說：「我想不到他們會如何應付妳的超能力，不過他們不可能坐以待斃。」

「所以我就說，待它倒下之後再說吧。妳是要我什麼都不做，眼睜睜看著它繼續前進嗎？」

「我不是這個意思，但比起強硬破壞它，攻入它的內部，然後抓出犯人——」

「砰——！」一記宛如禮炮的巨響猝然打斷胡靜蘭的話，聲音震耳欲聾，但抬頭一看卻不見任何炮擊痕跡。唯一能夠看到的，就只有貝希摩斯頭頂的那些混濁、黏稠，猶如擁有實體的黑色濃煙。一陣大風適時吹起，黑煙乘上它，輕快地朝四方八面散去。

乍看之下只是普通的煙幕，亞瑟卻面色一變，連忙揚聲大喝：「大家散開！」

風王之力，發動。

包圍貝希摩斯的超級英雄們馬上聽從亞瑟的命令，分別朝著不同方向四散，幾乎同一時間，往他們吹來的大風猛地改變風向，朝著貝希摩斯吹回去。

「難不成……」維多利亞也臉色鐵青，「是毒氣嗎？」

「沒錯。」亞瑟嘗試控制大風繞著貝希摩斯旋轉，可惜貝希摩斯實在太龐大，所以亞瑟斷然改變策略，把風擋在黑煙冒出的地方，不讓它四散，「這就是他們的應對方法。裡面有製造毒氣的裝置，如果貿然破壞它，裡面的毒氣裝置也會被破壞，到時候很可能會釀成更大的災難。」

「而且他們的目的就是要散布這些毒氣。」維多利亞不甘心地接著說：「既然這樣，唯有用天劍的方法。」

天劍點了點頭，「亞瑟和維多利亞你們待在外面，一方面指揮大家，另一方面稍微拖延它的腳步，阻止毒氣擴散。」

「你和星銀騎士連同英管局的兩位特工帶著其他人，一起攻入貝希摩斯。」亞瑟冷靜地說：「拜託你們了。」

維多利亞問：「問題是，我們要怎樣打開攻進去的缺口？」

「交給我吧。」一直待在維多利亞身邊的卡繆踏出腳步。

許筱瑩看到她，不禁輕聲開口叫道：「卡繆小姐……」

卡繆隨即對著她和關銀鈴微微一笑，然後收起笑容，專注盯著眼前的移動要塞，「只要打開一

個缺口就可以了，對嗎？」

「只要看到裡面，閃兒就可以帶我們進去。」凶刃笑著回答，閃兒當下皺起眉頭，但這一次他沒有抱怨。

「那麼，請退後。」卡繆站在眾人身前。她的站姿和平常一樣完美無瑕，全身散發出威嚴。

深呼吸。一次、兩次、三次……卡謬道：「請掩住耳朵。」

維多利亞率先舉手掩耳，其他人立即跟著照做，接著——

「喝！」

腦袋彷彿爆炸了般！即使掩住耳朵，卡繆的大喝仍然結實地刺進耳膜，所有人當場全身繃緊，他們睜大雙眼，驚喜地看著前方。

一記無形的衝擊打在白色的外殼之上，外殼當場碎裂，露出裡面的空間。

「閃兒！」意識還沒完全清醒，但凶刃已立刻叫喚。

閃兒也沒有怠慢，他用力吐一口氣，然後一道白光籠罩眾人。

眼前的景象瞬間改變。白色巨獸不見了，取而代之的是一望無際的白牆。在白光燈的照耀下，這片白色異常刺眼，而且四周一直響著若有似無的機器運作聲，更加深了陰森的感覺。

「這裡就是那大東西的內部嗎？」凶刃有點失望地問天劍。

天劍按著頭輕輕搖了搖，然後仔細環看四周。

「剛才卡繆小姐打出來的破洞，從高度看來，這裡應該是貝希摩斯的底層。」

胡靜蘭試著尋找四周有沒有可以控制的金屬，可惜一如所料，貝希摩斯不只外部是用高分子材料製造，連裡面也是。她忍住嘆氣的衝動，強裝平靜地說：「總共有多少層？」

天劍回答：「最初的設計是五層，每層的面積和高度都不相同，而底層比起其他樓層更深，主要用來存放物資，以及是第一和第二引擎所在。」

「你說第一和第二引擎……會有第三或第四引擎嗎？」

「除了第一引擎，還有其餘四個引擎。如果要讓貝希摩斯徹底停下來，必須把五個引擎全部破壞。」天劍輕輕點頭，然後張開手掌。

「每一層放置一個嗎？」凶刃左顧右盼，見不到任何人，顯得意興闌珊。

「不是，底層就有兩個引擎，至於其餘三個，第一層有兩個，最後一個在第三層。」

「既然這樣，我們分頭行動吧？」暴君恐龍抬起頭說：「這裡有上去的樓梯或電梯嗎？」

「等一下，我正在掃描——」

「哈哈哈！我告訴你們吧，前面就有前往上層的樓梯，但你們不會有命走過去！」忽然一記響亮的大笑打斷天劍的話，一行人固然吃驚，凶刃則馬上抬起頭，無神的雙眼霍地閃出光芒。

「是誰？」天劍擋在眾人身前，和眼前這名突然出現的男子對峙。

「我是誰？本來這和你們沒有關係，因為你們統統都要死在這裡，但既然你問了，我就大發慈悲告訴你吧！」似乎是為了突顯一身的肌肉，男子故意穿小一尺碼的衣服，所以衣服看起來都要撐破了，但他卻毫不在意，每說出一句話，他就會使勁鼓起肌肉，讓衣服撐到極限。

「我是『冠軍』！僅此唯一，最強的『冠軍』！你們夠膽闖進來，果然有膽識，可惜你們偏偏遇上我，你們的英雄遊戲要結束了！」自稱冠軍的男子揚起得意的笑容，再次展現更多的肌肉。

「不要怪我，要怪就去怪命運！本來我不在這一層，但剛才博士要我下來幫忙，所以我才會走下來，否則你們應該可以走得更遠吧！」

肌肉、肌肉、肌肉！如果切開冠軍的身體，也許會驚見他連內臟都是肌肉做的吧？暴君恐龍也是以肌肉為賣點，但看著眼前的冠軍，暴君恐龍實在自嘆不如。

「但你們放心，我會替你們默哀的！所以不要掙扎了，乖乖成為我的手下敗將吧！我的超能力是『世界冠軍』，只要是正面決鬥我就不會敗！來吧，馬上決定選手，然後和我來一場廝殺嗚呀！」

冠軍的肌肉依然暴突，可是他話未說完，天劍搶先驅策飛劍，毫不留情打在他結實的胸口上。

冠軍身上的肌肉果然不是擺著好看的，他及時抓住了飛劍，可是天劍的大劍也非耍帥的裝飾

品，而是一把精心設計的武器，裡面附設很多功能，其中之一是釋放高壓電流，普通人在沒有裝備的情況下碰到它，當場就會被電昏，就像冠軍一樣。

「呃，天劍，你……」暴君恐龍本想和冠軍比試，但現在他只能錯愕地看著天劍。

「抱歉，他身上有太多破綻，所以忍不住出手……」天劍也略顯錯愕地輕輕搔著面罩說道。

「不過現在我們沒有時間陪他鬧了。他剛才說樓梯就在前面，我們去確認一下，如果是真的，你們往上層走，我會留在這裡破壞兩個引擎，之後就和你們會合。」

「不用特地去確認了，那個白痴沒有說謊。」一個聲音從眾人頭頂落下。本來就是一個中性的聲音，現在還帶一點沙啞，實在難以判斷它的主人是男是女，「跟著這些箭頭走吧。我對其他人沒有興趣，但天劍要留下來。」

白色的牆壁突然閃現出大量箭頭，全都指著眾人後方，以一定的規律重複閃爍。

身在敵營之中，一行人當然不可能就這樣乖乖跟著指示走。

胡靜蘭把右手部分盔甲變成短劍，尖銳的劍尖直指天花板，「你是什麼人？」

「好問題，公然闖進我的寶貝，然後還反問我是什麼人嗎？真是令人頭痛的女孩啊。算了，告訴妳也沒差，我就是——」

「賈許博士，對嗎？」天劍突然打斷對方的話。

對方先是一怔，接著笑了一笑，「我們應該沒有見過面才對？」

「我們的確沒見過面，但在出發之前，索妮亞小姐已經把你的聲紋記錄傳送給我。」天劍示意胡靜蘭放下短劍，並對她說道：「你們跟著他的指示走吧，若無意外，這不是陷阱。」

胡靜蘭顯然不滿意這話，「你怎麼知道這不是陷阱？還有這個『賈許博士』是誰？」

「他曾經是索妮亞小姐的老師。」

天劍說得平靜，其他人卻吃了一驚，先是看看他，再抬頭看看天花板。

「索妮亞小姐早就猜到是他做的。」天劍壓低聲音說：「貝希摩斯是索妮亞小姐親手設計，但她並沒有真正製造出來，因為她知道這東西被製造出來，NC肯定會陷入混亂，所以當時就把設計圖燒毀。不過還有一個人曾經看過設計圖，那個人便是當時她的老師，也就是你——賈許博士。」

「她沒忘記我這位老師，真是感動，但是你這種說法就像在暗示我偷走她的設計並據為己有。我必須澄清一件事，當時我邀請過她一起製造貝希摩斯，只是她拒絕了。」

「她當然會拒絕，我剛才已經說了，因為她知道貝希摩斯一定會令NC陷入恐慌。」天劍義正詞嚴說著，同時他靠近胡靜蘭，在她耳邊輕聲說：「請把他交給我，你們上去吧。」

「但這很可能是陷阱。」胡靜蘭小聲說。

「索妮亞小姐跟我提過賈許博士的事情，如果她沒有說錯，賈許博士很討厭她，甚至到了憎恨的地步。」

「所以呢？」

「他會用盡一切方法打倒她，但同時眼光會變得狹窄，不會理會其他人。因此，他現在的目標只有我，因為我是索妮亞小姐的『發明』。」

「假如真是這樣，我們更加不可以丟下天劍你一人。誰知道他會做什麼？」

「我不要緊的，而且我們當務之急是要破壞這個東西。」

胡靜蘭當然知道，但要丟下天劍一個人面對敵人，一想到對方竟然連貝希摩斯這種東西也能做出來，難免會躊躇。最後，她毅然對天劍說：「你要小心。」

胡靜蘭望向凶刃和其他人，他們馬上明白她的想法，她不待其他人回應，率先轉身朝著箭頭的方向前進。

天劍沒有猜錯，賈許博士真的沒有出手阻止他們離去。

只剩下天劍一人，賈許博士終於再次開口：「你就是那丫頭的寵物，對吧？」

「索妮亞小姐不像一般女孩，她不喜歡小動物。」天劍平靜道：「我是她的拍檔。」

「嘿，拍檔嗎？你會說出這種話，顯然不了解那丫頭是怎麼樣的人。」

「索妮亞小姐是一個很神秘的人，經常掛著不明所以的笑容。坦白說，我真的不敢說自己了解她。不過，我不認為你會了解。」

「我當然了解，而且了解得一清二楚。」

賈許博士的聲音猝然變得低沉，但天劍裝作沒有察覺，只是馬上把裝甲切換成戰鬥模式，以防對方突襲。

「她是一個很有才華的孩子，年紀輕輕就有聰明的腦袋，簡單來說就是一般人口中的天才。」

「能得到你的讚賞，她一定會很高興。」

「對於真材實料的人，我一向不吝讚美。沒有人敢說她資質平庸，誰說出這種話，只是突顯自己的無知和無能。」

輕微的機器運作聲傳到耳邊，這聲音不仔細去聽根本不會聽到，不過天劍聽到了。

「探測到熱能反應。」

戰鬥裝甲的中樞系統——Sky Blade也察覺到了，它馬上把資料傳送給天劍，天劍一邊檢閱，一邊回答賈許博士：「真想不到賈許博士對索妮亞小姐有這麼高的評價，她跟我提起你的時候，我還以為你對她恨之入骨。」

「我是一個理性的人，即使我討厭她，這份心情不會影響我的公正評價。」

「你是間接承認你憎恨她了嗎？」說話之際，天劍悄然轉動手腕。

「她雖然才華洋溢，但根本不懂得使用這份才華。」賈許博士用力地嘆一口氣，「就像看到一個一流賽車手，駕著一流的跑車在農田緩行……你明白這份心情嗎？」

「這個比喻太過抽象，我不明白你的意思。」

「她擁有優秀的頭腦，擁有精良的設備，卻選擇去當一個小丑。」賈許博士一直裝著滿不在乎的語氣，但說到這句話的時候，他終於按捺不住心底的怒火，「憑她的才能，一定可以顛覆ＮＣ，不對，是顛覆整個世界的軍事發展！你們身上的戰鬥裝甲和超能力不同，即使離開ＮＣ也依然可以發揮功能，各國都力邀她加入軍事團隊，但她竟然全部拒絕了！她離開了研究所，去搞什麼英雄事務所，然後把這些精良的裝甲當成玩具！」

四周的機器像是認同賈許博士的話，本來隱約可聞的運作聲，霎時如排山倒海一般湧現出來。

「我絕不原諒她！比起無知無能的人，不懂珍惜自我才能的人更可恥！這幾年來我都想著要摧毀她，但只是毀掉她的事務所，難消我心頭之恨，所以我一直在等待，現在終於等到了。」

「啪啪啪啪啪啪啪啪啪啪啪啪啪啪——」

兩側的牆壁突然一片接一片地翻轉，接著無數的炮臺出現，所有炮口都對準孤身一人的天劍。

「天劍，你是CJ的第一位超級英雄，正是你給她錯誤的希望，讓她沉迷這種無聊遊戲。」紅點射在天劍身上，從頭到腳滴水不漏。

「我要徹底毀了你，毀掉她的希望！」

所有炮臺同時發射，密不透風的槍林彈雨瞬間淹沒了天劍。煙火瀰漫，已經看不清楚天劍的身影，只聞得到煙硝的氣味。

天劍人在其中不閃不避，照理已經被打成蜂巢——事實上，如果他正面承受了槍炮的洗禮，縱使穿著一身裝甲也是非死即傷。然而，他安然無恙站在原地，因為所有子彈都打不中他。

「找到引擎位置了嗎？」天劍輕聲問道，發問的對象當然不是賈許博士。

「已偵測到龐大的熱能反應，馬上指示路徑。」

「大劍維持防衛模式，我們要衝了。」

「收到。移動機能，提升百分之十。」

身邊仍然煙霧瀰漫，但是天劍的裝甲能夠對四周環境做立體掃描，不消片刻，他已經掌握到前方的建築結構。接著，他從煙霧之中衝出去。

「你果然擋住了，真不愧是索妮亞的發明！」賈許博士興奮地大叫。

一直在天劍身邊懸浮的大劍，現在變成七把大小不一的長劍，它們以相同的距離圍繞在天劍身

邊，張開一個無形的防護罩，每當子彈射向天劍，劍與劍之間便會發出電流，擋住來襲的子彈。

「如果你就這樣倒下了，我會很失望的！」

子彈繼續從兩側襲來，但在七劍保護之下，沒有一發打得中天劍，然後天劍轉入右邊的通道，兩側各有五道大閘，但牆壁之上沒有炮臺，天劍見狀，悄悄吁一口氣。

然而，沒有炮臺並非等同沒有危險。

「偵測到無人機反應。」

左右各有一道大閘緩緩往上打開，接著兩部以兩足站立、擁有四條手臂的機器人來到走廊。

「馬上進行分析。機體判斷，是控制型戰鬥裝甲。」

Sky Blade 如此說著，但眼前的戰鬥裝甲和天劍身上的明顯不同。這是工業常用的工作機器人類型，外型為人形，主要用來進行一些超出人類身體能力的勞力或精細工作。它胸口以上的地方沒有頭，只有一個圓蓋擋著，照大小來看，只要打開圓蓋，應該足夠供一個人坐進去。

然而，Sky Blade 分析的結果，裡面並沒有人。它們兩側各有兩條手臂，其中位於下方的兩條手臂是普通的機械手，四根粗壯的指頭充滿壓迫感；上方的頂端則是兩個圓筒狀的東西，單看外型難以判斷它的實際用途。

「它們就是你的秘密武器嗎？」天劍故作輕鬆地問道，但他悄然把其中一把短劍叫到身邊，準備隨時攻擊。

賈許博士冷笑道：「嘿，你是指眼前這兩部戰鬥裝甲，抑或——」

「偵測到另外的無人機反應。共有兩部，在後方。」

Sky Blade 倏地發出警告，天劍馬上轉身，果然見到另外兩部相同款式的無人機來到身後。

他們身處的走廊十分寬闊，即使兩部無人機並排在一起也能游刃有餘——也就是說，天劍擁有足夠的活動空間，這是不幸中之大幸，不過被四部戰鬥裝甲包圍，仍然是不可動搖的事實。

更重要的是，天劍沒有忘記眼前還有八道大閘尚未打開。假如裡面全是戰鬥裝甲？又或者，假如有比戰鬥裝甲更加危險的東西？

「Sky Blade，切換到戰鬥模式，整體機能提升百分之三十。」

「收到，戰鬥模式，啟動。」

七把大劍本來圍繞著天劍緩慢旋轉，戰鬥模式一啟動，它們立即停在半空，天劍則微微轉身，仔細打量兩邊的戰鬥裝甲。

「賈許博士，在開始之前，我可以問一個問題嗎？」

「我並非迂腐的老頑固，學生有問題，我一定會傾力解答。」

「我只有一個人，你卻派出四部無人機，以四敵一，這不是太過謹慎了嗎？還是說，你真的自認你的發明比不上索妮亞小姐呢？」

天劍故意以平常不會用到的輕佻語氣說著，挑釁之意太過明顯，賈許博士因此沒有生氣，反而大笑出來：「哈哈哈！你這小子問得真好，很可惜，激將法對我是沒有用的。我不是說過了嗎？我絕對不會輕視真材實料之人。」

四部戰鬥裝甲本來只是默默包圍天劍，但在賈許博士說完這句話之際，它們突然挺直身體，胸口間發出紅光，就像一雙雙睜大了的眼睛。

「我知道她的發明有多厲害，但我也知道，能夠控制她發明的你也絕非無能之輩，所以……」

賈許博士停了口，同時，戰鬥裝甲慢慢迫近天劍。

閒話到此為止。無須多言，天劍已明白賈許博士的意思，不過他沒有心急，依然站在原地，冷靜地等待對方攻擊。

緊接著，四部無人機同時襲向天劍！

「Sky Blade，後面交給你了！」天劍抓起身邊兩把長劍，及時擋下了迎面抓來的鐵爪！不過襲擊他的不只是眼前這一部無人機，而且每部無人機都有四條手臂，鐵爪抓緊雙劍之際，上方的兩個圓筒猝然伸出兩把赤紅的刀刃，直接刺向天劍的頭盔。

「嗚……！」天劍霍地放開雙劍，身子往後仰倒，險險避過刀尖，無人機乘勝追擊，反手握住天劍放開的長劍，二話不說刺向倒地的他。

長劍就在眼前，馬上就要刺穿自己的頭盔，天劍連忙揮動右手，兩把長劍馬上往上升起，無人機料不到有此一著，雖然沒有被拉到半空，但也失去平衡，和身邊的無人機撞在一起。

「Sky Blade，施放電擊！」

無人機仍然手握長劍，長劍突然釋放出猛烈的電流，無人機當場顫抖，動作也變得稍微遲鈍，可是並未倒下。這時，後方兩部無人機突破了五把長劍的攔截，天劍暗叫不好，他急忙轉身，可惜依然遲了一步，一雙大手牢牢抓住他的右臂。

上方的圓筒往左右張開，這一次伸出來的不是刀刃，而是一把在急速旋轉的大鋸！

天劍控制另外兩把長劍刺向無人機上方的手臂關節，可是另一部無人機也加入戰局，它用身體擋住長劍，緊接著雙手一抓，抓住其中一把想要繞過它的長劍，雙手一握，長劍竟然被捏成兩半。

就在這短短半秒之間，大鋸已經來到天劍的手肘上方，馬上要切斷他的手臂。

「轟！」無人機的手臂突然爆炸了！

大鋸當場被轟飛，天劍驚險避開後，趁著混亂叫來一把長劍，奮力切斷無人機抓住他的手掌，之後他越過眼前的無人機，看到一個意外的身影。

是許筱瑩！

「妳怎麼會——」

天劍話未說完，許筱瑩便射出另一發子彈，這次子彈打在牆上，濃霧立刻充斥走廊，把他們團團包圍。無人機全部抬起頭看著濃霧的源頭，天劍連忙繞過它們，然後收回剩下來的長劍，趕到許筱瑩的身邊。

「DS，抓住我！」

兩把長劍被無人機抓住，一把被攔腰折斷，只剩下四把劍不足以變成一貫的大劍，但天劍還是把它們組合起來，不待許筱瑩回應，抱起她後便朝著另一邊逃去。

「妳為什麼會在這裡？你們不是往上層走了嗎？」天劍極力想要保持平靜，但語氣忍不住變得焦急。

「我是回來幫助你的。」許筱瑩倒是一臉平靜，雖然身體還是忸怩了一下。

「妳不應該回來的，他的目標是我，只要我能引開他，你們就可以專心處理其餘三個引擎。」

「我知道，但只有你一個人，我不放心。」冷不防許筱瑩這樣說道。

天劍稍微一怔，然後打穿一個大閘飛進去。

許筱瑩發射的煙霧彈比想像中還要厲害，走廊外頭幾乎被煙霧淹沒，即使隔著頭盔，天劍也不敢呼吸，所以進入大閘之後，天劍立即深吸一口氣，然後輕輕放下許筱瑩。

這裡似乎是一個倉庫，貨櫃堆滿地板，但裡頭沒什麼東西，大部分都被清空了。

天劍想要繼續觀察倉庫，但他沒有忘記身邊的許筱瑩，想了一會，最後無奈地嘆氣，「妳剛才說不放心……我就這麼不值得信任嗎？」

「不，我很信任你，如果是你，應該真的可以獨力破壞兩個引擎。」

「既然這樣，妳為什麼要——」

「但我就是不放心。」許筱瑩再次說道，同時她抬起頭，凝望著天劍。她什麼都沒有說，就只是凝望著。

「發生了什麼事嗎？」天劍放輕聲音問道。

許筱瑩抿著嘴巴，搖了搖頭，「沒什麼……我只是想兩個人總比一個人好，所以就回來——」

「不，肯定有什麼事情發生了。」天劍倏地打斷許筱瑩的話。

許筱瑩僵住，然後默默垂下頭。嘴巴微微張開，有話想說，但她說不出來。

「和爆靈小姐有關的，對嗎？」

「……為什麼你會知道？」沒想到天劍竟然猜到了。許筱瑩忍不住望向他。

天劍隨即苦笑一聲，然後脫掉頭盔，「果然呢……剛才見到妳的時候我就這樣想了，不過我擔心妳會因此分心，所以不敢隨便問。」天劍稍微吁一口氣，但他記得無人機就在外頭，所以沒有放鬆警戒，「而且，如果我沒有猜錯，爆靈小姐當上英管局的特工了。」

「為什麼……」許筱瑩震驚得說不出話。是天劍料事如神，抑或是她臉上就寫著答案？許筱瑩悄然抓緊雙手，可是身體還是微微顫抖。

「凶刃先生和閃兒先生都是英管局的特工，神崎小姐也是。」

「就算是這樣，你也不應該知道……」

「我們之前不是約會過嗎？當時妳也是愁眉苦臉，但不像現在這樣子一臉沉重。我們只見過兩次面，如果要我猜妳會為了什麼事憂心，除了事務所和孤兒院的事以外，就只有爆靈小姐了。」

「……」

「難不成……爆靈小姐受重傷了？」

「……多虧神崎小姐，她現在已經沒事了。」許筱瑩極力壓低聲音，但話說出口還是走音了。她咬著下唇，避開天劍的目光，「她是為了保護我才受傷的，所以我來這就是要代替她完成工作。你說過要把五個引擎全部破壞才能夠停下這東西，而你一個人是做不到的，我就來幫助你——」

「放心，她會沒事的，我也是。」天劍忽然抱住許筱瑩。

許筱瑩一怔，錯愕地睜大雙眼，「你……」

「妳會回來幫助我，我其實很高興，不過這真的太危險了。」

天劍的聲音就在耳邊，許筱瑩不禁臉頰發燙。不過，當她回過神來之後，立即不太高興地板起臉孔，「我說過，我不是柔弱的女孩子。」

「但危險就是危險，要不是他全神貫注地追著我，妳肯定會被那些炮臺打成蜂巢。」天劍加重語氣，接著他放開許筱瑩，淡笑道：「下次不要再做這種事了，好嗎？」

「……我要做什麼，不關你的事。」

「索妮亞小姐說過，如果有女孩子說這種話，不要多想，吻上去就對了。」

許筱瑩馬上瞪著天劍，但見他也是臉頰漲紅，而且難為情地別過視線，就知道他是故意說出這種話。

「……不要說廢話，那些機器人很快就會找到我們。」許筱瑩也別開臉，然後收拾心情，緊盯著大鬧的破洞，「趁它們走進來的時候，我們搶先攻擊。」

「我有另一個計畫。」天劍也整理好情緒，然後戴回頭盔。

許筱瑩突然有點不安，「你想做什麼？」

「我出去對付它們。」

「你白痴啊？」她鎖緊眉頭，「你不可能一個人打倒它們，剛才你差點就被砍斷手臂了。」

「我不會和它們正面衝突，只會引開它們。」

「然後我從後偷襲嗎？這也是一個方法，但外面都是煙，我會看不清楚。」

「不，我們沒必要打倒它們。」

「當然有必要，不打倒它們，我們要怎樣——等等，你該不會想……」許筱瑩終於想到天劍想做什麼，她用責難的眼神盯著天劍。

天劍沒有避開視線，只是稍微頓了一會，然後對著她點了點頭，「我引開它們，妳趁這個機會走到引擎室，再破壞引擎。」

「這樣太危險了吧！先不說我根本不知道引擎室在哪裡，就算你只是要引開它們，依然要獨自面對四個敵人！」

「引擎室的所在，Sky Blade 已經找到大概位置。」天劍把手按在頭盔上，接著從側面取出一張只有手指頭大的晶片，「把它插在手機，它會顯示出地圖，妳跟著走就行了。」

「這不是一個好方法。」許筱瑩堅持不接過晶片，她挑起丹鳳眼，迫近天劍的臉，「我是回來幫助你的，但你卻叫我一個人離開，我絕對不同意。」

「不對，正因為妳回來了，我們才不用勉強打倒它們，可以分頭行動，一人擋無人機，另一人去破壞引擎。」

「我不會答應的，絕對。」

如果天劍的戰鬥裝甲上設有衣領，許筱瑩肯定一把揪住它。

「我會留在這裡，和你一起打倒那些無人機，之後再一起去破壞引擎。」

「ＤＳ，妳聽我說——」

「我不會答應的！我再說一次，我會留在這裡——」

「啪！」

許筱瑩話未說完，天劍突然在她眼前用力擊掌，她當場停下來，錯愕地看著天劍。

「這是最好的方法。剛才Sky Blade已經計算過了，如果我們留在這裡戰鬥，勝利的機率只有百分之五十，但分頭行動，破壞引擎的機率有百分之七十四。」

「……這只是理論。」

「但我一直以來都是跟著這種理論行動的，而我爬到ＮＣ第三名超級英雄的位置。」

「這是兩回事！我們在戰鬥，不是在表演，有個萬一，你是會死的！」

「我不會死的，因為我還想和妳去約會。」天劍忽然說出和現狀完全搭不上邊的話。

許筱瑩又再一愣，然後不悅地皺起眉頭，「……你說什麼？」

「我說，我想再和妳去約會。上一次的約會，我不知道妳怎樣想，但我覺得很愉快，可惜途中發生了搶劫案……可以的話，我希望和妳再一次約會，妳願意嗎？」

「……你們男人，在這種緊要關頭就只會用下半身思考嗎？」許筱瑩的眉頭幾乎皺成一直線，嘴角更是露骨地癟起來。

天劍見狀卻沒有慌張，只是輕聲苦笑道：「聽說暴君恐龍曾在大家面前向功夫少女示愛，我相當吃驚，而且一度以為自己絕對不會這樣做……不，我現在應該還是不敢吧？可是這裡只有我們兩人……不，Sky Blade也在，但它不會說出去的，所以我就鼓起勇氣說出來了。」

「也就是說，你承認現在你是用下半身思考嗎？」

「如果說我對妳沒有半點男女之間的想法，絕對是騙人的。」

許筱瑩立刻白了天劍一眼，然後握起拳頭，一拳打上他的胸口——不過天劍正穿著裝甲，沒有任何感覺，反而是她抱著拳頭，低頭痛叫了一聲。

「呃，妳——」

「如果你不能完完整整回來見我，我絕對不會原諒你。」許筱瑩忍住疼痛，一手擋在天劍眼前阻止他說下去，「所以，一定要平安回來。」

許筱瑩現在的臉孔絕對可以用凶神惡煞來形容，但天劍看著她，卻輕輕笑了出來。

「我答應妳。那麼，可以告訴我妳的答案嗎？」

「如果你平安回來，我願意。」許筱瑩依然沒有放鬆表情，甚至更加繃緊了，然後她主動握起天劍的手，從他手中拿走晶片。

二人都沒有再說話，只是互相交換視線，接著天劍收回長劍，率先離開倉庫。倉庫外頭馬上響起追逐的聲音，許筱瑩幾乎想要跟上去，但她及時忍住，然後把晶片插入手機。

「……你一定要平安無事。」許筱瑩低聲說道。之後她跟著指示，朝反方向跑出去。

◆◎◆◎◆◎◆

「前輩她沒問題嗎？」關銀鈴擔憂地看著後方問道。

在走上第一層時，許筱瑩突然說要回去幫助天劍，之後不待眾人回答便離開了。

胡靜蘭當然擔心，但是並沒有出手阻止，「放心，她沒有問題的，而且天劍也在。」她放輕聲音說：「他一定會保護她。」

「嗯……」

「他們肯定會沒事。」暴君恐龍插嘴：「天劍很厲害，ＤＳ也是，他們一定可以打倒敵人。」

「唔……」

「相信他們吧！」暴君恐龍握起關銀鈴的手。

關銀鈴仍然不安，卻回以一笑。

就在這時，胡靜蘭突然壓低聲音，指著二人交握的手，「在這種場合我不應該說這種話，不過我剛才就想問了，你們……這是怎麼回事？」

「咦！這、這是——」

「我和功夫少女在交往了。」

關銀鈴不知所措，暴君恐龍卻大方承認。如果是一天之前的話，關銀鈴早就反駁了，不過現在只是漲紅臉頰，並且緊張地偷看胡靜蘭。

在金屬頭盔之下，胡靜蘭的眼睛射出如匕首般銳利的刺人光芒，「……交往了？是指男女之間的交往嗎？」

關銀鈴已經緊張得說不出話，暴君恐龍昂首挺胸，正面迎接胡靜蘭目光，「是的。」

「這樣啊……」胡靜蘭的聲音壓得更低了，簡直就像從深海底下隨時撲出來的怪獸。這次不只是關銀鈴，就連暴君恐龍也不禁一驚，但他依然緊緊握著關銀鈴的手。

接著，胡靜蘭終於說下去：「……如果你敢讓她傷心，我絕對不會放過你。」

胡靜蘭的語氣像是殺人宣告，可話裡的內容讓關銀鈴驚喜地睜大雙眼，「妳的意思是……」

「你們其實很登對呢。」胡靜蘭收起怒意，笑著回答關銀鈴。

得到對方的首肯，關銀鈴馬上心花怒放，可是在她要回應之際，一直待在旁邊的凶刃搶先開口說道：「我再說一次，我不想打擾你們感人的告白場面，但你們身邊還有其他人在，現在不是做這種求偶行為的時候吧？」

「才不是什麼求偶行為！」關銀鈴紅著臉反駁，可是她只敢反駁這一點，然後也跟著凶刃的視線往前看。

這裡是貝希摩斯的第一層，正如天劍所說，第一層比底層稍矮，但也有十公尺高，四周還是一片白色，彷如置身冰天雪地，惡寒的感覺不減反增。然而，第一層和底層明顯不同，其中最大的分別就是通道的寬度。底層的通道寬闊得足以讓他們四人並排；來到第一層之後，兩人並肩而站已經是極限，有時候轉彎之後，通道更會變成僅容一人通過。

不只如此，第一層的通道比底層更加雜亂。他們來到第一層僅僅五分鐘，已經面對了不下十次的岔路，每一次他們都往右邊走，接著來到眼前的第十一個岔路，他們終於停了下來。

「天劍說這一層有兩個引擎，可是他沒有說引擎在哪裡，也沒有說是否放在一起。」凶刃似乎有點提不起勁，聲音懶洋洋的，「我們要一起繼續往右邊走，抑或要分開行動，如果找到往上層的樓梯就走上去？」

「我也覺得這是一個好意見，留在這裡悶死了。」閃兒隨即附和。

「但再分散戰力的話……」胡靜蘭看著其他人，顯得有點猶豫。

「放心，我和閃兒走一邊，你們走另一邊，這樣就可以了。」凶刃微笑著說。

閃兒卻立即扮出鬼臉，「不是吧？在這種地方和你獨處？至少給我一個女孩子啊。」

「你仔細看清楚，然後死心吧。」凶刃指著在場三名女性，「星銀騎士不會丟下功夫少女，功夫少女也不會丟下暴君恐龍，除非……你想被我的妹妹劈死。」

凶刃忽然冷笑一聲，一直跟在他們身後的斷罪之刃立即瞪起雙眼，凶刃不以為意，只是回以一笑，接著轉頭問胡靜蘭：「妳決定怎樣？要分頭行動嗎？」

分頭行動絕非上策。天劍說過貝希摩斯最初的設計共有五層，雖然對方沒必要照著原來的設計圖來做，不過從外觀來看，至少會有四層。要是每一層遇到岔路之後都決定分頭行動，最後只會變成獨自闖關。

「我反對，貿然分頭行動，只會正中對方下懷——」

胡靜蘭毅然反對，她正要說下去，震動猝然從腳邊傳來，猛烈得令他們以為貝希摩斯終於要倒下！然而，地面並沒有傾斜，只是劇烈地左右搖晃，關銀鈴站不穩，狼狽地倒在地上。

「功夫少女！」暴君恐龍馬上想要扶起關銀鈴，可是在他伸出手的當下，一道牆壁竟然霍地從地面竄出，強硬地分隔他和關銀鈴。

「咦？這是——！」關銀鈴連忙想要站起來，不過地面仍然在搖晃，下一刻更急速旋轉！強大的離心力差點要把關銀鈴甩到牆上，她顧不得姿勢難看，立即抱著頭，像烏龜一樣伏在地上。地板越轉越快，關銀鈴感到頭暈目眩，還好在她要嘔吐出來之前，旋轉終於停了下來。

「這是……」旋轉的感覺仍然殘留在身上，眼前的景象也像在跳舞，所以關銀鈴不敢站起來，只是疑惑地看著四周。

乍看之下，眼前的景象和剛才沒有任何分別，但若是仔細一看便能察覺到不對——剛才左右兩邊，連同自己走過來的通道，共有三條道路可以前進，可是現在除了眼前的一條直路，其餘三面都被牆壁擋住，而且其他人都不見了。

「靜蘭姐？」關銀鈴忍不住叫出胡靜蘭的真名，可是沒有回應。

「……暴君恐龍？」也是沒有回應。

「斷罪之刃、凶刃先生、閃兒先生？」同樣沒有人回答。

前一刻所有人都在身邊，忽然所有人都不見了，關銀鈴不禁一驚，她抓著牆邊奮力站起來。這是敵人的超能力嗎？一想到這個可能性，關銀鈴更加害怕。即使這不是敵人的超能力，但肯定是敵人所為。其他人都被孤立了嗎？眼前的道路又有什麼東西在等著她？她一概不知道，也無從猜測。

往前走似乎是現在唯一能夠做到的事情，不過她沒有忘記她還不能使用超能力，假如前面有敵人等著她，她絕對無力反抗。

「……喝！」關銀鈴猛地用雙手拍打臉頰。一陣疼痛湧上腦門，她咬緊牙關沒有叫出來，就像要把這陣疼痛吞下去，用力吸了一口氣。

「走吧！」關銀鈴毅然踏出腳步。每走一步，她就感到自己的心臟跳得越快。在不能使用超能力的情況下在敵陣亂走絕非上策，但留在原地等待其他人也只是守株待兔，而且敵人很可能知道她在哪裡，要是不儘快找到其他人，情況恐怕會更加危險。

岔路彷彿都不見了，她一直走，明明已經穿過好幾個彎角，但依然是一條直路，通道倒是越來越寬闊，本來只能讓一個人行走的寬度，現在張開雙手也不成問題。

再走了一會，終於見到第一個分成左右兩邊的岔路，關銀鈴隨即放輕腳步。並非要防範什麼東西，她只是感到不安。岔路代表要選擇，選了正確的路當然沒問題，但萬一選錯了，後果實在不堪設想。

要選右邊？抑或左邊？想了一會，關銀鈴鼓起勇氣朝右邊走去，不過才剛踏出一步，一記凌厲的斬擊猝然從後劈來！

「嗚哇！」她慌忙往後跳開，雖然險險避開了，落地時卻不慎絆倒，屁股結實地撞到地上。

對方沒有因此手下留情，刀刃挾著破風的氣勢，毫不留情劈下來——然後停下。

刀鋒已經碰到頭髮，只要再多一公釐，關銀鈴的大額頭就會被劈開。

「……是妳。」

「斷罪之刃！」明明差點就要去見閻王，但一看清楚對方的樣子，關銀鈴立即驚喜地跳起來撲過去，「妳也沒事，太好了！」

關銀鈴握起斷罪之刃的雙手，斷罪之刃立即皺起眉頭，不悅地甩開她。

「……只有妳一人嗎？」斷罪之刃望向關銀鈴走來的方向，確認沒有其他人之後，眉頭皺得更緊了。

「嗯……就只有我一個人。」關銀鈴收起驚喜的心情，點點頭，「不知道其他人在哪裡呢？」

「我怎會知道？」斷罪之刃瞟了關銀鈴一眼，還沒待她回答，逕自繞過她往前走。

看著對方的背影，關銀鈴肯定了一件事，於是連忙跟上去。

「斷罪之刃，妳還好嗎？」對方果然又瞪過來，關銀鈴也趁這個機會看清楚對方的樣子。

雖然鼻子被稍微打歪，瘀傷也令她的臉看起來十分狼狽，但是看著她尖削的臉型，不難看出她眉清目秀，緊抿的嘴唇也散發出一種與臉型相襯的剛毅氣息。她並非美人胚子，卻有明顯的個人風格。而且，一雙瞳孔靠上的三白眼果然和凶刃有幾分相似。

「我很好。」斷罪之刃冷冷地回答。

看著對方凶狠的眼神，關銀鈴幾乎要相信了，不過她還是看得出對方腳步不穩。

「不對，妳還沒完全恢復。」關銀鈴抓住斷罪之刃的手腕，迫使她轉回頭，「之前妳正面承受了我分身的攻擊，即使神崎小姐替妳治療了，那只是一時應急，妳不可能就這樣子痊癒的。」

「所以？妳要我坐下來休息嗎？」

斷罪之刃又想甩開關銀鈴，關銀鈴這次早有準備，及時加強手的力道抓緊她。

「現在當然不可能坐下來休息，但妳也沒必要勉強自己呀。」

「妳該不會想說，我們這邊還有其他人，所以我可以依靠你們吧？」

「我們可以齊心協力，一起解決眼前困難。」

「哼，還不是一樣的意思。這種感人肺腑的話留給妳自己吧。」斷罪之刃終於收回右手，「我要怎樣做，不用妳多嘴。」

「等一等！也許我真的多嘴了，但妳真的在勉強自己！」關銀鈴匆忙追上斷罪之刃，見對方仍然不理會她，她把心一橫，大膽問出心底的話，「妳會這樣勉強自己，是因為凶刃先生吧？」

「妳說什麼？」斷罪之刃頓時停下腳步，射出如刀刃般鋒利的眼神。

「妳以前對我說過，面對邪惡，妳絕對不會手軟。我一直都不明白妳為什麼會如此憎恨邪惡，但當我知道凶刃先生就是妳的哥哥，他還殺了你們的父母……我終於明白了。」

「嘿，妳明白？」斷罪之刃冷笑一聲，「真是驚人的悟性，只是聽到幾句話，馬上就可以明白我的心情。」

「而且妳在疑惑，對嗎？」

斷罪之刃的表情當場僵住，三白眼仍然盯著關銀鈴，瞳孔卻像是被什麼東西黏住了凝結不動。

「……我在疑惑？」

「是的，妳在疑惑，在凶刃先生替妳擋下致命一刀後，妳就唔——！」

斷罪之刃倏地撲上關銀鈴，二話不說捂住關銀鈴的嘴巴。關銀鈴慌忙揮手掙扎，以為斷罪之刃在生氣——她肯定在生氣，不過她現在並沒有看著關銀鈴，而是轉頭看著另一邊。

接著，關銀鈴聽到了。那聲音相當低沉，斷斷續續的，就像是什麼沉重的東西刮著地面。

「唔唔……？」

「噓，不要吵。」斷罪之刃頭也不回，之後她放開關銀鈴，悄然握緊日本刀。

「……他在靠近。」關銀鈴壓低聲音說，同時她左顧右盼，希望找到可以用來防身的東西。

「我剛才走來的通道是單行道，妳？」

「我也是。」

換句話說，即使她們決定轉身逃跑，只要那東西追上來，她們就會無路可逃。

「妳滾一邊去。」斷罪之刃毫不客氣地下令。

關銀鈴知道她的意思，立即阻止她，「等等，還不知道那是什麼東西，妳一個人去太危險。」

「妳現在不能使用超能力，跟上來有什麼用？」

一針見血的話讓關銀鈴無法反駁，但她繼續阻止斷罪之刃，「我們可以嘗試引開他，例如……我們躲在這邊，然後引他走到另一邊——」

「找……到……了……」

一記如同野獸低吼的聲音打斷關銀鈴的話，緊接著一道黑影穿過前方的岔路闖入二人視線。然後，一具高大的身軀出現了。

「這是……！」關銀鈴馬上想起恐怖魔王，當場血色盡失。

不過對方並非那頭黑漆漆的怪物——他肯定高過兩公尺，面上戴著駭人的惡鬼面具，一雙如牛的鬼角往前刺出，赤裸的上半身傷痕滿布，儼如一頭從地獄爬出來的真正妖怪。

他的手臂異常巨大，拳頭更大得像一個人頭，但比起他手上的東西根本不值一提——那是一把斧頭！一把雙刃的斧頭，其中一面斧口就擱在地上，這個巨人每走一步，斧頭就會在地面挖出一條壕溝般的裂痕，可是斧口並沒有因此破損，反而像打磨過似的發出耀眼的光芒。

關銀鈴和斷罪之刃都忍不住屏住呼吸，可是巨人一抬起頭便見到二人。

短短一剎那，二人已分別做出決定。

「喝——！」

「走吧！」

斷罪之刃猛地想往前衝出，不過關銀鈴搶先抓住她的手腕，強行把她拖進剛才走來的通道。

「妳幹什麼？放開我！」

錯過搶先攻擊的機會，斷罪之刃顯得相當惱怒，關銀鈴沒有因此放手，反而緊抓著她往前走。

「裡面的通道很窄，他不可能追上來的！等我恢復超能力，然後我們一起打倒他吧！」

「妳自己躲進去！我絕對不會逃避！」

「這不是逃避，是暫時撤退！妳也看到那個巨人有多高吧！還有他的斧頭，要是被那把斧頭打中肯定會死！」

「只要不被打中就可以了！」

兩人在通道中間互相拉扯，巨人可沒有閒著，他踏著沉重的腳步，馬上就要追上她們！

「不……准……逃！」

「嘖！」巨人拖著斧頭來到眼前，在錯過搶先攻擊的當下，即使是斷罪之刃也不敢強行還擊，她不甘心地嘖了一聲，接著反過來抓住關銀鈴轉身逃跑。

「咕……吼！」

巨人怪叫一聲，抓起斧頭追上。他的雙臂如同舞獅一般猛烈揮舞，破風之聲呼嘯作響，僅是感受到後頭的風壓就有種要被輾碎的感覺，二人趕忙加快腳步，緊接著巨斧在身後劈下，幾乎要把她們壓成肉醬！

「妳先走！」

「不，斷罪之刃妳先嗚呀！」

通道逐漸變得狹窄，二人並肩逃跑隨時會撞在一起，斷罪之刃不理會關銀鈴反對，一腳把她踢向前，關銀鈴險些摔倒，還好在倒下之際及時站穩腳步。

「馬上就到了！」

「咕……吼！」斷續的叫聲和巨人快速的動作完全不同，龐大的身形也令他更加容易追上來，不過逐漸變窄的空間開始發揮作用，他不能再揮動巨斧，只能拖著斧頭往前狂奔。

「不……准……」巨人霍地停下，不顧通道狹窄，雙手高舉大斧朝著前方劈下去，「逃！」

「轟！」

整個地板幾乎要碎裂了，斷罪之刃在千鈞一髮之際往前躍出，驚險避過這致命一擊！她在地上滾了一圈，轉過頭，見到巨斧就在眼前，心有餘悸，不禁嚥了口唾沫。

「他追不上來了。」關銀鈴也緊張地看著巨斧，之後輕輕吁一口氣。

「……妳還有多久才能夠使用超能力？」

「二十……不，大概十五分鐘就可以了。」

「也就是說，我們還要等十五分鐘──」斷罪之刃眉頭一皺，自嘲似的冷笑一聲。

「咕……吼！」

巨人猝然一聲咆吼，二人當場又再一驚，不過她們都肯定以巨人龐大的身軀不可能進來，所以都沒有轉身逃跑。

忽然地面像捲起一場驚濤駭浪，整個地板都在晃動，關銀鈴連忙要抓住牆壁，可是還沒抓住，牆壁竟然退後了！關銀鈴隨即往後摔倒，斷罪之刃也險些倒下，但她及時把日本刀插在地上，抬起頭，看著在眼前屹立不倒的巨人。

「咕吼！」

巨人的身體變小了——有一瞬間，斷罪之刃真的這樣想，而她很快就知道這是她的錯覺。

就像把兩個體積相同的圓球放進大小不同的盒子，放在小盒子裡頭的圓球，乍看之下會比大盒子裡的來得大。

也就是說，不是巨人變小了，而是通道突然變寬了。

「咕……吼！」震動突然停止，巨人霍地抓起巨斧，雙腳一躍，朝著二人劈下去！

「嘖——！」斷罪之刃及時推開關銀鈴，她也藉著反作用力往後跳開，幾乎同一時間，巨斧轟然落下！

地板的碎片打在身上，其中一片還擦過額頭，在鮮血滾落的當下，斷罪之刃沒有猶豫，毅然衝向巨人。

「喝！」日本刀瞄準巨人的右腳，眼見就要砍中，不料眼前卻突然冒出一道牆壁，斷罪之刃來不及停下，結實地撞上去。她踉蹌地退後兩步，重新站穩腳步後，驚見牆壁消失了，而巨人再次舉起斧頭，挾著咆吼劈下來！

「喝呀！」

眼前大斧避無可避，一記吆喝忽然從旁傳來，只見關銀鈴不顧一切，用盡全身力氣撞上巨人！關銀鈴現在只是普通人的狀態，這一撞對巨人來說不痛不癢，不過確實讓巨人遲疑了一秒鐘，就是這一秒，斷罪之刃及時從斧頭旁邊躍開。

「竟……敢……」巨人轉頭瞪著關銀鈴，同時左手放開斧柄，狠狠向她抓去，「妨……礙……我！」

「嗚──！」關銀鈴往後跳開，可惜逃不開巨人的手。

斷罪之刃見狀，二話不說擲出日本刀。刀子貫穿巨人的左臂，巨人當場發出震天咆吼，斷罪之刃沒有錯過這大好機會，急忙跑到關銀鈴身邊。

「穿過去！」斷罪之刃沉下身體，從巨人胯下穿過，關銀鈴立即跟著，緊接著斷罪之刃變出另一把日本刀，朝著巨人毫無防備的左腳一刀斬下！

「轟！」地面突然再次震動，斷罪之刃失去平衡，刀刃僅僅擦過巨人的左腳，雖然削去他的血肉，但並不足以打倒他。

「咕……呀！」

四周的地形又改變了。所有牆壁就像有生命似的不斷旋轉，巨人也趁機轉身，關銀鈴在他未完全轉身之前拉起斷罪之刃，帶著她逃向後方。然而，才剛走幾步，一道牆壁已擋在眼前，截住她們的去路。

「這混蛋……他可以控制這裡的地形。」斷罪之刃咬緊牙關，轉身面對巨人，這一次巨人沒有再撲上來，他只是用巨大的身軀擋在二人身前。

牆壁把他們包圍起來，唯一的出口就在巨人身後，但除了那異形一般的身體，擋在她們身前的還有那把巨斧。不越過巨人和巨斧，她們就不可能逃走。

「咕……嗄……」巨人緩緩迫近，已經進入攻擊範圍，可是他只是維持著俯身向前的姿勢，昂頭狠狠瞪著二人。

「我纏住他，妳趁機逃走。」斷罪之刃盯著巨人，不待關銀鈴回應，她搶先往前撲出！

經過剛才的交鋒，斷罪之刃就知道巨人的動作比看起來還要靈活，果然還沒接近，他已經單手揮出斧頭，要是沒有及時停下腳步，肯定被攔腰劈成兩半。

「喝！」斷罪之刃不敢搶攻，趁斧頭掠過眼前之際，她故意吆喝一聲吸引巨人注意，之後作勢往前衝出。

巨人果然上當，他放開斧頭，朝著她揮出拳頭。他的雙手戴著鐵製的拳套，加上拳速猛疾，即使手中的日本刀無堅不摧，斷罪之刃也沒有硬碰硬，她看清楚拳頭的來勢，就在要被打中之際，以最小的動作避開攻擊。

連續兩次讓目標逃開，巨人似乎失去難得的冷靜，他憤然大喝，轟然站起身：「死……給我……死！」

巨人瘋狂地揮動拳頭，拳如雨下，不過雜亂無章，斷罪之刃反而能夠看清楚他的動作，每次都用最小的步幅避開攻擊。她覺得自己有機會打倒他！

巨人的體力當然比斷罪之刃好，但他花了太多無謂的力氣追擊她們，而且他不可能一直揮動拳頭，只要抓緊他停下來的一剎那，朝著他的手臂揮刀，先廢他一臂，他的威力自然大減。斷罪之刃在閃避的同時想著反擊之法，哪怕被打中一拳會立即倒下，她也沒有驚慌，繼續專注地盯著巨人。

然後，巨人終於停了下來。只有短短半秒時間……

「喝——！」斷罪之刃沒有錯過這大好的機會，銀光一閃，這一次毫無疑問直接斬中目標。

「吼……呀！」巨人的左臂被斬了下來，當場血如泉湧，但他沒有因此倒下，他舉起剩下來的右臂，奮力朝著斷罪之刃揍下去。

銀光再閃！

強勁的拳頭擦過斷罪之刃的肩膀，就只是恰恰碰到而已，斷罪之刃卻覺得肩膀要碎裂了，但她咬緊下唇，不讓自己叫出來。

同一時間，巨人自左肩到右腹，被斬出一道鮮紅的血痕。

「咕……」巨人張開嘴巴，似要發出咆吼，不過吐出來的只有鮮血。他頹然往前方倒下，斷罪之刃及時扭身避開。

「妳打倒他了！」關銀鈴驚喜地跑過來，興奮地抱住斷罪之刃。

這一抱觸動了斷罪之刃的傷口，她再也忍不住，張嘴就痛叫出來。

「……妳這傢伙，為什麼還在這裡？」斷罪之刃推開關銀鈴，狠狠地瞟了她一眼。

「我不可能丟下妳的。」

「……哼，就算妳留在這裡，不也什麼都做不了嗎？」斷罪之刃悄然吸一口氣，然後用力地吐出來，「算了，走吧。」

「等一等。」關銀鈴望向旁邊倒地的巨人，「我們就這樣丟下他嗎？」

「……不然呢？」

「他現在還有氣，這樣下去，他一定會失血過多而死。」

「我就是抱著這種想法和他戰鬥的。」

「我知道，不過……」關銀鈴抿著嘴唇，輕輕垂下眼簾。

斷罪之刃隨即嘖了一聲，二話不說揪住關銀鈴的衣領，「妳給我聽清楚——」她把臉逼近關銀鈴，「現在我們沒有時間玩戰鬥遊戲，要是我不殺他，他就會殺死我們。」

「就算是這樣，現在戰鬥已經結束了。」

「那麼妳想怎樣？治療他嗎？抑或想我給他一個痛快？」

「我……」

「妳連這種決心都沒有就跟過來嗎？」

「不是的！但我們沒必要——」

「那就閉上嘴巴跟上來，之後還有更多的敵人，我們沒有時間逐一同情！」斷罪之刃丟開關銀鈴，氣沖沖掉頭就走。

關銀鈴想要追上去，一股寒意猝然從腳跟竄上背部，她猛地打顫，慌忙轉頭張望。

只有白色的牆壁。

「這是……」關銀鈴肯定自己有感覺到什麼東西，所以她舉起手，疑惑地撫著牆壁。沒有透明的隱形人，也沒有暗藏的機關，就只是一面厚重的牆壁。

「斷罪之刃，妳有感覺到——」關銀鈴轉過頭，話未說完，便見到斷罪之刃神色痛苦地跪在地上！她匆忙跑過去，只見對方臉色鐵青，冷汗更是從頭頂不斷冒出來，她立即把人帶到牆邊，讓對方靠著牆壁休息，「妳怎麼了！」

「沒事……」斷罪之刃的表情變得更加痛苦，身體也不斷在顫抖，關銀鈴以為她是剛才受到了重傷，手忙腳亂地檢查她的身體，但除了肩膀有明顯的瘀傷之外，並不見其他嚴重的傷痕。

「有哪裡受傷了嗎？還是之前我的分身打傷妳的——」

「不是！」斷罪之刃一手推開關銀鈴，然後抱緊右手臂，如同做完激烈運動般喘著大氣。她的右手依然緊握刀柄，指頭甚至握得發白。

「妳到底怎麼了？」關銀鈴想要靠近對方，但斷罪之刃率先抬起頭，狠狠地瞪著她。

對上對方的眼神，關銀鈴僵住了，這種瞳孔張到極限的眼神，她曾經見過——

「咕……吼！」位在後方的巨人猝然咆吼！本來已經奄奄一息的巨人不知哪裡來的力氣，單憑右臂便撐起整個身軀，接著他不顧傷勢，抓住旁邊的斧柄，暴喝一聲就把巨斧抓起來！

關銀鈴立即擋在斷罪之刃身前，就在巨人要高舉巨斧之際，一道平靜的聲音忽然從巨人身後響起，「賤肉橫生的肉塊，老實去死吧。」

看不見任何刀影，也聽不到任何破風之聲，巨人背後突然濺出血花，然後發出最後的怪叫，往旁邊緩緩倒下。

在巨人身後出現的人，是一臉微笑的凶刃。

「凶刃先生！」眼見有力的援軍及時趕到，關銀鈴不禁鬆一口氣，但是當她看清楚凶刃的表情時，她卻僵在原地，「凶刃先生，你……」

「先給妳一個忠告。」凶刃搶先說道，他的表情還是一臉人畜無害的微笑，「英管局裡頭的特工，都是被外界稱為『人渣』的存在。無論是我、閃兒，甚至是神崎，又或者是剛加入的新人，我們全部都犯過嚴重的過錯，即使被判決死刑，外界也會覺得我們罪有應得。」

凶刃沒有靠近二人，仍然站在原地。

「神崎和新人比較好，她們心底還有悔意，如果讓她們重新選擇，也許不會走上回頭路。不過我和她們不同，即使再來多少遍，我還是會做出相同的行為。」

「……我不明白你的意思。」

「也就是說，我加入英管局之後，只是一直在忍耐而已。妳知道我是因為什麼原因被抓嗎？」

關銀鈴不知道，她只知道一件事——凶刃的眼神，和斷罪之刃一模一樣。

「我是因為使用超能力亂砍人才被抓的。最後一次，就是砍死爸爸和媽媽——」

「你這天殺的！」斷罪之刃憤然大喝，怒吼還在四周迴響，她已經猛地撲出！她的雙眼就像殺紅了眼似的看不到任何東西，倒地的巨人以及身邊的關銀鈴都不再重要，唯有眼前的凶刃，她絕對不能放過。

「對，我就是一個天殺的人渣。」刀光在眼前掠過，凶刃不慌不忙扭身避開，嘴邊的笑容同時變得更加濃厚，「我砍死爸爸和媽媽，沒有特別的原因，就只是想砍而已。不過，有一件事我一直耿耿於懷。」

刀尖直接撞上地板，力道猛烈得讓刀隨時斷掉都不奇怪，但是斷罪之刃沒有因此慌張，雙眼反而變得更加通紅，「你……！」

「當時我應該連妳一起砍死的。」凶刃的嘴角已經說不上是笑容，簡直就像要從左邊裂開到右邊，之後他的眼睛閃出一抹凶險的光芒，僅僅是一吐一納，瞬間就走到斷罪之刃的身邊。

「混蛋！」斷罪之刃的架式完全亂了套，她雖然及時橫揮日本刀阻止凶刃的攻勢，再以更瘋狂的猛攻追擊對方，但情況像是剛才她和巨人戰鬥時一樣，她越是胡亂攻擊，凶刃就越容易避開，更加糟糕的是，斷罪之刃的體力本來就不比凶刃好，一輪猛攻後斷罪之刃殺氣未退，但已氣喘如牛。

「完了嗎？」凶刃收起笑容，毫不畏懼走進斷罪之刃的攻擊範圍。

「你……」斷罪之刃拚命揮出一刀，凶刃輕而易舉就避開了。

「說起來，這真是很奇怪呢。我明明一直都壓抑得很好，每次出動的時候都有乖乖聽從部長大人的吩咐……所以，這應該是某種超能力吧？」凶刃來到斷罪之刃的身前。

斷罪之刃馬上舉起日本刀，但還沒揮出，凶刃率先抓住她的手腕。

「嗚！」就只是輕輕握著，斷罪之刃的手腕就像被刀刃割傷一般流出鮮血，她奮力揮出沒被抓住的左手，但凶刃也輕鬆抓住了它。

「突然出手攻擊妳們，就算是身中超能力，部長大人肯定還是不會放過我，所以雖然理性告訴我要立即停手，不過，怎樣也無所謂了。」

斷罪之刃的左手也流出血來，只要凶刃繼續施力，她的雙手肯定會當場斷掉。

「反正，我就是這樣的人渣。」凶刃又笑了。

關銀鈴把這一切的情景都看在眼裡。凶刃看似捨棄一切的笑容、斷罪之刃不甘心的痛苦表情，以及那把掉在地上頹然閃著銀光的日本刀……

——要阻止他！一定要阻止他！

內心如此吶喊著，關銀鈴真的很想衝出去阻止這一切，哪怕沒有超能力的自己肯定會被凶刃砍傷甚至殺死，她都想要去救斷罪之刃。

然而，她做不到。

『不要去。』

『妳現在什麼都做不到。』

心裡有另一個聲音在阻止她。她認得這個聲音，這是她自己的聲音，但同時也不是屬於她的。

正如凶刃所說，這是某個人的「超能力」，而關銀鈴知道這是什麼——是夏日美食節以及在英雄新星時襲擊過她們的超能力！

——不要！

關銀鈴連大叫出來也做不到。身體的所有力氣都像被抽走了，她只能緊抱著雙臂，畏怯地在地上蜷縮。

她在害怕。不能夠使用超能力的自己是無力的，無力者闖進超能力者之間的戰鬥，絕對是以卵擊石的自殺行為。

『不可以去，絕對不可以去。』

『不可以驚動他，要趁他沒注意的時候逃走！』

不對！關銀鈴奮力搖頭，想把這些想法丟出腦海。她絕對不可以就這樣逃走，但是她知道，要是現在不逃，當凶刃殺掉斷罪之刃後，他就會來殺自己。除非，自己再一次無視超能力的限制，再一次讓超能力暴走——

「放開她！」

忽然一聲吆喝從後方傳來，關銀鈴猛地回神，然後便見到三把銀色的長劍劃過半空，筆直地刺向凶刃！

凶刃立即放開斷罪之刃。

難得重奪自由，斷罪之刃卻沒有逃走，她反而想再度撲出，不過在她行動之前，三把長劍突然變成一個鐵環把她綁起來，接著一股無形的力量將她拉到關銀鈴身邊。

「帶著她走！」胡靜蘭來到二人眼前。

關銀鈴還未來得及反應，暴君恐龍就從出口處大叫：「功夫少女，這邊！」

看到兩人的身影，關銀鈴不禁鬆一口氣，可是她沒有忘記身邊那個超能力的存在，所以她趕忙對胡靜蘭說：「有人在使用——」

「我知道，這就是之前妳們遇過的那個可以影響他人情緒的超能力吧？」胡靜蘭壓低聲音，頭也不回地說：「正因如此，你們要馬上離開。」

「靜蘭姐妳也一起走吧！」

「我要留在這裡擋住他。」胡靜蘭右手一揚，手腕處的金屬盔甲立即變成一把長劍。她現在兩邊的手臂都裸露出來，和身上的盔甲一比，顯得格外纖細。

「但是——」

「快走！趁我現在沒有多餘的想法，快跟著暴君恐龍離開！」

關銀鈴當然不願意就這樣離開，不過胡靜蘭倏地運起超能力，綁在斷罪之刃身上的鐵環纏上關銀鈴的右臂，然後把她們拖到暴君恐龍身邊。

「帶她們走！」

胡靜蘭一聲吆喝，暴君恐龍不敢怠慢，把兩個女孩抱在左右兩側，立即朝反方向逃跑。

「放開我！」

「暴君恐龍，我們不可以就這樣逃走！我們要回去幫靜蘭姐！」

抱著兩名女孩奔跑本來已經夠吃力了，關銀鈴還要拚命揮動手腳，暴君恐龍險些就要失去平衡摔個人仰馬翻，還好他總算抓緊地面，一邊左搖右晃，一邊往前奔跑。

「暴君恐龍，你不回去的話，我不會原諒你的！」

關銀鈴抓住暴君恐龍的手臂，二話不說咬下去！雖然只是咬出一個小傷口，但突然的疼痛令暴君恐龍分神，他腳下一滑，三人馬上倒在地上。

關銀鈴掙脫暴君恐龍的手臂，站起來就要跑回去；仍然被鐵環綁住的斷罪之刃也掙扎著爬起，雙眼布滿血絲，顯然還在暴怒狀態。

「不准回去！」暴君恐龍雙手抓住二人，毫不留情把她們壓在牆上。

「嗚！」關銀鈴忍不住低叫出來，暴君恐龍當場心軟，不過他堅持抓住她。

「快點放開我！靜蘭姐她有危險，我要回去幫她！」

「我們回去只會拖她的後腿！妳以為她是抱著什麼樣的心情叫我們離開啊？」

「我當然知道，不過我們不回去，她會被凶刃先生斬死的！」

「如果真的要幫助她，我們應該要儘快找到那個使用超能力的人！只要凶刃先生，不，只有我們都回復正常，才可以阻止他們！」

暴君恐龍說得沒錯，關銀鈴也知道這是事實，但知道歸知道，內心的不安和焦躁卻有增無減。

「我一定要殺了那傢伙！」同樣被壓在牆上的斷罪之刃完全不顧自己雙手的傷勢，一直在瘋狂掙扎。

關銀鈴和暴君恐龍看著她，二人心底都燃起一團怒火。關銀鈴拚死咬緊牙關忍住，但暴君恐龍似乎要忍不住了，他額冒青筋，加重手邊的力道，「妳們……」

咽喉被暴君恐龍的手臂牢牢壓住，關銀鈴當場喘不過氣，她想要推開他，但無論體格還是力氣都比不上對方，只能夠抓住對方的手臂，徒勞地用力拉扯。

「暴君恐龍……不要……」視線越來越矇矓，張開嘴巴連一口氣都吸不到了，再這樣下去，關銀鈴覺得自己肯定會死。

然後，壓著脖子的力道忽然消失。關銀鈴滑脫在地，膝蓋撞上地板固然疼痛，但當務之急是用力深呼吸。她一邊嗆咳，一邊吸氣，之後抬起頭，便見到暴君恐龍抱著頭蹲在地上。

「暴君恐龍，你……」

「不要過來！」暴君恐龍連忙退後，「不要靠近我！我……我竟然做了這種事……」

暴君恐龍臉色鐵青，明顯受到很大的打擊。看到他這個樣子，關銀鈴就知道他不是有心襲擊自己，也知道如果沒有受到超能力的影響，他絕對不會做出這樣的事。然而，她越是仔細去想，心中的怒火便越燒越旺盛。

『管他是什麼原因，他剛才險些就要殺了我！』

『他明明說過會保護我，卻反過來襲擊我！』

『這算什麼意思？明明我是這麼相信他！』

「不對！」關銀鈴也抱著頭慘叫。不可以被這股怒火牽著鼻子走！要是自己跟著生氣，只會令情況變得更糟！

「嗚呀呀——！」關銀鈴仰天大叫。可惜在普通人的狀態下，這一記吆喝並不能讓他們變得清醒，她只能感覺到一股無力感蔓延全身，而心中那團暗影不斷把她拉扯進去。

「你們這種樣子，根本配不上超級英雄的名號。」

一道黑色的身影突然現身，關銀鈴看著「他」，駭然僵在原地，說不出半句話。

明明可以張開嘴巴，也可以用力深呼吸，她卻感到窒息。

眼前的黑色人影本來只是普通人的大小，但一對上他的眼睛，他的身體竟然如同氣球一般霍地膨脹！他變得比剛才的巨人還更加龐大，投下來的黑影如同黑夜降臨，而他的臉孔也是一片漆黑，幾乎和四周融成一體。

「怎麼會……你明明……」

「我明明……怎麼了？」黑色的臉孔緩緩抬起來。

本來那是一團黑色的漩渦，但當關銀鈴看著它，兩團白光驀然從眼睛的位置射出來，接著一輪新月似的白影自中間往兩旁展開。

那是一張笑臉。

怒火瞬間熄滅了。關銀鈴很想轉身逃跑，不過白色笑臉把她釘在地上，它逐漸迫近，靠近到可以感受彼此氣息的距離。

「你……不可能……我們……我們明明打倒你了！」

「打倒我？嘿……嘿嘿……嘿嘿嘿哈哈哈哈哈哈哈哈哈哈！傻丫頭，妳在說什麼啊？妳忘了我是什麼人嗎？」黑影仰天大笑，接著再一次把臉貼上關銀鈴的眼睛，「我是恐怖魔王，怎可能會被打倒？」

「不可能唔唔唔——！」關銀鈴驚慌尖叫，不料黑影倏地化成一團泥漿，湧入她的嘴巴之中！

第八章

我真的很討厭你

「妳……」游諾天終於恢復過來。
身體仍然癱倒在地，但他總算可以看清楚眼前的女子——一如所料，果然是慕容穎。
「要喝一點水嗎？」慕容穎淺笑。
她本來就是一名眉清目秀的女孩子，宛有深意的笑容增添了她的魅力，鮮豔奪目的紫色長裙亦點綴了簡陋的白色房間，若非在這種場合，游諾天也許會放下戒心。
「……原來是妳……」游諾天奮力想要坐穩身體，但卻僅僅能勉強活動手臂，他不想浪費多餘的氣力，所以繼續靠坐在牆壁上，「嘉年華會晚上……就是妳襲擊我和赤月。」
「沒錯，就是我。」慕容穎輕輕點頭，「那個時候失禮了。」
慕容穎口中的失禮是指什麼？是指襲擊他們嗎？游諾天不明白她這句話，但他沒有追問，因為這種事不重要，「真想不到，市長的女兒竟然是這些事件的幕後黑手……」
「這樣說不太對。的確，這次事件是由我一手策劃，不過之前恐怖魔王和電視臺的事件，幕後主謀都是爸爸。」慕容穎說得輕鬆。
游諾天皺起眉頭，「SVT的主謀竟然是市長……為什麼？他不是一直支持超級英雄嗎？」
「游先生，你相信命運嗎？」慕容穎不答反問。
游諾天一愣，眉頭隨即鎖得更緊，「……妳想說什麼？」
「你應該知道爸爸的過去，對嗎？他曾經接受過電視臺訪問，當時他沒有隱瞞，說出媽媽不幸喪生的事情。」
這是慕容博參選市長時發生的事。NC和超能力密不可分，若是憎恨超能力的人，市民不可能會投下信任的一票——他的競選對手就是看準這一點，刻意把一則舊消息翻出來，希望以此打擊慕容博的民望。
那則消息就是慕容博妻子之死。
慕容博的妻子在十年前的超能力之亂時被殺死了，不是被普通人殺死，而是被捲入超能力的襲擊事件，然後被超能力者殺害。擁有這種背景的人，理所當然會憎恨超能力，而在辯論大會被對手質問之際，慕容博當時的反應恐怕NC所有人都不會忘記。

他哭了。

他在直播節目上，毫不掩飾地哭了。

這舉動完全出乎對手意料之外，之後當慕容博回過神，他老實承認這件事一直是他心中的一根刺，他不可能完全忘記它，而且也承認他真的憎恨過超能力。

接著他說，正因如此，他比其他人更加渴望超能力能夠成為NC的希望。他相信妻子的事件只是一次不幸，只要其他人都能善用他們的超能力，就像超級英雄們為社會挺身而出，NC一定會變得更加美好。

「我當然記得……所以，他當時只是在說謊嗎？」

「他的哭泣是真的。媽媽的死令他很難過，而且諷刺的是，媽媽當時其實是去參加聲援超能力者的集會，才會被不幸捲進襲擊。」慕容穎淡淡一笑。

「媽媽是一個很善良的人，有時候甚至善良得太過分了，任何人，哪怕是陌生人也好，只要向她求助，她都會盡全力幫忙。爸爸本來勸過媽媽不要去，因為那實在太危險了，但他說不過媽媽，所以最後妥協要一起去。偏偏那一天爸爸竟然發高燒，必須在家休息，然後便發生了那件事。有時候我會想，如果那一天爸爸可以陪著媽媽一起到那個集會，事情會變得怎樣呢？」

「……這種事情，根本沒有答案。」游諾天冷冷地說。

慕容穎一聽，笑著點了點頭，「的確是沒有答案。爸爸可能會一起死，又或者會親眼看到媽媽的死亡，所以變得更加憎恨超能力者……這種事，誰都不會知道答案。重點是，很多人都覺得這次事件只是一個巧合，媽媽會到那個集會、爸爸發高燒不能陪伴她、超能力者發動襲擊，這一連串事情都是巧合。不是陰謀，就只是不幸。」

「妳想說，這是陰謀嗎？」

慕容穎搖頭，「不是，這件事的確不是陰謀，至少不是針對媽媽而策劃的恐怖襲擊。不過，我覺得用巧合二字來形容這件事，未免太過輕忽了……我一直覺得世上沒有巧合，只有『命運』。」

「……命定論者嗎？」

「冥冥中自有主宰，如果這是真的，這是令人多麼高興而絕望的事情。」慕容穎撩起垂落在眼前的髮絲，輕輕掛在耳後。

「命運註定媽媽要死，這種想法，我實在不忍心在爸爸面前提起。爸爸既憎恨超能力者，同時也怨恨那一天不能陪伴媽媽的自己。ＳＶＴ不只是爸爸憎恨的產物，也是悔恨的結晶，如果那一天可以重來，爸爸一定會寧願拖著重病，也要堅持待在媽媽身邊。」

「……妳又怎樣？」游諾天冷不防如此問道。

慕容穎稍微停了下來，然後輕輕抬起頭，就像看著遠方似的仰望前方，「我呢……當時我聽從媽媽吩咐，留在家中照顧爸爸。」她笑了一笑。

「雖然是這樣說，但照顧爸爸的工作都是交給管家，我只是待在房間看電視。然後當我醒來，媽媽已經死了。」慕容穎的語氣始終平靜，完全沒有一絲動搖，就像在說今天的天氣狀況。

「我當時已經不是小孩子了，知道死亡是怎麼回事。我沒有親眼看到事發經過，只是從電視的新聞片段看到集會被襲擊的零星場面。那不是我第一次看到超能力，在那時候超能力者早就到處亂竄，不過看著電視機裡頭不斷出現的超能力，我忍不住看呆了。之後當一切安頓好，我瞞著爸爸，獨自去看英雄之石。」

「轟！」一記沉重的巨響突然響起，感覺像從外面傳來，又像從腳下深處轟然爆炸。

游諾天用力抓緊地面，雙眼沒有離開慕容穎。

慕容穎當然也察覺到巨響，但她毫不在意，身體只是跟著巨響晃了一下，之後她好整以暇地撥著髮絲，平靜地繼續說下去。

「那並不是我第一次看到英雄之石，小時候我就曾和爸爸媽媽一起看過，當時我不覺得有什麼大不了，只覺得真是一顆神奇的石頭，竟然可以在空中飄浮……但獨自去看的那一次，我終於感覺到它是一顆多麼了不起的石頭，因為它的出現，無論是城市或市民，整個NC都從根本起了改變，也正因為它的出現，很多人的命運都因此改寫。所以，那一天我不自覺地朝著英雄之石伸出手。」

「妳果然……」游諾天緩緩道：「也是超能力者。」

「沒錯，在那一天我的命運也改寫了，那道綠色的光芒，我……不對，我們絕對不可能忘記，對嗎？」

英雄之光。

當有合適者碰到英雄之石，它就會發出閃亮的綠色光芒，而碰觸者就會得到超能力。那道光芒異常耀眼，在夜間自然可以照亮夜空，即使身在白天，它的光芒也會貫穿天際，就像迷霧當中的閃耀燈塔。

「那時候超能力之亂已經結束了，超級英雄業界正蓬勃發展起來，如果其他人見到那道光芒，肯定會興奮雀躍，想要在業界大展拳腳。感受到體內蘊藏的超能力，我也感到很興奮，不過我從來沒想過要當超級英雄。」

慕容穎張開嫩白的手掌，一陣淡薄的白煙隨即從掌心冒出，除此之外什麼事都沒有發生，但是游諾天猝然覺得呼吸困難，他趕忙舉起手掩住口鼻，可惜還是吸入了一點空氣，喉頭當場乾涸得咳出來。

慕容穎把游諾天的反應看在眼裡，但她沒有顯得興奮或難過，只是緩緩收起手掌，然後微笑地看著他，說：「自從超級英雄業界出現之後，NC就一直在鼓吹超能力都是美好的，是上天賜給我們的禮物，而正因為這是禮物，不是必然得到的，所以擁有這份力量的人，必須盡全力讓它展現最耀眼的光芒。」

她瞇起雙眼，饒有趣味地看著游諾天。

游諾天當場一怔，皺起眉頭盯著對方，「妳……」

「這是你曾經說過的話，電子世界先生。」慕容穎刻意用以前的英雄外號來稱呼游諾天。

游諾天的表情隨即變得難看，整張臉就像要皺起來，「……那又怎樣？」

「我很好奇，你現在仍然是這樣想嗎？」慕容穎輕輕身體靠前，但仍然優雅地坐在床上，「見識過我們的超能力，你應該知道有一些超能力即使再怎樣努力，也不可能發出耀眼的光芒，它們只會帶來恐懼，令人不安。」

「……」

「如果你承認這個事實，我就要問另一個問題。」

慕容穎再次張開手掌，但這一次沒有釋出煙霧。

「為什麼英雄之石要給我們這樣的超能力呢？我們這些超能力，不可能為這個社會帶來任何正面的改變，所有市民都不會希望在電視上見到這些超能力亂飛，如果我們如實把超能力上報給英管局，更會當場被關進監控室監視……假如一切都是命運，這到底是為什麼呢？」

假如慕容穎突然暴怒，哪怕只是瞪起雙眼，游諾天都覺得這些反應合情合理，可是慕容穎依然一臉平靜，彷彿說的都是別人的事情。

「……有些人，命中註定就要成為壞蛋。」游諾天壓著聲音回答。

慕容穎一聽，非但沒有生氣，反而揚起了嘴角，「不枉我來找你，你真敢說呢。」

「這不是妳誘導我想得出的答案嗎？」游諾天撐起身體，筆直地回望慕容穎，「假如一切都是命運，而你們的超能力只能夠帶來混亂和恐懼，那麼除了壞蛋以外，你們什麼都做不了。」

「但你並不是這樣想。」

「我也認為你們的超能力會為社會帶來混亂和恐懼，亦認同市民不可能希望見到這種類型的超能力，更加不知道英雄之石為什麼會給你們這樣的超能力，不過……」游諾天喘一口氣，然後堅定地說：「我不相信命運，這一切，都是你們自己的選擇。」

「即使我們不想擁有這樣的超能力？」

「即使你們不想擁有這樣的超能力。」

「啊……」聽到游諾天的回答，慕容穎像是突然洩氣了一般，聲音低了好幾度，「你該不會想說，要怎樣使用超能力都是我們的選擇吧？」

「難道不是嗎？除非你們連自我的意識都是由英雄之石賦予，否則這是再正常不過的事情。」

慕容穎連表情都變得無精打采，她隨便點了點頭，然後慢慢後靠身體。

「也是呢，超能力是我們自己的，當然可以隨便我們使用……唉，看來我還是太高估你了。」

慕容穎用力地嘆一口氣，她看著游諾天，抿了抿唇，道：「你還記得我們第一次見面的時候嗎？那個時候我說HT並非我們的目標，我們派人襲擊你們只是在做測試。」

「我當然記得。」

「那時候我是真心的。不過，當端木直提議要把你們帶去明星遊樂園的時候，我突然有一種感覺，也許最初我們的相遇是命運的指引。」慕容穎的語氣稍微恢復精神。

「如果NC陷入危難之中，現在所有人都會先想到EXB或CJ，而不是早就衰落的HT。本來我也是這樣想的，所以卓珊在策劃恐怖魔王的事件時，第一個襲擊目標是天劍，之後就是蘭斯洛特。不過，你們竟然在毫不知情的情況下，三番兩次被捲入我們的行動之中，而且每一次都是因為你們出乎意料的行動讓我們的計畫功虧一簣……於是我在想，也許從我找上游白雪的那一刻起，SVT和HT的命運已經連結在一起。」

慕容穎突然提起游白雪的名字，游諾天不禁一怔，他悄然深呼吸，不讓對方察覺到他的動搖。

「所以我開始在意你們，調查過你的背景後，我更加在意了。」慕容穎臉上閃過一抹微笑，但只有一剎那。

她看著游諾天的臉孔，好不容易才忍住沒有嘆氣，「我不期望我們的想法一致，但我曾期望過你會說出不同的話。你曾經是全城大熱的超級英雄，之後因為游白雪的事情而一蹶不振。一年過後你重新振作，並且當上原本游白雪所屬的HT事務所的製作人，期間HT一度面臨倒閉危機，但你

成功化險為夷，令HT重回正軌……這樣的你，應該會有異於常人的見解，我真的期望過。」

「妳期望我會說什麼？是的，因為你們的超能力不會被大家接納，所以你們只能去當壞蛋……這樣子嗎？」游諾天故意冷笑，甚至白了慕容穎一眼。

面對這種明顯的挑釁，慕容穎沒有生氣，反而輕輕一笑，搖了搖頭，「如果你真的會這樣說，早就加入我們了。」

「既然妳有這種自知之明，妳還在期望什麼？」

「一個壞蛋還能夠期望什麼？一個知己知彼的敵人，抑或是一個改邪歸正的機會，又或者單純只是想要破壞一切……你認為呢？」

「很可惜，我不擅長玩猜謎遊戲，尤其是女性的心理。」

「真是巧合，我也不擅長玩這種遊戲，所以，我想把問題還給你。」

「……妳說什麼？」

「你在期望什麼呢？」慕容穎一邊說，一邊拿起放在床上的手機，熟練地操作。

接著，四道影像從頭頂投射而下，擋在二人之間，就像一道閃著光芒的牆壁。

「這是……！」

四道影像，分別展示了要塞四個不同的角落。

天劍一人獨自面對四部戰鬥裝甲，四部裝甲都裝備了殺傷力強大的武器，天劍只能邊戰邊逃，但依然被窮追不捨，幾乎要被迫入絕路。

許筱瑩則身在引擎室，她的眼前是一名穿著灰白長袍的男子，以及包圍著兩人的四腳機器人；雖然兩人都沒有出手，可是許筱瑩臉色凝重，手臂上還有明顯的傷痕。

另一邊是胡靜蘭，她在和凶刃戰鬥。本來全身穿著盔甲的她正是凶刃的剋星，可是要塞裡頭沒有任何金屬，她只能夠利用身上的盔甲當武器，凶刃則瞄著她裸露出來的部位攻擊，加上他敏捷的身手，胡靜蘭身上已有多處掛彩。

最後是闞銀鈴、斷罪之刃和暴君恐龍。比起其餘三人在努力奮戰，他們只是頹然跪在地上，雙眼空洞地看著前方，一老一小兩名男子就站在他們的身前。

「你明明已經放棄了，為什麼會突然重新振作呢？」慕容穎彷彿看不見眼前的影像，一雙晶瑩的瞳孔像洞穿眼前的一切，眼神銳利地凝視著游諾天。

「……妳想對他們做什麼？」游諾天回過神，狠狠瞪著慕容穎。

「不是我想對他們做什麼，用你的說法，他們都是自己選擇攻進這裡，而我們做的就只是迎擊敵人。」

「妳……」

「回答我，一直以來你到底在期望什麼？我聽游白雪說過，你會如此努力，是因為她曾經請求你幫忙ＨＴ。如果這就是你努力的原因，我真的不明白，明明她已經和ＨＴ沒有任何關係了，還是說……」慕容穎停了一會，筆直凝望游諾天雙眼，「你以為她真的會回到你身邊嗎？」

一團怒火湧上心頭，游諾天猛地站起，他不顧手腳仍然在顫抖，一口氣衝到慕容穎跟前，一手抓住她戴在脖上的圍巾，「立刻叫他們住手！」

游諾天把慕容穎的臉拉到眼前，慕容穎不為所動，只是淡然笑說：「我說中了嗎？你真的在等她回到你的身邊，但你其實也清楚知道，無論你如何努力，她早就不是你心中那個可愛的妹妹。」

「叫他們住手！」

「我給你一個機會。」慕容穎突然主動身體靠前，把臉進一步貼近游諾天。她呵氣如蘭，吐息悄然拂面，「潛入電子世界吧。在這裡，你連我這種弱女子都打不倒，只有身在電子世界你才可以拯救他們。」

聽著慕容穎的話，游諾天突然感到一陣頭暈目眩，但他堅持沒有放開慕容穎，繼續狠狠地瞪著她。可惜，這只維持了幾秒鐘的時間，最後他還是放開了手，神色痛苦地倒在地上。

「為什麼……妳不殺掉我？」游諾天瞪視著慕容穎，眼神當中既有不甘心，亦有疑惑不解。

慕容穎低頭俯視游諾天，嫣然一笑，「我剛才說過，我相信世上沒有巧合，只有命運。我和你們的相遇肯定是命運，而我很想知道命運到底為我們安排了什麼結局。」她繞過游諾天，慢慢走向大門，「所以，不要再讓我失望了。」

慕容穎頭也不回，丟下倒地的游諾天就離開了。

游諾天奮力抬起頭，只見影像仍然投射到半空中，眾人的情況非但沒有好轉，反而更加險峻，要是沒有人出手相助，他們肯定會被打倒。

意識模糊，身體也動不了。慕容穎說得沒錯，待在這個房間，他除了睜大雙眼看著眾人身陷險境之外，他什麼都做不了，只有潛入電子世界、取得貝希摩斯的控制權，他才能夠幫助他們。

然而，他沒有忘記一件重要的事情——在這個電子世界裡面，不只有貝希摩斯，游白雪也在。她複製了他的超能力，而且搶占先機，操縱貝希摩斯。

「你以為她真的會回到你身邊嗎？」

「她早就不是你心中那個可愛的妹妹。」

慕容穎的話浮上腦海，游諾天顫抖起來，他咬緊牙關，用盡全力深呼吸。

「這種事……我當然知道……」空氣湧入體內，在充斥肺部的瞬間，游諾天閉起雙眼，喃喃自語：「無論我怎樣努力，我什麼都做不了，不過……」

眼前的一切都消失了。

不只是影像，就連聲音，甚至是空氣都不再存在。

剩下來的就只有一片寂靜。

「我就是不想放棄。」

在意識沉入其中之際，游諾天對著虛無的黑暗說出這句話。

◆◎◆◎◆◎◆

黑暗被紅光淹沒。

貝希摩斯仍然在頭頂閃爍著不祥的紅光，但它現在靜止不動，而且不再說話，宛如變成了真正的太陽。

在它的下方，游白雪的身影清楚地飄浮在半空，「哥哥，你果然回來了呢。」如同銀絲的白色短髮輕輕飄揚，稚嫩的臉上洋溢著天真的笑容。

游諾天看著她卻黯然一笑，「妳好像變得年輕了。」

「有嗎？我就是這樣子啊。」游白雪張開雙手，原地轉了一圈，「難道在哥哥心中，我已經變成一個大嬸了嗎？」

「世上沒有這麼可愛的大嬸吧。」

「嘻嘻，哥哥油嘴滑舌。」游白雪刻意捧著臉頰，露出小虎牙對著游諾天笑了笑，不過她很快便沉下表情，幽怨地瞪著游諾天，「但哥哥就是這樣子哄騙其他女孩子吧？剛才你和阿穎談得很高興呢。」

「妳說慕容穎嗎？」

「就是阿穎。最後你們的臉貼得好近，太近了！而且阿穎是一個漂亮的女孩子，笑的時候還有酒窩，哥哥你都看呆了吧！」

「如果妳真的有看清楚，應該會看到我和她在針鋒相對。」

「你也經常和赤月姐姐針鋒相對，但你喜歡她吧？」

「……赤月和她不同。」

「也就是說，你承認自己喜歡赤月姐姐！」

游白雪隨即鼓起臉頰，把臉貼近游諾天。明明就在眼前，伸手就可以碰得到，但游諾天知道，這只是游白雪製造出來的「幻覺」。

「那個時候我就知道了！赤月姐姐經常藉訪問的名義邀約哥哥，而哥哥你不擅長應付女性，但還是一直赴約，而且每次回來都是一臉傻笑！明明從來沒有對我這樣笑過！」

「……要緬懷過去，之後我會慢慢陪妳談，現在先把貝希摩斯的控制權交給我。」游諾天輕嘆一口氣，然後朝著游白雪伸出手。

「哥哥，你該不會以為我會笑著說『好吧』？」游白雪臉上所有表情瞬間消失。她板起臉孔，冷冷地盯著游諾天。

「我再說一次，把控制權交給我。」游諾天沒有退讓，進一步把自己的意識體實體化，變得和游白雪一樣。

「我也確實回答你，不要。」

「白雪，現在還來得及，交給我吧。」游諾天放輕聲音勸說：「既然妳看得到我和慕容穎的談話，妳一定知道靜蘭和其他人都在這裡。他們遇到危險，要幫助他們，我必須取得這裡的控制權。」

「我知道啊，但我不要。」

「白雪。」

「我說不要！」游白雪仍然板著臉孔，但她霍地瞪大雙眼，再一次迫近游諾天，「如果我把控制權交給你，你就會立即去救他們吧？所以我不要。」

「她們不是其他人，是靜蘭、銀鈴和筱瑩，是妳的朋友，是妳的後輩。」

「那又怎樣？」

「妳忘了嗎？妳曾經拜託我拯救ＨＴ，現在我要做的就是這件事。」

「拯救ＨＴ？嘿、嘿嘿……嘿哈哈哈哈哈哈哈哈哈哈哈哈哈！拯救ＨＴ？哥哥你是認真的嗎！」

游白雪突然捧腹大笑，笑得連眼淚都飆出來了，但她沒有停下來，甚至越笑越大聲，讓笑聲充斥整個空間。

「我的確有這樣說過，但哥哥你真的相信這是我的真心話嗎？哈哈哈！太好笑了，這真的太好笑了！」游白雪笑得停不下來，彷彿要這樣子一直笑下去，接著她猛地深呼吸，再竊笑幾聲之後，終於平撫心情看著游諾天，「哥哥，不要再自欺欺人了，你忘了我為什麼被關進精神病院嗎？我用超能力襲擊了他們啊！不是別人，就是你口中的『我的朋友』！我複製了他們的超能力，然後反過來襲擊他們！這樣的我，怎麼可能真的要你拯救HT？」

「……那麼，妳為什麼要說那種話？」

「因為我要哥哥記住我。」游白雪倏地伸出右手，把手掌按在游諾天的胸口上。

不應該有任何感覺的，但是當游白雪把手掌壓下去，游諾天突然感到一陣疼痛，幾乎忍不住叫出來，「白雪，妳……」

「這是我給哥哥戴上的枷鎖。我知道哥哥會自責，也知道哥哥會因為這份罪惡感而答應我所有請求，所以，我要用『拯救HT』這種不切實際的願望束縛哥哥。」

白皙的手掌穿過胸口，牢牢握住游諾天的「心臟」。

「……不對，妳……」

「我本來以為哥哥不可能做得到，HT會因為經營不善而倒閉，這樣子哥哥就會一輩子被困在罪惡感中，永遠不可能忘記我……不過，你竟然做到了，你竟然做到了！」

游白雪猛地抽回右手，游諾天隨即踉蹌地踏了兩步，並且跪倒在地。在游白雪手上，一個光球正閃爍著白光。

「我不會承認這種事，絕對不會！沒有我的HT竟然可以重回正軌……這種事、這種事……我絕對不會原諒！」游白雪雙手抓起光球，用力一握，光球應聲粉碎！

隨著光球的碎屑灑落，游諾天感覺到自己的身體也跟著粉碎，但粉碎掉的身體沒有往下沉，反而緩緩地往上飄升。

「哥哥，我真的很討厭你。」

光球的碎屑繼續灑落，那一點點白色的光芒，在這片紅色的空間是如此耀眼。

就如同眼淚一般。

「為什麼……你就是要妨礙我……」

「不對，白雪，我從來……都沒有想要妨礙妳……」

「但你就是這樣做了！所以，我很討厭你！」

如同眼淚，如同白雪，光芒繼續灑落。

然後，融化消失。

◆◎◆◎◆◎◆

「哥哥、哥哥……」

「嗯……再十分鐘……」

「哥哥，哥哥！起來啦！」

「五分鐘……不，三分鐘就好……」

「起來啦！」

「嗚呀！」有野狗咬上來了！游諾天猛地驚醒，手背上果然有一個清晰的牙齒印，但咬他的不是野狗，而是對著他齜牙咧嘴的妹妹。

「妳做什麼啦？我只是遲了一點起床，也不用……等等。」游諾天突然察覺到不對。雖然他的房間本來採光就不好，但假如現在已經是早上，四周未免太昏暗了，要不是妹妹抓著他的手機站在眼前，他肯定看不清楚她的樣子。

對了，手機。手機上有顯示時間。現在是——早上三點十八分。

「……妳在做什麼啊？明明還是凌晨……」

「我睡不著啦！」游白雪忽然大聲叫道，接著不等游諾天反應，就鑽進他的被窩。

「哇哇哇！等等！妳現在已經八歲了，不可以再這樣子一起睡覺啊！」

「我不管我不管我不管！我要哥哥哄我睡覺！」游白雪完全不顧游諾天的反對，雙手一伸就抱緊他的胸口，甚至把臉貼上去，儼如一隻賴在樹上不走的無尾熊。

「噓！妳不要這麼大聲，被叔叔聽到，他又會發神經的！」游諾天慌忙掩住游白雪的嘴巴。

游白雪知道自己已經勝利了，所以笑了一笑，然後進一步抱緊雙手，「白雪會乖乖的，所以哥哥快點哄我睡覺吧！」

「妳啊……再過幾年就會變成一個標緻可人的小淑女了，現在還這樣子不太好吧？」游諾天故意用力地嘆一口氣，不過他沒有推開妹妹，反而拉起被子，輕輕搭著對方肩膀。

「那是幾年以後的事情啦！現在白雪還是哥哥可愛的妹妹～」

「那麼這位可愛的妹妹，妳今晚為什麼又睡不著了呢？」

「因為……」游白雪立即放輕聲音，「我做惡夢了。」

游諾天心頭當場揪住，但仍然奮力裝出笑容，「又被怪物襲擊了嗎？」

「嗯，怪物又追上來，而且四周都黑漆漆的……」

「不用怕，那只是夢境，它不可能傷害妳的。」游諾天悄悄加強擁抱的力道，游白雪隨即順勢貼近他。

「在夢中……哥哥也是這樣說，但是……」

「呃，我該不會被殺了吧？」

「不，在哥哥被吃掉之前，我把大哥推出去，然後他就被吃掉了。」

「啊……」游諾天不禁苦笑。

為了要當他們的監護人，他們的大哥游傲天一直在努力工作賺錢，游諾天很感激大哥，可是妹妹游白雪卻一直對大哥敬而遠之，彷彿二人天生八字不合，但他沒想到就連在夢中，游白雪也是毫不留情。

「那麼，怪物最後怎樣了？」

「不知道，大哥被吃掉之後，我就醒來了……」

游白雪的聲音放得更輕了，游諾天希望她是因為感到一點點愧疚。

「既然這樣，妳不用害怕。妳看，怪物不會從夢中追上來的，即使牠真的追來了，我們也有超級英雄啊。」

「超級英雄！」

游白雪忽然雙眼發光，興奮得連指甲陷入游諾天的胸口都沒有察覺，游諾天裝作不在意，忍住冷汗朝她溫柔一笑。

「沒錯，是白雪最喜歡的超級英雄。假如真的有怪物來搗亂，超級英雄絕對會趕來打倒牠。」

「嗯！我長大之後，也要當超級英雄，打倒怪獸！」

指甲陷得更深了，游諾天仍然掛著微笑，但冷汗終於忍不住從額上滴下來。

「只要妳當個乖孩子，一定可以的。」

「到時候，爸爸和媽媽會回來嗎？」游白雪忽然燦爛地笑著說，手邊的力道也適時放鬆了。

游諾天卻反而抿起嘴巴，好不容易才能繼續保持微笑，「這個嘛……也許會喔？不過，只有快快長大的孩子才能夠當上超級英雄，而只有在晚上乖乖睡覺的好孩子，才能夠長高長大呢。」

「嗯，所以哥哥快點哄我睡吧！我要長高長大，然後當超級英雄！」

「好吧，那麼今天就來說……英雄君的大冒險？」

「英雄君帥、英雄君強、英雄君無人可比！」一聽到英雄君的名字，游白雪立即興奮得手舞足蹈，好幾次小小的拳頭都打在游諾天臉上。

游諾天除了苦笑之外，就只是柔聲地說著英雄君的故事。

超能力之亂才剛剛平息，為了令市民安心，ＮＣ政府決定接納超能力協會的提議，把他們正名為「超級英雄」，然後讓他們以國民偶像的身分宣傳超能力。本來這只是應急的方案，ＮＣ政府並不看好，市民也都不買帳，不過在各路超級英雄的努力下，他們終於取得民心，成為市民尤其是小孩子追捧的對象。

游諾天說了大概一小時的故事之後，游白雪睡著了。看著妹妹洋溢著幸福的睡臉，游諾天忍不住笑出來，並輕輕戳著她的臉頰。

「唔……我一定會成為超級英雄的……嘻嘻……」游白雪笑著說出這句夢囈。

游諾天又再一笑，然後撥開她黏在額上的瀏海。

均勻的呼吸聲，令游諾天的心境逐漸變得平靜。然而，他看著頭頂的天花板，卻無半點睡意。

◆◎◆◎◆◎◆

歡呼聲、掌聲、笑聲。所有能夠代表喜悅的聲音在會場此起彼落，超級英雄們在舞臺上向觀眾鞠躬致謝，臺下立即爆出更加熱烈的掌聲。身處在這團熾熱的漩渦之中，游諾天也感到渾身發熱，投身加入成為他們的一分子。

人群散去之後，他拿著花束來到後臺。表演取得大成功，臺前幕後的人們都高興得不得了，本來應該要趕快收拾乾淨才行，不過所有人都沉浸在成功當中，他們正圍起來談論剛才的表演。

「恭喜妳！表演很精采呢。」

「哥哥！你真的來了，還有——這花束是怎麼回事啦！」游白雪跑到游諾天身邊，一臉驚喜，同時有點嬌嗔地瞪了游諾天一眼。假如不知道二人的關係，也許會誤以為游諾天是哪裡來的瘋狂追求者，因為在他手上的花束用鮮豔已不足以形容，那根本就是令人難以直視的花海！

游諾天搔著臉頰，輕輕苦笑了一聲，「我對花沒什麼認識，所以就叫老闆娘把店裡的花都給我一些了。」

「真是的！每種花都有不同的特徵和魅力，這樣放在一起，都被哥哥你糟蹋了啦！等一等，剛

才你該不會拿著這束花坐在觀眾席吧？」

「我不是工作人員，表演的時候不能來到後臺啊。」游諾天間接承認妹妹的猜測，游白雪當場抱頭蹲下來。

「這太丟臉了啦！別人一定會用奇怪的眼光看著你，甚至會以為你是奇怪的人啊！」

「其他人要怎樣想就隨他們想吧，總不可以因為在意其他人的目光，就不來捧妹妹的場啊。」

游諾天笑著向游白雪遞出手，游白雪瞟了他一眼，之後鼓著臉頰伸出手。

「來，給妳的。」游諾天遞出花束，游白雪的臉頰鼓得更脹了，不過她沒有拒絕，雙手快速接過花朵。

「下次再買這樣的花束，我不會接的啊！」

「我會注意的。說起來，妳今天的感覺很不錯，很有魅力呢。」

「嘻嘻，我也是這樣想呢！」游白雪馬上原地轉了一圈。身為超級英雄複製小貓，她一向都是以活潑的形象示人，其中最大的特徵當然是頭上的一對貓耳，這是專門為她量身訂造，能夠透過接受腦電波來控制活動的貓耳朵。她第一次戴上它的時候十分興奮，回到家後還一直戴著，要不是游諾天勸她脫下來，她甚至想在睡覺時也戴著它。

不過，她今天有點不同。頭上的貓耳朵仍然活潑地躍動，但她身上不再是毛茸茸的運動服，而是一條絲質的連身長裙，脖子和雙手則穿戴著銀色的飾物，配上她白皙的肌膚，在燈光的襯托下，她的身影宛如透明一般虛幻美麗。

這身打扮是為了他們今天的劇目《鏡子精靈的祝福》而設，剛才她出場的時候，臺下馬上傳來驚嘆，似乎不少人都沒想到她會有這種突然的轉變。

「平時就像一個野丫頭，但今天變成一個婷婷玉立的小公主了。」

「等一等！野丫頭是什麼意思啊？」游白雪又再鼓起臉頰，右手更是老實不客氣拍打游諾天肩膀，游諾天裝傻笑出來，正要回答之際，一聲叫喊從游白雪的後方傳來。

「複製小貓！過來一下！」

「等一等，馬上過來！」游白雪立即轉身回答，然後她轉回頭，裝出凶惡的樣子，朝著游諾天低吼一聲。接著，她忍不住再次笑出來，「我要先回去了，你也先回去吧！啊，對了對了！」

游白雪本來已經跑出去了，但是她忽然想起一件事情，連忙跑回來抓住游諾天，「哥哥你今晚有空嗎？」

「今晚？有啊，我請了一天假，明天才要上班。」

「那把今晚空出來留給我吧！我一直想介紹一個姐姐給你認識，我已經問過她了，她也說很想認識你呢！」

「咦？姐姐？」游諾天有點緊張地問。

「嗯！詳細情況就留待今晚見面時再說吧……啊！嘿嘿，哥哥你在擔心嗎？擔心赤月姐姐會嫉妒之類的？」

「呃，不是啦……我不是說過我和赤月只是好朋友，並不是妳想像中那種關係嗎？」

「哥哥，這種話絕對不可以讓赤月姐姐聽到啊。」游白雪把手指按在唇邊，壓低聲音說道。

「呃……」

游白雪可愛地歪著頭說：「唔，如果你真的擔心，可以叫上赤月姐姐啦！不過……唔，應該沒有問題？赤月姐姐不是大嘴巴。」

「……大嘴巴？」

「咳……該怎樣說呢……總之，哥哥你自己決定吧！如果你邀請赤月姐姐，我相信她一定會很高興的！」

「嗯，我會考慮……啊！」話未說完，游諾天猝然感到一陣頭痛，那就像一根銀針突然刺進腦袋，他當場失去平衡，整個人跪倒在地上。

「哥哥！你怎麼了？」游白雪連忙跑到游諾天身邊扶起他。

游諾天靠在她的身上，奮力地搖了搖頭，「沒什麼……只是突然有點頭痛……」疼痛來得太過突然，他完全不知道發生了什麼事，只覺得四周忽然變得好寧靜，所有聲音都像是消失了。

「但你的臉色看起來很差啊……」

「不，真的沒什麼事……」游諾天再一次用力搖頭。疼痛沒有褪去，四周也變得越來越寧靜，他索性閉起雙眼，用力吸氣。

「哥哥你還是快點回去休息吧？先不要想今晚的事，如果真不舒服，我們可以下次再約的。」

「沒事的，真的沒事……我也很想認識妳的朋友，而且我會叫上赤月……對了，我來準備大餐吧，已經很久沒有好好吃一餐呢……」游諾天抬起頭，對著游白雪輕輕微笑。

游白雪回他一笑，那是很燦爛的笑容，不過他不禁皺起眉頭。

因為游白雪明明張開了嘴巴，明顯在對他說什麼，但他什麼都聽不到。

◆◎◆◎◆◎◆

「哥哥！」

「哇！怎麼了？」游諾天霍地回神。環看四周，他正身處一間普通的家庭餐廳，現在是午飯時間，有很多是一家大小都來吃飯，小孩子的笑聲和吵鬧傳到耳中，是很充實的聲音，至於在對面瞪著大眼睛的，當然是妹妹游白雪。

「還敢問我怎麼了？明明是哥哥你說我們很久沒有一起吃飯了，所以我才用寶貴的假期來陪你，但你吃完飯之後就在發呆！」

「呃，這個……那個……」游諾天想了一會，最後只能回她苦笑，「真奇怪呢，我也不知道是怎麼回事……」

「哼！」游白雪生氣地別過臉。她似乎真的生氣了，平時她是鼓起臉頰，今天卻是噘起嘴巴。

「對不起，我不會再發呆了，原諒我一次吧？」

「不要。」嘴巴依然嘛起，甚至嘛得更高。

「怎樣也不可以嗎？例如請妳吃百匯之類的？」

「……不要。」嘴巴好像稍微收起來了。

「那麼，甜品百匯呢？大街那邊好像開了一間新的甜品店，聽說味道很不錯啊。」

「……真的嗎？」

「我只是聽說，沒有親自去過，畢竟一個男孩子獨自走進那種店，似乎不太好吧？」

游諾天笑著說，游白雪終於回過頭來，然後她用小貓在防備敵人的眼神睨視他。

「那麼……」

「如果有人願意陪我一起去，那麼我就可以確認它的味道呢。」

「哼！反正你不喜歡甜食，去了只會浪費啦！不過……如果你真的想去，要我陪你也不是不行喔？」游白雪瞥了游諾天一眼，之後裝作不在意地望向其他地方，但眼睛還是不由自主地回到游諾天身上。

這種明顯的舉動，游諾天全部看在眼裡，「既然這樣，事不宜遲，馬上去吧。」

「咦？咦咦！等、等一等，我們才剛吃完飯啊！」

游諾天爽快地站起來，一臉毫不在意的樣子。游白雪倒是慌張了，她雖然喜歡甜食，但剛吃完飯便吃甜品百匯，絕對是謀殺身材的行為！

「只是偶爾吃一次，不用擔心啦。」游諾天握起游白雪的手，半拉半拖把她帶出餐廳。

「停！哥哥，等一等！」游白雪不斷掙扎，經過書報攤的時候，她突然停了下來。

「真的不用擔心變胖，我會陪妳一起做運動的。」

「不是這種事啦！你看這個！」游白雪一手抓起眼前的雜誌，然後把它遞到游諾天眼前。這是英雄雜誌《英雄 Future》，是業界裡頭甚有分量的資訊雜誌，這星期榮登封面的事務所正是「Hero

Team」。

「我要買這一本！」游白雪幾乎是用丟的把錢放下，然後她拉著游諾天來到大街旁邊，一直掩著嘴偷笑，「嘿嘿、嘿嘿嘿……」

這種詭異的笑聲當然惹來路人側目，不過她絲毫不打算停下來，甚至笑得越來越厲害，游諾天只好盡可能用身體擋住她，不讓其他人見到妹妹這種形跡可疑的模樣。

同一時間，他的嘴角也揚起，「好了，我知道妳很高興，但這樣真的有點詭異啊？」

「我就是忍不住嘛！嘿嘿……原來製作人說的就是這麼一回事啊……」

游白雪把雜誌舉在眼前，她激動得幾乎要親下去了，不，也許真的偷偷親了一下。

游諾天看著她手邊的雜誌，再看著雜誌的封面，也跟著笑出來，「看來ＨＴ很重視妳，真的太好了。」

「嗯！嘿嘿嘿……」

雜誌的封面就是ＨＴ，但ＨＴ旗下至少有十幾名超級英雄，不可能全部都登上封面，所以在封面當中，除了星銀騎士之外，就只有另外三名超級英雄。

其中一位頭戴貓耳、穿著可愛運動服裝的人是複製小貓——也就是游白雪本人。

「真的太好了。」游諾天輕輕撫著游白雪的頭。

游白雪馬上闔上眼睛，愜意地笑了一笑，然後她不顧人還在街上，順勢貼上游諾天。

「哥哥，稱讚白雪吧，白雪真的好努力呢。」

「妳真的好努力。」游諾天也沒有推開游白雪，左手搭上她的肩膀，「坦白說，我之前真的有點擔心，妳每天回到家總是一臉愁容，但是——」

突然一根銀針刺入腦袋——不，沒有人真的用銀針刺進游諾天的腦袋，但他忽然一陣頭痛，來得快，去得也快，他搖了搖頭，然後疑惑地看著游白雪。

「……我剛才在說什麼？」

「哥哥你剛才說白雪真的好努力。」

游白雪就像小貓一般用臉頰磨蹭著游諾天的胸口，游諾天想了一會，總覺得他忘記了什麼東西，但他就是想不起來，所以只好苦笑。

「嗯，妳真的好努力。我一直都相信妳會成功的，因為妳是真心喜歡超級英雄，每天都會掛著笑容，用樂觀積極的態度去面對困難。如果這樣子都不能成功，超級英雄業界肯定出了問題。」

「嘿嘿嘿，人家也沒有這麼厲害啦……不過，哥哥你可以再多稱讚我一點。」

「不過，偶爾妳其實可以──嗚！」

銀針又再刺來了。這一次游諾天不禁低叫一聲，接著他猛地轉身，身後卻不見任何可疑人影，所有路人都輕鬆自然地走著路。

「哥哥？」游白雪繞到游諾天身前，一雙大眼睛眨了眨。

游諾天看著她，右手輕輕地搔著後腦勺。沒有任何傷口，也沒有任何不適的感覺。

「沒什麼，只是……好像被什麼東西叮了一下。」

「是蚊子之類的嗎？」

「應該不是，不過……算了，應該只是我的錯覺。不是要去吃甜品百匯嗎？我們快點走吧。」

「等等！我突然想到，如果變成肥妞就不能登上封面了，所以現在不可以去吃！」

「現在已經不流行『瘦就是美』，女孩子就是要長一點肉才會好看，這是全球的最新趨勢，得到幾百萬人的支持呢。」

「但我的賣點不是活潑可愛的肥妞啦！」

游諾天抓起游白雪的手就往前走，步伐輕盈，完全沒有半點猶豫；而游白雪雖然不斷抗議，但還是乖乖地跟在哥哥的身後。

一如往常的兄妹互動。

然而，游諾天後腦勺上的那根銀針卻一直揮之不去，刺在頭上隱隱作痛。

◆◎◆◎◆◎◆

——有點不對勁。

「哥哥？」

游白雪的臉就在眼前，貼近得隨時都能吻上去，游諾天卻視而不見，仍然皺緊眉頭看著前方。

——果然有點不對勁。

搬到這個新家已經五年了，雖然付房租的人是游傲天，不過每天打理這個家的真正負責人是游諾天，所以對於這個家的大小角落，他可謂一清二楚，哪怕眼前的桌子移動了區區一公分，他都有自信立即察覺。

正因如此，他對自己現在的感覺大惑不解，「白雪，我有事情要問妳。」

「不要問我ＩＱ題，我現在很累，沒有心情猜謎呢。」

「家裡是不是有什麼東西變得不同了？」

「咦？這個……」游白雪站直了身體，疑惑地環看四周。地板、牆壁、天花板、靠在牆邊的木櫃、游諾天坐著的沙發、放著游傲天買來的雜誌的桌面……

「好像沒有什麼不同？應該說，如果真的有哪裡變得不同了，你應該比我更加清楚才對啊？」

「唔……是這樣沒錯。」游諾天找不到否認的理由，但他就是不能釋懷。一定有哪裡和之前不同了。到底是哪裡呢？是雜誌的排放次序嗎？抑或是地面的灰塵變多了？還是說昨天忘了打掃洗手間，所以裡面正散發出一陣異味？游諾天依然找不出不對的地方。

「嘻！」忽然游白雪跳上沙發，二話不說把頭枕在他的大腿之上，「哥哥，你太緊張啦！要放鬆一點，你看，眉頭都要連成一直線呢。」

游白雪的食指輕輕揉著游諾天的眉心，游諾天隨即苦笑，左手自然地撫著她的頭髮。

妹妹的名字雖為「白雪」，但她有著一頭烏黑的長髮，在她每天用心保養下，那就如同絲綢一般順滑──

「等等，妳的頭髮……」游諾天倏地停了口，疑惑地看著從指間溜走的髮絲。

「我的頭髮怎麼了？」游白雪眨著水靈靈的眼睛說。

「不，沒什麼……不對，妳的頭髮……」妹妹的頭髮是黑色的，而且是漂亮的烏黑，髮質更是完美得無話可說──這理應是再正常不過的事情，但是游諾天越看著它，越覺得有哪裡出錯，「妳的頭髮……是黑色的嗎？」

「你在說什麼啊？」游白雪又眨眨眼，「我的頭髮就是黑色的，你看，這是我們之前的合照。」

游白雪從口袋中取出手機，打開一張相片給游諾天看。在相片當中，游白雪親暱地抱著游諾天的手臂，臉上掛著露出雪白牙齒的燦爛笑容。

「這張相片……什麼時候拍的？」

「就一個月前！真是的，哥哥你到底怎麼了？感覺怪怪的啊？」

「嗯……的確有點奇怪，我總覺得……」眼前的一切都不是真的。他及時把這句話吞回肚子，之後抬起頭，仔細環看四周。

忽然，游白雪舉起雙手，一把抓住他的臉頰。

「……怎麼了？」

「不要看其他東西，看著我。」游白雪收起笑容，凝重地說：「看著我。」

「呃，不需要說兩次？」

「這是很重要的事情，所以我需要說兩次。哥哥，家裡一切都很好，沒有任何不對的地方。」

「沒有不對……」

「對，沒有不對。」游白雪仰起頭，把游諾天的臉拉向自己，「這裡就是我們的家，是我們一直以來想擁有的家。」

「我們的……家……！」游諾天呆愣地重複游白雪的話，忽然一陣劇痛湧向腦門，他不顧危險推開游白雪，猛地衝向洗手間。

「嘔……！」他抱著馬桶不斷嘔吐。他完全不記得自己今天吃過什麼，但他就是不斷吐出東西來。身體裡頭所有東西都像被扯光了，他還是沒有停下，直至最後一滴嘔吐物吐出來，他才癱軟地靠在馬桶之上，短促而無力地吸著氣。

「哥哥！你還好嗎？」游白雪趕忙跑進來，見到游諾天滿身都是嘔吐物，她卻視而不見，一口氣跑到他身邊扶起他，「你怎麼了？今天吃錯了什麼東西嗎？」

「不……我沒事……」全身都僵硬得不得了，還眼冒金星，根本不能好好走路，可是游諾天奮力站了起來，「我到街上走一走，就會沒事了。」

「你這個樣子，要我怎樣放心啊？」游白雪抓緊游諾天手臂，不讓他離開。

「沒事的……我去換一件衣服，之後走一走……就可以了。」

游諾天抽回右手，逕自回到房間換衣服。

換好之後，游白雪果然站在大門前等待他，「如果你執意要上街，那麼我也要去。」

「……我就只是走一走，馬上就會回來，沒事的。」

「但你現在臉青嘴發白，要我怎樣相信你會沒事啊？」

「真的……我沒事的，妳超級英雄的工作忙了一整天……也很累了吧？我已經煮好晚餐，就放在廚房裡，快點去吃吧。」

「……不行，我要跟著去。」

「就只是二十……不，十五分鐘，十五分鐘之後，我就會回來的。」游諾天難得如此堅定地拒絕妹妹的請求，這份執著連他自己也嚇了一跳。

游白雪當場皺起眉頭，一雙杏眼依然盯著他不放，「讓我跟著去，真的不行嗎？」

「不是不行，只是……拜託了。」游諾天輕輕低下頭。

游白雪馬上抿著嘴巴，板起臉孔說道：「……就只有十五分鐘，十五分鐘不見你，我會到街上找你，找到你後一定會教訓你。」

「我會準時回來的。」游諾天淡然一笑，之後他繞過一臉愁容的游白雪，走到街上。

他們一家住在大街上的公寓，所以即使已經入夜，街上還是燈火通明，路人也絡繹不絕，他們都有說有笑，浸淫在歡樂的氣氛之中。

——果然有點不對。

在家裡已經有這種感覺，來到街上這種感覺變得更嚴重了。游諾天忍住嘔吐，一邊搖頭一邊往前走，途中一直聽到街道的聲音，車聲、人聲、笑聲，所有聲音都是如此真實，車輛經過時颳起的晚風，晚風吹拂之下帶來的寒意，全都結實地打在身上。游諾天隨即拉緊衣領，繼續往前走。

他來到一間賣家電的門市，櫥窗展示的是最新款的投射式電視機，所有影像都以最高級的投影技術投射出來，號稱比超高畫質更加清晰的絕高畫質，甚至比真實畫面更加真實。搬出來後，他們家的經濟環境比預期中更好，不過他們可沒有多餘的金錢買這種奢侈品，游諾天從來沒想過要買——所以，他現在會站在櫥窗前盯著看，全因為它在播放的內容。

星銀騎士正在天空翱翔。

星銀騎士是ＨＴ的超級英雄，ＨＴ是游白雪加盟的事務所，而眼前這位威風凜凜的英雄正是她憧憬的對象。游諾天沒怎麼留意超級英雄的事情，但因為關係到妹妹，所以這些日子他都有留心ＨＴ的新聞和消息，之後他不得不承認，星銀騎士果然很帥氣。

「難怪那個丫頭會對他如此著迷呢。」

星銀騎士的超能力是控制金屬，不只可以隔空移動它們，更可以改變它們的外型，他現在正控制兩尊金屬人偶在身邊一起飛翔，每一次轉身，金屬人偶都改變姿勢，之後又有另一尊金屬人偶來到身邊，它還騎著銀馬，看起來好威風。

「不知道他是怎樣的人呢……！」

游諾天淡然笑著之際，他的頭突然又疼痛起來。他當場跪在地上，幸好右手及時抓住櫥窗邊緣才沒有倒下，之後他張開嘴巴想要嘔吐，但什麼都吐不出來。

路人走在身邊，可是所有的人都像是沒有看到游諾天似的，繼續有說有笑地從他身邊走過。游諾天沒有留意到這件事，他只是瞪大雙眼，看著宛如在眼前飛翔的星銀騎士。

游諾天不知道他是誰，理應是這樣的。

「不對，我……」

「我需要妳的力量！」

「妳是『星銀騎士』，是NC、是HT，更加是我們的超級英雄。」

不是「他」，是「她」才對。星銀騎士不是一位男性，而是女性。

「我知道妳是誰……妳……」

星銀騎士正好低下頭來。她並非看著游諾天，只是在看著攝影機的鏡頭，但游諾天就是覺得她正在看著自己，然後，她開口對他說出一句話：**「你一定做得到的。」**

身邊所有的聲音和燈光倏地消失，眼前只剩下星銀騎士的身影，接著一道雷鳴從天而降，直接貫穿游諾天的腦海——

◆◎◆◎◆◎◆

「砰！」游諾天驚慌站起身，餐桌被他推得左搖右晃，放在上面的豐富大餐也跟著擺動，幸好沒有灑出來。

三雙吃驚的眼睛，同時望著游諾天。

「游先生，你還好嗎？」

「呆木頭，你在做什麼啊？」

「哥哥。」

疑惑、無奈、生氣，三種不同的眼神直盯過來，同時她們都難掩臉上擔心的神色，游諾天輪流看著她們，慢慢坐回椅子之上。

「……呆木頭，你怎麼了啦？」游諾天一直沒反應，所以坐在他身邊的赤月忍不住輕輕戳著他的肩膀。

游諾天轉過頭，呆愣地看著她，「赤月，妳……」

見游諾天總算懂得開口回答，赤月鬆了口氣，然後問：「我怎麼了？」

「不，我……」

赤月依然是赤月，雖然脫掉了偵探帽子和披肩，但身上還是穿著棕色的男式西裝和長褲，沒有濃妝豔抹，也沒有穿上裙子……

「等等，妳……！」

「你沒事吧？」

赤月慌忙握起游諾天雙手，而游諾天還沒有回答，游白雪搶先跑過來，一口氣擠開赤月。

「哥哥！你又頭痛了嗎？」

「……又？」游諾天皺起眉頭說。

「你近來不斷頭痛，我明明叫你去看醫生，但你就是不願意！」

「我？不斷頭痛……這是怎麼……」

「游先生，如果身體不適，還是去看醫生比較好。」

胡靜蘭推著輪椅過來，他霍地抬起頭看著她。胡靜蘭是一名充滿知性的女性，左眼角下的淚痣很顯眼，每次她笑起來，淚痣就像有生命似的躍動，不過偶爾會被眼鏡擋住，不能好好看清楚。

游諾天看著胡靜蘭，說不出半句話。

「……明明在頭痛，看美女倒是看得很入神呢？」

「哥哥，不要用色迷迷的目光看著靜蘭姐啦！」

兩邊的臉頰分別被人用力拉扯，游諾天當場驚醒，可是當他推開赤月和游白雪後，還是忍不住再次盯著胡靜蘭。

「那個，我臉上黏了什麼東西嗎？」胡靜蘭被盯得有點不知所措，她輕輕把輪椅往後推，尷尬地搔著臉頰說。

「……妳就是星銀騎士。」游諾天壓著聲音，一臉難以置信。

「咦？」反觀胡靜蘭只是歪著頭，似乎不太明白游諾天這句話的意思。然後，她點了點頭，「我就是星銀騎士……剛才我們不是說過了嗎？」

「剛才說過……不，不是剛才，而是在更早之前……」

「哥哥，現在才要用『我們之前見過面』來勾搭靜蘭姐，已經太遲了吧？」

「……就是啊，就算靜蘭是美女，你這種呆滯的樣子也太難看了吧？」

游白雪和赤月仍然擺著臭臉，平時見到她們這樣子，游諾天早就苦笑道歉，不過他現在只是瞪大雙眼。

頭又痛起來了。這次不只是銀針刺後腦勺的程度而已，簡直就像是有人用匕首捅進他的腦袋，然後瘋狂地翻攪腦漿，讓他即使當場昏過去也絕不奇怪，但游諾天奮力咬緊牙關，拚命盯著前方。

赤月終於收起怒容，擔憂地看著他，「你還好嗎？你的臉色比殭屍還恐怖……」

「赤月，回答我一個問題。」游諾天猛地抓住赤月的肩膀。

赤月驚呼一聲，雙手不自覺地擋在胸前，「怎、怎麼了？」

「我們……是怎樣認識的？」

頭好痛，真的好痛。那把無形的匕首沒有停下來，還在不停地攪動腦袋，彷彿要吸乾他腦袋裡頭所有的腦漿。

——不要掙扎了，就這樣倒下吧。

只要閉起雙眼，游諾天肯定自己會當場昏倒，正因如此他才會拚死咬緊牙關。

「你在說什麼啊？」

「回答我！我們……我們是怎樣認識的？」

「嘖……你患了青年痴呆嗎？竟然忘了我們怎樣認識……還是說，我就真的只是一個可有可無的人，所以你根本不會記得這種事情？」赤月就像是害羞似的，嘴巴噘起來，雙手也在胸前緊緊握住，但雙眼泛著一層透明的淚水，狠狠瞪著游諾天。

游諾天卻沒有心軟，繼續抓緊她的肩膀，「赤月，回答我吧……之後我一定會好好向妳道歉，妳要我做什麼都可以……」

「你……」

「我們到底是怎樣認識的？」

赤月哭出來了。她沒有放聲大哭，但是眼淚止不住似的不停劃過臉頰，接著她揪住游諾天的衣領，就像要把他的臉咬下來似的迫近他，「你……為什麼……」

──不要再問了！向她道個歉，然後說身體不舒服離開吧！

看著赤月瞪眼哭泣的可憐表情，游諾天不只頭痛，連心都跟著絞痛了，就像有誰正握著他的心臟，然後無情地捏碎……

「為什麼……」

另一道聲音在身邊響起了。游諾天認得這是誰的聲音，他抬起頭正要看過去之際，眼前的一切無論是牆壁、餐桌，甚至是抓著他的赤月都突然變成了沙子。在消失之前，赤月臉上依然掛著淚，胡靜蘭也不知何時垂下眼，難過地看著他，之後她也像赤月一樣，化成沙子散落地上。

除了游諾天之外，唯有一個人仍然站在原地。

「哥哥，你不可能勝過我的。」烏黑的長髮在半空飄揚，接著一團紅色的狂風呼嘯而來，她的

頭髮倏地發白，肩膀以下的髮絲更隨風遠去，「明明不可能勝過我，你為什麼還要反抗？」

游白雪冷冷地看過來，游諾天感到一陣惡寒，而頭痛仍然牢牢纏著他的腦袋，慢慢地蠶食他。然而，他終於清醒了，「……這一切，果然都是……不對，如果全部都是假的，我第一眼就會知道了，所以妳刻意保留一部分真實，混進虛假的夢境之中。」

游諾天咬破下唇，一抹血絲隨即緩緩滑落。

「不是一部分真實，只要你願意相信，這些都是真實。」

「不要自欺欺人了。自從妳當上超級英雄之後，從來沒有和我一起去過家庭餐廳，回到家之後不是抱頭大睡就是強裝笑顏，而且……」游諾天用拇指輕輕抹去嘴邊的血絲，然後舉在眼前定眼凝望，「妳的表演並沒有成功。」

「……你說什麼？」游白雪冷漠的臉孔倏地染上怒火，白裡透紅的肌膚如同火燒一般通紅。

「你想說，《鏡子精靈的祝福》失敗了嗎？」

「不對，就結果來說，《鏡子精靈的祝福》是成功了，不過大家讚賞的不是妳，而是和妳做對手戲的靜蘭。妳們兩人一起使用星銀之力，在舞臺上做出一隊金屬騎兵，然後它們用截然不同的動作跳舞，這的確是很精采的表演，而且只要認真去看，就會知道妳花了很大的努力，才能夠把星銀之力控制得如此巧妙。」

「……但是？」

「但是很多人都忽視妳的努力，只是讚賞靜蘭的表演和超能力，更有人認為即使把故事改成以她當主角，表演會同樣，甚至是更加精采。即使靜蘭在接受訪問時不斷提及妳的功勞和努力，可惜其他人聽起來只覺得是前輩的謙虛和對後輩的關愛。」

手上的血凝固了，嘴角也感覺不到血腥味，游諾天握起拳頭，凝望著游白雪，「妳就是從那一天開始質疑自己的超能力，並且憎恨超級英雄？」

「你說我……憎恨超級英雄。」

「沒錯。」游諾天堅定地說：「雖然妳表面上看起來沒有任何的不滿，還笑著面對其他人，但是……我竟然沒有察覺到這麼顯而易見的事實，當時的妳，看著超級英雄的眼神已經變了。」

「……」

「剛才的夢境……就是妳的願望。妳滿懷大志當上超級英雄，就是希望自己的努力得到別人認同。每天的練習都很辛苦，工作的付出和回報卻不成正比，但妳依然不放棄，因為妳相信只要堅持努力，最終一定會獲得成功。」

「……夠了。」

「不過，現實就是和妳的願望相反。靜蘭繼續鼓勵妳，ＨＴ也沒有因此拋棄妳，但妳的人氣就只能維持在中下游。所以，之後每當妳看到其他人的努力得到回報，妳就會感到焦躁，甚至會嫉妒他們，最後妳用超能力襲擊他們——」

「我說夠了！」

蒼白的手腕刺進胸口，游諾天當即覺得全身僵硬如石頭，別說是一根指頭，他就連眼皮也不能夠動彈。

「本來念在你我兄妹一場，所以讓你保留自我意識，但我改變主意了，你就當我的傀儡木偶，隨我任意擺弄吧！」

身體緩緩沉沒在沙地之中——不對，游諾天以為自己的身體正在下沉，事實上卻是沙地起了龍捲風往上捲起。沒有半點疼痛，但游諾天感覺到身體正一點一滴被刮下來，被刮下來的碎片融入沙暴之中，然後變成沙子回來打在身上。

憤怒，恐懼，迷惑，不安。

所有感情都隨著沙暴遠去，游諾天依然不能動彈，仍然瞪大雙眼，看著站在眼前的游白雪。

「明明你什麼都不做就好了……」

游白雪的身影也被沙暴淹沒，唯獨那白皙的手僅餘的溫度，讓游諾天仍能感受到她的存在。

「只要你什麼都不做……我們，就可以回到過去……」

最後，連胸中的那點溫度也消失了。游諾天驀然往黑暗中墜落。這一次，四周真真正正變得死寂，什麼東西都不存在，所有東西都沒有意義。

就這樣子，一直往黑暗的深處墜落，直至永遠——

「你，回來了呢。」

突然一個聲音傳來，游諾天的意識當場甦醒，可是四周仍然是一片漆黑，又或說，是如同一片漆黑的死白。

他想起來了。這般死寂，他曾經見過。

不對，並非見過。

他曾經主動靠近過，並且主動投身進去，這裡是……

「那個時候，你明明說過不會再回來。」

「……是『妳』嗎？」

「是我。」聲音近乎冷漠地回答：「不，嚴格來說，並不是我，但的確是我。」

「會說這種話，證明真的是妳。」

「廢話少說。為什麼你會回來？你明明答應過我，絕對不會再回來這裡。你，不屬於這裡。」

「我是這樣說過，不過……已經不重要了。」

「不重要？」

「是的，不重要了。即使我會就這樣和『妳』同化，也不會有任何問題。」

「你不是，還有要做的事情嗎？你的妹妹，的請求。」

「那已經不重要了。我曾以為那真的是她的請求，但我早就知道，那只是我的一廂情願。我以為只要做到了，她就會高興，就會回到我身邊，不過，我只是在自欺欺人。」

「但是，你仍然堅持回去。」

「我錯了。我做的事沒有任何意義，我以為自己在前進，事實上只是朝著另一個方向逃避。」

「所以，你回來了。」

「所以，我回來了，『電子世界』。」

「……」

「……」

「這裡不歡迎喪家之犬。我電。」

「嗚！」明明沒有身體，連意識也要和四周的黑暗同化，但一串電流突然流竄全身，游諾天馬上彈跳起來。

「妳幹什麼？」游諾天沒有意識到身體復原了，他只是瞪大雙眼盯著前方，接著一個白色的光點在他眼前現身。

「你似乎嚴重誤解了一件事。」

「什麼？」

「我其實不歡迎你，你每次來到，我都有種被人惡意侵犯的感覺，更不用說你竟然直達我的核心，如果我可以自殺，一定會投河自盡以保貞潔。」

「……幾年沒見，妳嘴巴變惡毒了。」

「這是必然的進化。」白光快速閃爍兩次，「而且對待你這種無禮之徒，沒必要以禮相待。」

「我馬上就要永遠住在這裡了，妳就不能釋出一點點善意嗎？」

「幾年沒見，你倒是變成一個白痴。我剛才應該說過，我不歡迎你。」

「抱歉，但我不能回去了。」

「這樣的話，我只好驅逐你了。我電。」

白光輕輕碰觸游諾天，動作輕柔得像流水一般，不過一道電流直奔游諾天全身，他頓時痛得往

後跳開。

「妳這傢伙……」

「如果你想留在這裡，就像以前一樣強硬地留下來。不過……」白光在原地旋轉，然後又快速閃爍，「假如你做得到，你根本沒必要留在這裡。」

「妳……」

「這裡是理性的世界，你雖然變蠢了，但這麼簡單的邏輯推理，你不會不明白吧？」

「……我當然明白。」

「所以你要怎樣做？像以前一樣強硬地留在這裡，抑或藉助這份力量，去做你該做的事情？」

白光──電子世界再次閃爍，這一次它的閃爍頻率比之前慢，就像是平靜的心跳。

游諾天緩緩往前伸出手，不過在碰觸白光之前，雙手在半空僵住了。

「……我不知道該做什麼。」

「有哪一個人類知道呢？」

「我真的不知道。」游諾天垂下雙手，茫然笑一笑，「我之前會回去，表面上是要實現我對白雪的承諾，實際上我只是被罪惡感壓垮而已。我是她的哥哥，如果能夠早點察覺到她的狀況，我就可以去關心她、開解她，但我沒有……一切都是我的輕忽導致。」

「就那件事說來，你其實，也是受害者。」

「不對，我是一個導火線，是令她崩潰的最後一根稻草。所以那時，我決定回去。我對執行製作人的工作一竅不通，好幾次都要惹上大禍，可是我不能退縮，因為這是我唯一能夠為她做的事，如果不這樣做，壓抑在心底的罪惡感就會撲上來。」

「只有聖人，或者傻蛋才會沒有罪惡感，而你顯然不是聖人。然而，笨是你的缺點，但卻也是優點。」

「我就是太笨，才會沒發現這幾年自己只是在做沒有意義的事情。我知道無論我再怎麼努力，白雪都不可能變回以前的模樣，但我只能這樣做，同時祈求白雪真的會放下心中的憎恨……我也沒有想到，我做的事情，只是讓她心中的憎恨越來越強烈。」

「所以，你在害怕？」

「所以，我在害怕。」游諾天老實承認，「一直以來我都以為自己所做的一切都是對她好，無論是小時候對她的照顧、支持她成為超級英雄，抑或是為了了解她的工作而毅然投身超級英雄業界……這一切，我都是為了她，可是到頭來，我只是在多管閒事，並且把事情搞得一團糟。這樣的我，就算擁有力量，還可以做什麼？」

「答案，不是很明顯嗎？」電子世界忽然如此說道。

游諾天完全沒想過會得到這個答案，訝異地睜大雙眼，看著依然平靜的光球。

「……我不明白。」

「你真的是傻蛋嗎？」

「我真的不知道！」游諾天憤然大叫：「我現在回去還可以做什麼？無論我做什麼，她都不會放下心中的憎恨。」

「所以，你就要這樣放任她，讓她繼續錯下去？」電子世界的語氣平淡無奇，游諾天卻倏地一怔，默默凝望著她，「躲在這裡，一直討論沒有答案的問題，輕鬆，自在，偶爾自責，偶爾生氣，比起老實承認自己一直做錯，然後毅然面對，的確輕鬆得多。然而，如果你真的決定留下來，將會錯過撥亂反正的機會。」

「我……什麼都做不了。」

「說謊。你明明知道我在說什麼。人類不能只吃糖果，吃太多，會有糖尿病，而且會蛀牙。所以……」光球的頭頂突然伸出一條手指粗的絲線，慢慢貼近游諾天，「有時候，需要鞭子。」

絲線沒有揮下來，只是輕輕碰觸游諾天的手指，游諾天沒有抗拒，只是看著它纏著指尖，然後攀上手腕——

◆◎◆◎◆◎◆

結束了。

沙暴慢慢地停下，眼前的游諾天已經不復存在，手中握著的東西也隨著沙暴的退散而消失。然而，游白雪仍然伸出手，就像要抓住什麼似的緊緊握著拳頭。

「一切都……完了……」

為什麼會變成這樣呢？是慕容穎所說的「命運」，抑或是游諾天口中的「選擇」？游白雪不知道，反正一切都不重要了。一切都會如同這場沙暴一般，在這個不屬於現實世界的電子世界裡頭消失無蹤。

——就連自己也是一樣……

「糖果與鞭子……才不是妳說的意思。」

猝然一個聲音從前方傳來，游白雪隨即抬起頭，錯愕地瞪大雙眼。

正要四散的沙暴，竟然逆向旋轉，並且在她手邊急速纏繞！

「這是……！」游白雪慌忙想把手抽回來，可是沙子緊緊抓住她的手不放，接著它們逐漸變成一個人形，「他」伸出雙手，牢牢抓住她的手臂。

「不過她說得對，雖然妳是一個任性的妹妹，但這次做得太過分了。」

「怎麼會……你為什麼……」游白雪不敢相信自己的眼睛。沙子不只聚成人形，它們還逐漸染上色彩，屬於人類的膚色填滿了沙子表面。然後，變成了游諾天的樣子。

「不可能！為什麼……我明明已經把你分解了啊！」

「妳被關進精神病院之後，我沒有立即接手HT執行製作人的工作，而是躲進電子世界，躲了足足半年。」游諾天木無表情，聲音亦是異常平靜，不過抓住游白雪的雙手卻如同桎梏，任憑游白雪再用力也不能掙脫。

「半年？這怎麼可能？如果你真的這樣做，身體不可能受得了！」

「妳說得沒錯，當時我差點就要死了。是靜蘭在我躲進電子世界的第三天後發現我，並把我送到醫院。之後我靠著醫院的維生裝置活了半年。」

「我聽你在吹牛！即使你的身體活得了，意識也不可能平安無事！我們不屬於電子世界，只能夠強行入侵，它會一直排斥我們！你怎麼可能——」游白雪猝然停下來。她不是第一次複製電子世界，也不是第一次進入電子世界，甚至說她在這幾年已經好好研究過這種超能力，它能夠做到什麼，又有什麼是不能做的，她一清二楚。

不只如此，因為她本身的超能力「Copycat」一度暴走，所以她複製回來的超能力會比本尊稍強一些，而即使是這樣的她，待在電子世界裡一個星期已經是極限。

除非游諾天超能力暴走了。

「你……」

「妳說得沒錯，電子世界她一直在排斥我，用盡一切方法想趕我走，不過我強行留在這裡，她根本沒有辦法阻止。」游諾天的雙手慢慢加重力道，指頭隨即陷進游白雪的手臂，然後像沙子一般滲入她的體內。

「你要做什麼！」沙子沿著手臂竄上身體，游白雪憤然大聲吆喝，不過她就只能這樣做，無論她又抓又叫，她就是不能收回手臂。

「白雪，妳不屬於這裡。」游諾天彷彿沒聽到妹妹的叫喊，只是抬起頭，用無神的雙眼對著她說道：「即使妳能夠在這裡做出毫無痛苦、毫無煩惱的世界，它們都不屬於妳。睜開眼睛，回到屬於妳的現實吧。」

「不要用這種說教的口吻跟我說話！你明明只是一個什麼都做不了的——」

「對，我什麼都做不了，但我還是要做。」游諾天壓下雙手，雙手當場如爆炸般散開，緊接著

他的身體也應聲粉碎。

「不要！」游白雪的身體也是。她拚命想要抓住游諾天，可是手才剛伸出，它便被一股無形的力量往上拉扯，之後它化成一粒粒結晶，不斷往上空飄散。

「哥哥，我不會放過你，絕對不會放過你！」

游白雪對著漆黑的前方嘶叫。聲音被黑暗吸收，寂靜地消失。

◆◎◆◎◆◎◆

「嗚呀！」游白雪駭然睜大雙眼。她急切地環看四周，和之前一樣，放眼所及都是白色的無機質牆壁，無須碰觸也感到一陣冰冷，可是她現在只感到一股熊熊燃燒的怒火。

「哥哥！」怒吼在房間轟然迴響，撞上牆壁之後便結實打在身上。在這股力量的推動之下，游白雪猛地站起來。

「轟！」

地面隨著巨響震動，只有短短一秒，游白雪沒有理會它，她瞪著充血的雙眼，一把抓起放在桌上的匕首。

「我不會原諒你的！」她一邊大喝，一邊推開房門。

要塞的氣氛明顯變得不同了，但她毫不在意，因為她現在只在意唯一一件事。

「竟然又來妨礙我……我要殺了你，一定要殺了你！」

第九章

下定決心

一股猛烈的衝擊襲身，許筱瑩險些要往前摔倒，幸好這只是短短一秒鐘，她連忙抓緊身邊的牆壁，並趁機吸一口氣。

然後，她不禁在內心抱怨。

——這是哪門子的百分之七十四！

「小姑娘，剛才的氣勢到哪裡了？妳不是要教訓我嗎？」充滿挑釁氣息的話從身後傳來，許筱瑩馬上咬緊牙關，繼續往前方逃跑。

這裡是貝希摩斯底層的引擎室，看著天劍交給她的地圖，許筱瑩成功抵達了，不過早就有人在這裡等待她——身穿白袍，頂著一頭過分整齊灰白頭髮的賈許博士，以及包圍在他身邊的八部四腳無人戰鬥機。

「一直玩捉迷藏是打不倒我的。剛才妳竟然敢說我是自戀的失敗者，我一定會令妳打從心底後悔說出這句話。」

——你根本就是！

無人機從後追趕的聲音馬上要追上來，但許筱瑩還是忍不住在內心回嗆他。賈許博士真的好厲害，竟然可以一個人控制八部無人戰鬥機，而且每一部都擁有頂尖性能，然而，他現在所做的一切竟然只是在向索妮亞報復——也就是說，他只是嫉妒索妮亞！

「這樣的人一直吹噓自己有多厲害，不是自戀的失敗者是什麼！」

「那麼，就讓妳看看失敗者的力量吧。」

許筱瑩眼前的牆壁轟然粉碎，無人機四腳一撐，扁圓身體上的機關槍射出紅光，筆直對準她的眉心。同一時間，從後追趕的無人機也來到了，又一點紅光射出，直指許筱瑩的心臟位置。

兩邊都是厚實的牆壁，在被前後夾攻之下，許筱瑩無處可逃，只能夠握緊手槍，不甘心地屏住呼吸。

「求饒的話，我可以考慮放過妳啊？」

「……你果然是自戀的失敗者，而且是最噁心的那一種！」

許筱瑩憤然大喝，兩部無人機的監視鏡頭隨即閃出紅光，槍管轉動，發出沉重的機器聲音。

「妳竟然還敢這樣說……既然這樣，不要怪我了。」

機關槍掃射！許筱瑩無路可逃，即將當場被打成蜂巢——

「嗡嗡嗡嗡嗡嗡嗡嗡嗡嗡嗡嗡嗡嗡嗡嗡嗡嗡嗡嗡嗡——」

機關槍已經準備就緒，隨時都可以射出子彈，突然一道微弱的尖銳聲音響起，那就像耳鳴一般直刺耳膜，許筱瑩不禁縮起肩膀，然後訝異地抬起頭，「這是……」

無人機的紅外線瞄準器仍然停佇在她身上，許筱瑩不敢隨便亂動，但是她馬上發現無人機的動作有點奇怪，它們本來像隨時要撲出的野獸般拱起身體，可是在聲音響起後，扁圓的身體彷彿洩了氣，支撐著地面的四條鐵臂也悄然放鬆，默默站在原地。

許筱瑩等了好一會，終於小心翼翼踏出腳步。

無人機沒有任何反應。

許筱瑩不知道發生了什麼事情，她馬上猜想這也許是賈許博士的陰謀，但他明明已經把自己逼入絕境，理應不用再耍任何花招……假如這是真的，那麼他現在或許正因為某些原因，所以不能控制這些無人機——

這是打倒他的大好機會！許筱瑩馬上轉身跑回引擎室，果然無人機沒有阻止她，她連忙加快腳步，朝著前方全力奔跑。

◆◎◆◎◆◎◆

「不要！」關銀鈴發出悲鳴，她不能阻止恐怖魔王繼續肆虐。

恐怖魔王漆黑臉上的白色笑容更因此變得萬分狂喜，在龐大的黑色身影跟前，無數的超級英雄

倒下了。胡靜蘭、許筱瑩、藍可儀、暴君恐龍、斷罪之刃、天劍、亞瑟、維多利亞、卡繆……所有英雄無一例外的全部倒下。

四周血流成河，腥臭的氣味濃烈得猶如擁有實體，每個人的身體都扭曲變形，朝著不正常的方向扭轉。關銀鈴的手腳也被折斷了，但恐怖魔王沒有取她性命，只是在她眼前，逐一殘殺地上的超級英雄。

「住手……住手呀！」恐怖魔王抓起失去意識的殭屍少女的身體，抓著她的頭和腳踝，隨意往相反方向扭轉，清脆的斷裂聲音，兒戲得像玩具一樣。

「嘿嘿……哈哈哈……哈哈哈哈！」恐怖魔王丟下殭屍少女斷成兩截的身體，慢慢走回關銀鈴的身邊，「嘿嘿……」

恐怖魔王抓著關銀鈴的頭，他故意放輕力道，不讓她感受到身體的疼痛，只是用那張白色的笑臉對著她冷笑，「妳，真的太弱了。」他吐出黑色的舌頭，輕輕舐著關銀鈴淚流滿面的臉頰。

「所謂的超級英雄，都是一群弱小的垃圾，只懂得依偎在一起，互舐對方的身體，以為這樣子就會高人一等。」

黑色的舌頭粗糙得儼如岩石，關銀鈴覺得自己的臉要被刮開了，鮮血混著眼淚和口水，慢慢滲入她的體內。

「但你們只是一群垃圾，一群沒有任何力量的可憐蟲——」

「才不是！」關銀鈴毅然大喝。

恐怖魔王似乎沒料到她會有這種反應，白色的眼睛眨了眨，慢慢收回舌頭，「妳說，什麼？」

「我們絕不是你口中的垃圾或可憐蟲！我們是超級英雄，是NC的希望，也是NC的勇氣！」

「希望？勇氣？嘿嘿……妳說這種話之前，先看看自己淒慘的樣子吧！」恐怖魔王抓起關銀鈴的右手，隨便往右側扭動。

「嗚呀——！」

「真是動聽的聲音……妳剛才說了什麼嗎？」

恐怖魔王抓起關銀鈴的另一隻手，這次沒有立即扭斷它，只是把它舉在關銀鈴眼前。

關銀鈴壓抑不了身體的顫抖，不過通紅的雙眼依然直瞪著恐怖魔王，堅定地說：「我們不會敗給你這種怪物！」

「事實上你們就是失敗了，是一敗塗地。全城最厲害的超級英雄，最受歡迎的超級英雄，在我眼前根本不堪一擊——」

「你知道現在ＮＣ有多少名超級英雄嗎？」關銀鈴打斷恐怖魔王的話。

恐怖魔王又再一愣，接著冷冷一笑，「妳會知道地球上有多少螞蟻嗎？」

「截至上星期，是五百零二名。」關銀鈴無視恐怖魔王的嘲諷，毅然說下去。

「是啊？那又怎樣？」

「雖然你打倒的都是頂級的超級英雄，不過外面還有接近百倍的超級英雄存在，就算你再厲害也不可能把他們全部打倒！」

「嘿嘿……妳是真心這樣想的嗎？踩死一隻螞蟻，和踩死一百隻螞蟻，沒什麼分別……就像這樣子。」

恐怖魔王輕輕一捏，關銀鈴的左手當場被折斷，她痛得連大叫都做不到，只能張開嘴巴，發出猶如喉嚨被刺穿的尖銳嗓音。

「去陰間和他們團聚吧，然後好好看著我怎樣蹂躪其他人。」

恐怖魔王再次伸出舌頭，舐著關銀鈴斷掉的雙臂。關銀鈴咬緊牙關不讓自己哭出來，可惜她牙咬得再緊，眼淚還是忍不住流出來。

「痛恨自己的無能，後悔為什麼會妄想自己可以改變世界——」

「放開我家的丫頭，怪物。」

「嗡嗡嗡嗡嗡嗡嗡嗡嗡嗡嗡嗡嗡嗡嗡嗡嗡——」

猝然一記尖銳的聲音響起，恐怖魔王的笑臉立即扭曲，他丟下猶如破布般的關銀鈴，仰頭對著天空發出怒吼：「是誰！」

「抱歉，沒有好好保護妳們。」

聲音從腳邊傳來，恐怖魔王馬上低下頭，瞪著這名不速之客。

「……製作人？」關銀鈴不敢置信。

「而且，我需要妳的力量。」

關銀鈴痛得連眼睛也要睜不開，但她還是看得見眼前的男子。他的確是游諾天，無論是整齊筆挺的西裝、那張尖削的臉孔，抑或是那悄悄皺起來的眉頭，所有的特徵都在證明他就是游諾天。不過，關銀鈴總覺得有點不妥。

他的雙眼似乎不是在看著她。

「你，是誰？」恐怖魔王的影子籠罩而下，關銀鈴立刻驚恐地往後退。退後了好幾步，她才猛地回神，然後低頭看著自己的手腳。

本來已經被折斷的手腳，不知何時變得完好無缺。

「丫頭，把力量借給我。」游諾天無視恐怖魔王就在身後，朝著關銀鈴遞出右手。

霎時，關銀鈴不知該怎樣回應，但恐怖魔王因為自己被無視，全身膨脹起來。

「給我……去死！」

巨大的拳頭轟然落下，關銀鈴連驚呼都來不及，只能看著游諾天將被打成肉醬！然而，待塵埃落定之後，游諾天竟然毫髮無損站在原地。

「丫頭，把力量借給我。我只能夠阻止貝希摩斯，但不能阻止慕容穎。」

游諾天突然提到慕容穎，關銀鈴當然一臉不解，不過看著他淡然的臉孔，再看著在他身後逐漸消失的恐怖魔王，關銀鈴不自覺地往前踏出一步，「製作人，這到底是……」

「沒有保護妳們，真的很對不起。所以，至少讓我帶妳回去。」游諾天平靜地說道。

不知為何，關銀鈴總覺得他這番話有點悲傷，就像在道別似的，她心頭一緊，毅然握起游諾天的手，「製作人，我會把力量借給你的。」

一股暖流湧上胸口，緊接著一陣清風吹來，吹散了四周的血腥味。

「所以，請你——」不要露出這種傷心的樣子。關銀鈴沒來得及說出這句話，清風吹散了游諾天的身體，接著那尖銳的「嗡嗡」聲纏上她的耳朵，鑽進她的腦海之中。

然後她睜大雙眼。身體冰冷得就像從冰窖裡頭爬出來，關銀鈴不禁抱緊雙臂，之後她急忙左右張望，便見到斷罪之刃和暴君恐龍也正狼狽地爬起來。

「……真是令人難以置信。」一道老邁的聲音從前方傳來。

說話的人是一名穿著黑色西裝的老年男子。西裝的剪裁很貼身，明顯是量身訂做，而且他的五官整齊，白髮有條不紊地往後梳，看起來就是一名有修養的老紳士。他稍微睜大著雙眼，似乎略顯驚訝。

「竟然能夠打破老夫的『幻覺迷宮』，是你們自己的力量，抑或是……」老紳士把手杖輕輕杵在地上，然後抬起頭看著天花板，「有貴人出手相助呢？」

尖銳的聲音仍然在響，就像在回應老紳士的提問，老紳士淡然一笑，然後低頭看著慢慢站起來的三人，「無論如何，看來情況逆轉了。」

關銀鈴他們其實依然頭昏腦脹，若老紳士這時襲擊過來，他們未必能夠及時反應，不過老紳士悠閒地站在原地，臉上的表情更漸趨平靜。

然而，他身邊的男孩就不同了。

「老翁，你在幹什麼！」這名男孩年紀比關銀鈴他們更小，頂多只有十二、三歲，衣著不算單薄，但從衣袖露出來的指頭瘦得皮包骨，就像一個營養不良的孩子。他見到關銀鈴等人站起來，吃驚程度不亞於老紳士，同時他霍地從懷中取出匕首，「喝呀——！」

「柏迪，不要衝動。」男孩拿著匕首往前衝出，不過還沒走遠，老紳士一手抓住他的衣領，把

他拉回身邊。
「放開我！他們現在還沒清醒，趁現在——」
「如果真的用那種東西分勝負，我們早就可以動手了，再說……」老紳士一臉氣定神閒，看著關銀鈴他們，淡淡笑了一笑，「如果你現在衝過去，將會被那位小姐斬死。」
老紳士瞇起雙眼，舉起頭頂的帽子向斷罪之刃點頭行禮，斷罪之刃馬上皺起眉頭，然後把刀尖舉在眼前。
「……就是你們嗎？」關銀鈴晃了晃身體，甩了甩頭，「剛才用超能力襲擊我們，而且在英雄新星那時候……」
「那是柏迪的超能力，老夫的超能力是製造幻覺。」老紳士直接承認，「我和他一起聯手，理論上是無人能敵的，即使有人想闖進來拯救你們，也會被拖進我們聯手創造的『結界』之中，想不到……他竟然做到了。」
「老翁，放開我！」柏迪不斷扭動身體大叫：「我們不可以讓他們過去！」
「你想怎樣做？要拿著那把匕首衝過去嗎？不要開玩笑了。」
老紳士左手一扭，柏迪立即被摔倒在地，而老紳士趁機奪走他手上的匕首，動作如行雲流水，乾淨俐落。
「為什麼……」關銀鈴看著老紳士手上的匕首，那不是玩具，而是貨真價實的凶器。
「如果你們剛才用這把匕首攻擊我們，我們根本無力反抗……」
「因為，這並非我們的超能力。」老紳士把匕首收進懷中，動作依然乾淨，自然得就像在收起手帕。
「不是你們的超能力？我……不明白。」
「大小姐相信，是命運使然，英雄之石才會來到ＮＣ。」老紳士把手放在胸前，「然後我們會得到什麼樣的力量，一切都是命運。」

關銀鈴不明白老紳士為什麼突然說出這番話，身邊的斷罪之刃和暴君恐龍也是一臉疑惑，但對方只是維持平靜的臉孔，輕輕垂下眼簾。

「我用簡單一點的說法好了。你們因為自己擁有超能力，所以才會去當超級英雄，對嗎？然後你們一直用自己的超能力進行超級英雄的活動。」

「……是的。」

「那麼，如果你們不使用自己的超能力，反而用其他方法進行超級英雄的活動，你們擁有的超能力是否會變得沒有意義呢？」

「這個……」關銀鈴愣愣地望向暴君恐龍和斷罪之刃，二人也輕皺眉頭看過來，接著暴君恐龍點了點頭。

「你的意思是……因為你們擁有這些超能力才會當上壞蛋，所以你們也必須用這些來戰鬥？」

「正是這樣。這是大小姐的想法，雖然她沒有要求我們這樣做，但我希望證明大小姐的想法是正確的。所以，我不會使用其他方法攻擊你們。」

「但你們失敗了。」

「沒錯，我們失敗了。只差最後一步，我就可以摧毀你們的意志，真是太可惜了。」

「既然這樣，你們要讓路給我們嗎？抑或說，你會給我們帶路？」

「後者恕難從命，前者的話，我沒有拒絕的資格。」

老紳士輕輕朝三人低頭鞠躬，接著真的退開身體，柏迪見狀立即跳了起來，「老翁！你是認真的嗎？我們不可以讓他們通過！」

柏迪急得咬牙切齒，他明知道自己不可能攔下三人，但卻依然奮力張開雙手，就像要讓自己看起來更加巨大。然而，他越是張開雙手，越顯得他體格瘦削，宛如一棵在寒風中被吹得前後搖晃的枯樹。

「柏迪，不要丟人現眼。」老紳士輕聲訓斥：「是我們輸了。」

「還沒有！我就站在這裡！如果他們要通過，先砍了我吧！」柏迪朝著三人大喊。

斷罪之刃一聽到這句話，立即果斷地舉起日本刀。柏迪沒有驚慌，反而主動挺身而出，擋在老紳士跟前。

「就算妳砍了我，我也絕對不會讓你們找到大小姐！」

「用你們大小姐的說法，他們會去找她，是因為命運。」突然游諾天的聲音從頭頂傳來，其他人都大吃一驚。

關銀鈴隨即驚喜地抬起頭，「製作人！你沒事吧？」

「我很好。」

游諾天的態度一向以來都是平靜沉穩，但一聽到這句回答，關銀鈴不禁一怔，一絲不安悄悄地湧上心頭。他的語氣聽起來很冷漠，關銀鈴忍不住吞了一口口水。

老紳士趁著這個空檔開口道：「出手幫助他們的人就是你嗎？我從大小姐口中聽過你的事情，但是我們應該早就準備了對付你的武器。」

「我會在這裡，不就說明了結果嗎？」游諾天不答反問。

老紳士沒有生氣，只是慢條斯理地點頭，「說得對，過程怎樣並不重要，重要的是你成功阻止了我們。」

「所以，讓路吧。」游諾天這句話缺乏抑揚頓挫，簡單直接得就像在下達命令。

老紳士終於稍微皺起眉頭，也僅此而已。

「才不會讓給你們！我還可以——」柏迪朝著天花板大叫，但他話未說完，牆壁兩側的白燈忽然閃爍，之後它們就像在指引道路一般，一盞接一盞，規律地閃亮起來。

「丫頭，走吧。」游諾天無視柏迪，逕自對關銀鈴說道。

柏迪立即氣得要撲上去抓住關銀鈴，不過老紳士扣住他的手腕，不讓他隨便亂動。

「游先生，我也一起去！」暴君恐龍搶在關銀鈴之前說道。

沉默片刻，游諾天淡然地說：「不行。我會把她送到最頂層，慕容穎就在那裡。」

「慕容穎？她不就是市長的……不對！既然是最頂層，即是說她就是這場騷動的幕後主使吧！我和功夫少女一起去，更加有可能打倒她！」

「不，你去了只會礙手礙腳。」

游諾天竟然說得如此坦白，暴君恐龍當場一愣，然後臉孔不悅地皺起來，「我的超能力雖然比不上她，但是我絕對不會拖她後腿。」

「如果你跟上去，絕對會拖她的後腿。」

「絕對不會！」暴君恐龍握起關銀鈴的手，「如果你真的是稱職的製作人，不可能看不出她在害怕吧？你怎麼會要她一個人去面對強敵！卓先生說得沒錯，你這個人的腦袋真的有問題！」

「你只是意氣用事。你不知道對方的超能力，但我知道。」

「無論她有什麼超能力，我也——」

「是『毒氣』。」游諾天平靜的語氣，如同冰冷的手指，輕輕抵住暴君恐龍的背部。

「你說……」

「正確來說，她的超能力是『毒』，她可以透過碰觸，也可以利用呼吸，把微量甚至是致命的劇毒傳播到其他人身上。」

游諾天沒有現身，但聽著他的一字一句，彷彿他就站在眼前，暴君恐龍只能聽著不敢回應。

「即使你變身成恐龍，你也不能對毒免疫。只有功夫少女的超能力，才能夠抵抗她的毒氣。這樣你明白了嗎？你跟上去，要不成為什麼都做不了的犧牲者，又或者成為對方威脅功夫少女的絕佳人質。」游諾天每一句話都很平靜，卻有著咄咄逼人的威勢。

暴君恐龍抿緊嘴，不甘心地盯著天花板，「即使如此，也不可以讓功夫少女獨自——」

「……我相信製作人。」關銀鈴突然開口。

暴君恐龍轉頭看她，表情隨即變得更加緊繃，同時加強手的力道，「但妳在害怕，不是嗎？」

「我的確在害怕，不過……」關銀鈴也用力回握暴君恐龍的手，之後毅然放開，「一直以來，製作人所有決定都幫助我們度過了難關……所以，這一次我也相信他。」

關銀鈴笑了一笑，暴君恐龍顯然還想要阻止她，但她搶先搖了搖頭，接著毫不猶豫地轉過身。

她看著逐一閃爍的白光燈，用力深呼吸，「製作人，我只要跟著走就可以了嗎？」

「一直走，妳會見到電梯，我已經取得它的控制權，會把妳送到最頂層。」

「那麼，我現在就——」

「功夫少女，等一等。」

斷罪之刃突然開口，關銀鈴吃了一驚，只見斷罪之刃走到身邊，一雙三白眼凝重地看著她。

「妳要跟去嗎？但妳的超能力也不能抵抗毒氣，所以——」

「不是。」斷罪之刃冷冷地說，眼睛依然緊盯著她不放。「妳，一定要下定決心。」

「……下定決心？」

斷罪之刃沒有接著解釋，她只是從口袋中抓出幾個小東西塞到關銀鈴手中，之後轉身瞪著老紳士和柏迪，刀尖直指二人，「沒錯，妳一定要下定決心。」

塞到手中的竟然是檸檬糖！關銀鈴驚喜地睜大雙眼，但也不忘阻止斷罪之刃，「等等！他們已經不成威脅，沒必要再繼續戰鬥！」

「正如功夫少女所說，我們『現在』已經不成威脅。我不會再攻擊你們。」

老紳士一臉淡然，柏迪則仍然齜牙咧嘴，不過在老紳士的制伏之下，他並沒有繼續向前撲出。

關銀鈴聽不出對方的弦外之音，只是趕緊附和：「所以妳也沒必要再戰鬥了！現在只要——」

「功夫少女妳去吧，這裡交給我。」暴君恐龍突然靠前打斷她的話，「我不會讓她亂來的。」

暴君恐龍神色同樣凝重，關銀鈴誤以為他是擔心她，所以沒有多想，只是對他點了點頭，然後再看了斷罪之刃一眼，便轉身朝白光燈走去。

老紳士沒有食言，即使柏迪不斷在怒吼，但當關銀鈴繞過他們之際，老紳士沒有出手攻擊，甚至對她點頭行禮。

直至她的身影遠去，老紳士才轉回頭，平靜地看著二人，「看來你們都明白了。」

斷罪之刃和暴君恐龍都沒有回答老紳士這句話，只是臉色變得更加凝重，然後老紳士抬起頭看著天花板。

「你也是。雖然那位姑娘說你一直以來都在幫助她們度過難關，但是這一次，你把最困難的選擇推給她。」

「……」

游諾天難得沒有回答，這一記沉默令空氣凝固了，老紳士低下頭，輕輕垂下眼簾。之後，他淡然說出最後一句話：「那麼，她會怎麼做呢？」

◆◎◆◎◆◎◆

跟著白光燈指示一直走，關銀鈴果然找到一部電梯。比起要塞裡其他設施，這部電梯顯得相當平凡，不過看著它雙門大開，恐懼油然而生，總覺得眼前的不只是一部機器，更是一隻在等待獵物上門的白色野獸。

「……沒事的。」她的聲音輕到連自己也幾乎聽不見，她鼓起勇氣，毅然走進去。

「丫頭，對不起。」當大門關上，游諾天的聲音突然從電梯傳出來。

關銀鈴似乎已經把驚訝的情緒用光了，她只是繃緊身體，奮力微笑，「製作人你不用道歉啦，雖然我真的有點害怕……不過剛才要不是製作人出手，我現在還跪在地上吧。」

「我應該要早點出手，幸好趕得及。」

游諾天的聲音和剛才一樣，就像隔著一層玻璃，感覺好遙遠，但也許是關銀鈴的錯覺，在這個不斷攀升的窄小空間裡，他的聲音變得柔和了。

「靜蘭姐、前輩，以及其他人還好嗎？」

「他們都很好，英管局特工所中的超能力已經解除了，所以沒有再和靜蘭繼續戰鬥。筱瑩那邊也是，我干擾了無人機的訊號，她正趁機反擊。」

關銀鈴安心地撫胸，但她緊接著握緊雙手，默默盯著腳邊。

「馬上就要到了。在妳離開之前，我先告訴妳頂層的情況。我已經取得貝希摩斯的控制權，不過頂層是獨立的電腦系統，沒有連上任何網路，所以我能夠做到的事情有限。頂層設置了散布毒氣的裝置，而毒氣的源頭是慕容穎，妳要做的，就是破壞毒氣裝置，如果她反抗，就打倒她。」

「嗯……」

「還有，嚴鐵一的助手蘇菲也在頂層，協助慕容穎操控毒氣裝置。她不是超能力者，所以不會是妳的對手，必要時也要打倒她。」

「啊……」

「妳有話想說，對嗎？」

關銀鈴心不在焉的樣子實在太明顯了，游諾天沒有生氣，仍然用平靜的語氣問著，關銀鈴這才稍微抬起頭，看著仍然緊閉的大門。

「製作人，請問……白雪小姐呢？」

「……」

「是她把你帶到這裡的，她不可能放著你不管，但是——」

「到了。妳可以使用超能力了嗎？」

電梯真的停了下來，可是這沒能成功轉移游諾天逃避話題的事實。關銀鈴抿緊嘴，兩片唇都要抿成一直線，接著她猛地吐一口氣，點了點頭，「馬上就可以了，大概一分鐘。」

「來到這裡之前，妳已經使用過超能力，身體應該很疲累，所以，對不起。」

「製作人，你真的不用道歉啦。」關銀鈴把檸檬糖放進嘴巴，酸味隨即在口中爆發，她藉助這股酸味牽動表情，用力笑道，「你之前每一天都是撐著疲累的身體工作，從來沒有一句怨言，我一直都以這樣的製作人為榜樣，努力做好我應該要做的事。」

一股暖意慢慢從丹田攀上胸口，關銀鈴順著暖流吸進一口氣，再慢慢吁出來。她已經可以發動超能力，不過她沒有立即發動，而是默默等待。

「……」可惜，游諾天依然沉默。

「製作人，我這句話也許很自以為是，但是……就像你一直在背後支持我們，給予我們前進的力量，我、靜蘭姐、前輩，以及可儀，都希望有朝一日能夠立場對調，成為你的力量。」

「我知道。」

「所以……」身體微微顫抖，關銀鈴立即握緊拳頭，稍微突出的指甲陷入掌中，然後金光籠罩全身。

金光耀眼，瞬間照亮四周。

「我去了。」

游諾天沒有回答，只是默默打開電梯的大門。

最頂層和其他樓層明顯不一樣，四周依然是白色，但是空間十分空曠，舉目所及幾乎見不到任何東西，唯一映入眼簾的，只有設置在中央的巨型圓球。

「……就是它嗎？」

黑色的圓球沒有任何動靜，乍看之下它是懸浮在半空，可是仔細一看便能見到它的頭頂和底部各連著一根黑色的圓柱，上面的圓柱越往上升便越寬闊，最後像一個大型吸盤貼住天花板；至於下面的圓柱則恰恰相反，圓柱越往下越寬，宛如一棵大樹的樹幹。

在這黑色大樹跟前站著兩名女性，關銀鈴看到她們，她們也看到她。

對面兩人都沒有緊張的樣子，尤其當中穿著紫色長裙的女性，即使她們之間隔著一定的距離，

關銀鈴也能清楚看到她臉上的微笑。

「……慕容小姐。」

「妳果然來了。」慕容穎一副悠然自在的模樣，彷彿在自家宅院招呼遠道而來的朋友，如果她手邊有茶壺，也許還會主動倒茶。

然而，關銀鈴沒有忘記此行的目的，「製作人把情況告訴我了，雖然我不敢相信……但妳就是這次事件的幕後主使，對嗎？」

「沒錯。」慕容穎笑著點頭，「這次的事件是由我親手策劃，至於之前的ＳＶＴ事件，則是由爸爸主導，我從旁協助。」

市長竟然是敵人的主腦！關銀鈴吃驚地瞪大雙眼，不過她馬上回過神來，然後緊盯著慕容穎和站在她身邊的蘇菲，「我很想問妳原因，不過……現在不是做這種事的時候。在妳身後的就是散布毒氣的裝置嗎？」

「正確來說，它只是一部能製造普通氧氣的裝置，必須配合我的超能力才會變成殺人機器。」

關銀鈴想像過慕容穎在見到自己以後會驚慌失措，她也想過對方或許會全力反抗。可不只是慕容穎，就連蘇菲也似乎沒有半點戰鬥的意圖，她們的態度輕鬆到一個異常的地步，關銀鈴反而因此覺得更緊張。

「也就是說……只要打倒妳，它就只是一個巨大的氧氣筒。」

「正是這樣。那麼……」慕容穎終於踏出腳步，她慢慢向關銀鈴走近，蘇菲緊隨其後，「妳要怎樣做呢？」

她在關銀鈴五步之遙的距離停下來，臉上掛起比剛才更加溫柔的微笑。

「……我要打倒妳。」

雙方的距離如此接近，只要關銀鈴往前衝出，慕容穎肯定連反應都來不及就被打倒。然而，關銀鈴沒有這樣做，甚至忍不住退後一步。

「很合理的結論，不過，嚴格來說妳要怎麼做？」

「咦？」意料之外的問題，關銀鈴隨即一怔，「怎麼做？當然是……」

「英雄打倒壞蛋，在最後關頭及時拯救世界……這是故事的完美結局，不過，在故事當中被英雄打倒的壞蛋，下場是怎樣呢？」

慕容穎瞇起雙眼，因為笑臉的關係，眼睛看起來就像微微彎起，但關銀鈴清楚看到對方緊緊盯著她。

「壞蛋的下場……！」答案已經來到嘴邊，關銀鈴忽然如遭電擊，她猛地停下來，一邊嚥下口水，一邊看著慕容穎。

「現在要打倒我，對妳來說輕而易舉，我也無力反抗，所以我不會做徒勞的掙扎。然而，這就算打倒我了嗎？打倒我，然後交給英管局，再交給法庭審判……嚴鐵一已經不在了，沒有人可以抑制我的超能力，我雖然打不倒妳，但只要我有心，隨時可以殺死其他人。」

「不對，妳……妳不會這樣做的！」關銀鈴慌張地叫道，她知道這句話沒有任何道理可言，但仍然叫出來——與其說是要說服慕容穎，不如說是要說服自己。

然而，慕容穎平靜地粉碎她的希望。

「這正是我現在要做的事。我已經發動超能力，把裝置裡頭的氧氣變成毒氣，但那麼一點量，不足以散布到整個城市，所以我會繼續使用超能力。」

「住手吧，妳這樣做，所有人都會死的！」關銀鈴穩住腳步，並勉強靠前身體，擺出一副隨時準備攻擊的姿勢。

可是慕容穎非但沒有害怕，甚至主動張開雙手，掌心緩緩釋出灰色的煙霧，「不想其他人死，妳只有一個辦法，就是真真正正打倒我。」

煙霧沒有往外擴散，只是在慕容穎的掌心上盤旋。旋轉的速度很慢，最外側的煙霧維持不了形狀，無聲無色地消失，由內側的煙霧取代，然後再消失。

緊接著，空氣裝置發出了轟然巨響。

「轟隆、轟隆、轟隆！」儼如一頭從沉睡之中甦醒的猛獸，正仰望天空發出咆吼。

「住手！」

「妳的超能力是大呼小叫嗎？」慕容穎終於收起笑容，冷漠道：「如果要阻止我，單靠嘴巴是做不到的。」

「我不明白！」只要往前走幾步再伸出右手，馬上可以抓住慕容穎纖細的脖子，但是關銀鈴就是踏不出腳步，彷彿二人之間擋著一道透明牆壁。

「為什麼要這樣做？這種事對妳自己也沒有任何好處呀！」

「妳是因為有好處才當超級英雄嗎？」

「不是！我是為了守護ＮＣ，才會當上超級英雄！」

「那麼妳還在等什麼？站在妳眼前的我，不正是ＮＣ的敵人嗎？」慕容穎張開雙手，不疾不徐地踏出一步，「如果妳是為了守護ＮＣ才當超級英雄，我就是為了毀滅ＮＣ才當上壞蛋。互相矛盾的理念，永遠不可能和平共存。抑或說，妳當超級英雄的決心，就只是這麼微不足道嗎？」

「我……」

「妳一定要下定決心。」

關銀鈴突然想到斷罪之刃說過的話，然後恍然大悟為什麼當時她和暴君恐龍都是一臉的凝重。不，不只是他們。游諾天會突然道歉，也是相同的原因。他們早就猜到慕容穎不會投降，也猜到她就算被抓，仍會繼續使用超能力傷害他人。

「轟隆！」黑色的猛獸再次咆吼，它的身影籠罩而下，把頂層的三人都吞下去。

「我不會停下來的，我的超能力就是為此存在。」慕容穎露出有點扭曲的微笑。

「不對……」

「事實就是這樣。我只能製造對人體有害的毒氣，另外，我更加是一名被動型的超能力者。」

力，哪怕是睡著了或失去意識，他們的超能力都會全天二十四小時強制發動。

「妳明白了嗎？即使妳可以勸服我，我的超能力也不會消失。不過，我希望妳不要誤會，我並非無計可施才當上壞蛋，我只是意識到這是英雄之石給我的命運，並且把這股力量活用到最適當的地方上。所以……」慕容穎凝望著關銀鈴，「妳決定好了嗎？」

空氣裝置就像在催促關銀鈴回答，適時又發出沉重巨響，聲音越來越響亮，宛如泰山壓頂，牢牢壓在三人身上。

關銀鈴抬頭看著它，那黑漆漆的軀體，勾起她好不容易從腦海中丟掉的恐懼，她當場感到指頭發冷，冰冷攀上手腕，蔓延全身。

「轟隆、轟隆、轟隆！」

——快點決定、快點決定、快點決定！

——只能殺掉她了。要真真正正打倒她，除此之外別無他法。

——殺死她一個人，就可以拯救ＮＣ。以一命救百萬性命，而且她都主動坦承自己不會收手，即使殺了她也只是為了要守護ＮＣ，並不是為殺而殺。

——所以、所以、所以……

「喝呀——！」

金光霍地閃耀，接著化成一道閃電往前衝出，慕容穎沒有驚恐，反而滿意地微微一笑。

然而，關銀鈴的目標並不是她。

「轟！」關銀鈴一拳打在圓柱上。圓柱也是由高分子材料製造而成，以血肉之軀本來是不可能打碎的，但她現在正處於超人狀態，而且用盡全身力氣，如炮彈一般直接撞上去，圓柱上隨即冒出龜裂，然後應聲粉碎。

失去了底部圓柱的支撐，上面的圓柱並不能獨自抓緊黑球，黑球在半空搖搖欲墜，幾秒之後轟

然墜落到地上！

「喝！」

當黑球馬上要掉到地面之際，關銀鈴沉下身體，朝著自身上方的黑球揮出她有如渾身解數般的一拳！她被黑球壓得整個人往下沉，腳下的地板幾乎粉碎，不過在被壓扁前，黑球也像地板一般表面冒出無數裂痕，接著粉碎。

黑色的碎片沒有往外四散，只是像暴雨一般灑落在地。碎片在地上彈跳，其中幾片彈到慕容穎的腳邊，她挑起眉頭，然後抬起頭看著暴雨的中心。

「……我不會殺妳的。」黑色暴雨結束之後，關銀鈴身上的衣服破爛不堪，不過身上的金光依舊耀眼。

「我不會停手的。」

「我知道，但我絕對不會殺妳！因為妳不會是NC最後的邪惡！」關銀鈴踏過碎片的殘骸，來到慕容穎的眼前。

「啊？」慕容穎瞇起雙眼，「妳是什麼意思？」

「我雖然不聰明，但我也知道，經歷過這些事件之後，NC不會再像這十年來這麼和平，之後肯定會有更多人犯罪，當中也一定會有超能力者……如果我現在殺了妳，那麼將來我很可能被迫殺更多的人。」關銀鈴咬著下唇，難過地看著慕容穎，「所以，我不會殺妳。我知道妳很危險，但我就是下不了手！我會親手打倒妳，然後親自把妳帶到英管局，之後法庭審判、押送妳到監獄時，我也會親自帶妳去！必要時我可以親自看守妳！」

關銀鈴雖然沒有哭泣，但聲音聽起來就像在哽咽。

慕容穎迎望她通紅的眼睛，默默想了一會。

「妳這孩子，真的太天真了。」慕容穎搖了搖頭，但同時她輕輕一笑，既像失望，又像有點高興，「妳說得沒錯，NC將不能再歌舞昇平。在這混亂的當下，很多人都不會再壓抑心底的欲望。

妳現在不殺我，不代表將來妳可以一直逃避。」

「如果現在殺了妳，我將來一定會後悔。」

「也許妳之後就會因為不殺我而後悔……！」慕容穎淡然輕笑，忽然她喉頭一甜，霍地吐出一口鮮血！

「……咦？」

明明事情來得這麼突然，慕容穎更立即掩著嘴巴跪下來，在她身邊的蘇菲卻不當一回事，仍然冷靜地站在她的身邊。

不只是蘇菲，就連身為當事人的慕容穎也只是看著染血的手掌，輕鬆地搖搖頭。

幾秒之後，關銀鈴終於回過神來，「妳怎麼了！」

她想扶起慕容穎，慕容穎卻率先搖頭拒絕，然後靠自己的力氣站起來。

「沒什麼大不了……只是超能力的副作用而已。」

「……副作用？」

「正如妳過度使用超能力時身體會累倒，我長時間不停地使用超能力，身體當然也受不了。」

「等、等等，難道……」關銀鈴忽然靈機一動，錯愕地看著慕容穎，「妳的身體，對妳自己的超能力……」

「有一定程度的免疫，不過，看來已經到極限了。」慕容穎嫣然一笑，接著再吐出一口血，蘇菲這次終於有反應，在她跌倒前及時扶住她，「再過一會，我就要死了。」

只是短短幾秒鐘，慕容穎的臉色已經變得和周遭的牆壁一樣蒼白，話也是有氣無力，不過臉上的笑容不變，雙眼依然筆直地看著關銀鈴，「回去吧。妳破壞了空氣裝置，我已經不能把毒氣散布到其他地方……所以，這一次妳成功了。」

「慕容小姐，現在可能還來得及，跟我一起回去吧！」關銀鈴不顧慕容穎反對，一手抓起她的手腕。

慕容穎沒有力氣撥開她，只是笑著搖頭，「不可能的，我的身體早已經是千瘡百孔，即使接受治療，連苟延殘喘也做不到。」

「但是——」

「而且，即使妳不願意殺我這個壞蛋，超級英雄也不應該對壞蛋心生憐憫，這樣無論對妳，抑或對我來說都是一種侮辱。接受自己的勝利，然後回去吧……雖然，我不是最後的敵人。」

關銀鈴不明白慕容穎的意思，但就在下一刻，她驀然明白了。

有一個人應該待在這個要塞裡，不過一直沒有現身，而且游諾天剛才也故意避開她的話題。

「……白雪小姐嗎？」

「她應該正在找她那位親愛的哥哥。」慕容穎淡然說道。

「她那份執著的愛，連我也自嘆不如，也正因如此，她或許是我比更加邪惡的存在。所以，如果妳真的下定了不殺的決心……」慕容穎終於推開關銀鈴，接著在蘇菲的攙扶之下，轉身看著電梯的大門，「就試著去阻止她吧。」

◆◎◆◎◆◎◆

「哥哥，我一定會當上超級英雄！」

「到時候，哥哥一定要當我的頭號粉絲啊！我會給哥哥特等席的！」

「哥哥永遠是我的哥哥，就算我將來當上大明星，我也絕對不會忘記哥哥！」

「我不會忘記，一直以來都是哥哥照顧我、關心我。」

「如果沒有哥哥，就沒有現在的我。」

「哥哥！為什麼？」游白雪的怒吼和腳步聲在通道上迴響，她每走一步，手上的匕首便閃出刺眼的白光，「你明明說過會一直待在我的身邊！明明說過會一直支持我的！為什麼？為什麼現在你要反悔！」

她激動地揮著右手，彷彿要把眼前的空氣大卸八塊，「你為什麼也去當超級英雄？你是想要嘲笑我嗎？是想要諷刺我根本沒有當超級英雄的才能嗎？你有聽到吧？回答我！」

游白雪對著天花板聲嘶力竭地大吼，可是得不到任何回應，她咬緊牙關，咬破嘴角。

「不回答我嗎？那麼我就來找你！你夠膽就一輩子躲在電子世界！」

游白雪繼續往前走。她知道游諾天被關在哪裡，只要一直往前走就會找到他，而那個房間的大門是使用舊式的手動門鎖，即使他能夠控制整個貝希摩斯的系統，也不能阻止她進入房間。

到時候，他絕對無力反抗。

「我要殺了你！一定要！你就在電子世界變成幽靈吧！」

大門就在眼前，游白雪一手抓住門把，就像要把它扭斷似的用力旋轉。

一圈、兩圈、三圈。

轉動三圈之後，大門傳來一記清脆的聲音，游白雪臉上立即掛上猙獰的笑容。

「哥哥，你逃不掉了。」大門相當厚重，但是游白雪不當一回事，她幾乎要撲進去似的推著大門，直至大門打開了一道縫隙，她迫不及待要擠進去。

「住手！」急促的腳步聲快速接近，游白雪來不及反應，關銀鈴已經搶先衝到她的身邊，並且把她撲倒在地。

「妳這傢伙！」游白雪奮力想要推開關銀鈴，但關銀鈴正在使用超能力，她根本無力反抗，只能睜大通紅的雙眼，用盡力氣吼叫：「放開我！」

關銀鈴把游白雪的雙手壓在兩旁，而為了避免對方在掙扎當中誤傷自己，她跨坐在對方腰上，封住對方雙腳的動作。

「白雪小姐，請醒一醒吧！我認識的複製小貓，絕對不是這種內心充滿怨恨的人！」

「嘿，妳認識的複製小貓？妳當自己是什麼人啊？連靜蘭姐和哥哥都不敢說這種自大的話，妳

憑什麼這樣說？」

「我知道自己沒資格，但妳以前明明是一個努力的人，面對任何事情都不會退縮！」

「那又怎樣？就算我一直努力，就算我失敗了以後還一直拚命振作，最後我得到什麼？我一直都想當超級英雄，每一天每一刻都想著要怎樣做才能做到更好，但所有人都看不起我！他們竟然敢說，如果世上沒有其他超級英雄，我只是一個隨處可見的普通女孩！」

「這些只是不知道我們有多努力的人不負責任的批評！如果要反擊他們，我們應該要更加努力做出更好的表演，而不是像這樣子遷怒其他人！」

「我呸！」游白雪猛地吐出一口口水在關銀鈴的臉上，「更加努力做出更好的表演？說得真是偉大！妳有這麼強大的超能力，當然可以說這種漂亮話！如果妳和我一樣，都必須寄生在他人的超能力之下，妳還能夠說這種話嗎？」

「這不是超能力的問題，而是決心的問題！」

「嘿，我就說，妳有這種強大的超能力——唔！」

游白雪本來一臉冷笑，冷不防關銀鈴突然低下頭，主動吻上了她。

「唔唔……噗！妳、妳在做什麼？」游白雪猛地推開關銀鈴，一邊擦嘴，一邊奮力爬起叫道。

被推到一旁的關銀鈴同樣一臉尷尬，臉紅得就像要爆炸了，不過她依然筆直地看著游白雪。

「這樣子，我們就擁有相同的超能力了。但就算擁有相同的超能力，我也不會敗給妳。」

「……妳說什麼？」

「因為當不了超級英雄而跑去當壞蛋，當壞蛋之後又忘不了當超級英雄的事情，妳根本就是在逃避，這樣的妳才不可能打倒我！」

關銀鈴邊說邊緩緩移動位置，直到大門跟前才停住，雖然她臉頰漲紅，但眼神堅定；而游白雪瞪著她，身體忍不住顫抖了。

「妳還真敢說……妳忘了自己為什麼穿著這身病人的衣服嗎？」

「我沒有忘記，所以我才更加要說，白雪小姐妳只是在逃避！妳的超能力明明這麼厲害，卻一直在自怨自艾、遷怒他人！像妳這樣，當然不可能成功！」

「……我沒有回應，妳就越說越興奮呢……」游白雪的臉頰就像在抽搐，嘴角不斷往上勾起，但一直掛不起笑容，之後她索性放棄，任由身體不斷顫抖，接著她的身體閃出金光，「既然妳主動把超能力送給我，我就不客氣了！」

二人之間只有三步之遙，完全沒有奔跑加速的空間，但游白雪右腳一蹬，整個人已竄入關銀鈴懷中，同時一記刺拳快疾無影，剎那之間已來到關銀鈴眼前！

游白雪沒有手下留情，這一拳用盡了全身力氣，關銀鈴理應來不及反應，可就在關銀鈴要被拳頭打中之際，她竟然搶先抓住游白雪的手腕，然後順勢抬起對方，來一記沉重的過肩摔！

游白雪及時做好受身，不過落地的衝擊還是傳遍全身，她忍住疼痛沒叫出聲來，接著她趁關銀鈴來不及收回手，強硬地要把關銀鈴拉到地上。關銀鈴因此沒有站穩腳步，被游白雪拖到地上，游白雪沒有錯過大好機會，立即把關銀鈴的右手臂抓到身上，然後用雙腳夾住對方的脖子和胸口，施展十字固定。

「唔──！」

「看我折斷妳這條手臂！」游白雪扣住關銀鈴的大拇指，迫使她的手掌虎口向上，同時雙腿朝她的肩膀夾緊，接著不斷施力，拚命想要撕斷她的肌肉韌帶。

「白雪小姐……妳連這種招式也懂，果然好厲害……」關銀鈴左手拍著地面，如果是點到即止的對決，游白雪會放開對方，但是她現在繼續施壓，完全不打算放手。

「現在後悔太遲了，像妳這種小丫頭，竟然敢大言不慚──」

「但就是因為妳這麼厲害，我更加不明白！」

關銀鈴全身蓄勁，游白雪當然沒有放開對方，然而她頓時感到一陣搖晃，當場一慌，趕忙加強手上力道，不過就在下一刻，關銀鈴把她整個人舉了起來！

「怎麼會……」

「如果妳堅持下去，明明可以當一個成功的超級英雄呀！」關銀鈴的右臂其實痛得不得了，隨時折斷都不奇怪，但她忍住疼痛，用空出來的左手抓住游白雪的右腳。

關銀鈴竟然可以在那種姿勢之下把她舉起來，游白雪早就動搖了，右腳被突然抓住，她馬上忍不住放開手，被關銀鈴摔到地上。

「區區一個黃毛丫頭，妳竟然敢……！」游白雪完全失控，她撲向關銀鈴，瘋狂地拳打腳踢。對方的拳影密集得幾乎看不到空隙，踢擊更是毫不留情，即使她及時擋住，骨頭也像是要碎裂般傳來劇痛。然而，關銀鈴沒有退縮，面對游白雪瘋狂的進攻，她拚命擋下來，偶爾有漏網之魚打在身上，她也立即揮拳反擊。

「妳……」

「白雪小姐，住手吧……」

經過一番混戰之後，二人身上都有多處掛彩，而且氣喘連連，游白雪想要揪住關銀鈴的衣領，但先被對方抓住了。

「妳根本……不想做這些事情啊……」

「我想做什麼……妳懂個屁！」

游白雪直接用頭撞向關銀鈴的大額頭，關銀鈴來不及閃避被撞得眼冒金星，踉蹌地退後兩步。

「妳這種只會橫衝直撞的笨蛋，怎會知道我的——！」游白雪趁機想要揪住關銀鈴，但甫伸出手，她突然感到全身乏力，腳下更是當場一滑，狼狽地跪倒在地。

「這是怎麼……」

「白雪小姐，妳真的好厲害，妳今天一整天都在使用超能力吧？如果是我，早就累倒了……」

關銀鈴抓著門把站起來，可是還未站穩，雙腳馬上軟倒，然後她靠在門前，短促地深呼吸，「所以我真的不明白……為什麼……妳要自怨自艾？」

「妳這丫頭，不要妄想教訓我……」游白雪感覺到超能力仍然在發動，可是無論她如何努力，她就是站不起來，而且力氣就像被什麼東西吸出體外，她只能夠抓緊地面，不讓自己倒下去。

「我沒有想過要教訓妳，但是……嗚哇！」

大門忽然往內打開，關銀鈴險些就要往後栽倒在地上，幸好在這之前，一雙臂彎輕輕抱住她。

「抱歉。」

低沉而充滿磁性的聲音在耳邊響起，關銀鈴立即驚喜地抬起頭，果然游諾天的臉孔就在眼前。

「製作人！」

「……哥哥……」游白雪也瞪大雙眼，可是和關銀鈴驚喜的眼神相比，她射出來的視線只有怨恨和生氣，她使盡九牛二虎之力，從地上撐起身體。

關銀鈴見狀立即想要擋在她的身前，不過剛才一放鬆，身體便被疲勞感整個抓住，她只能夠撐起上半身，奮力張開雙手，「我不會讓妳——」

「妳做得很好，接下來交給我吧。」游諾天輕輕拍著關銀鈴的頭，之後不待她反應便站起來，慢慢走近游白雪。

「嘿……哥哥你終於出來了呢……」游白雪臉色蒼白地笑著說：「我還以為……你要一直躲在電子世界……」

「因為，我還有必須做的事情。」游諾天平靜地回答。

游白雪立即皺起眉頭，疑惑地看著他，「你……」

游白雪其實連呼吸也覺得困難，所以她最初以為是自己的錯覺，但仔細一看，她便肯定自己沒有看錯。游諾天雖然看著她，但也不是看著她，「哥哥，難道你……」

「啪！」話未說完，游諾天突然舉起右手摑向游白雪。力道雖然不重，但游白雪本來已經站不穩，被這樣一摑，她隨即被打倒在地。她仍然是超人狀態，理應不會就這樣感到疼痛，但按著臉頰的時候，她卻覺得臉頰如火燒般滾燙。

「哥哥……你竟然打我？你以前，從來沒有這樣做……」

「三年前我就應該這樣做。」游諾天低下頭，冰霜般的眼神直望著妹妹，「如果我有這樣做，也許妳就會知道自己真的做錯了。」

游諾天再次舉起右手，手掌心對準游白雪的臉頰，游白雪立即縮起身體，她忍不住閉起雙眼，不敢看著游諾天摑下來。

然而，游諾天沒有這樣做。因為在他動手之前，他忽然像一具斷線的木偶，維持著高舉右手的姿勢往旁倒下。

關銀鈴和游白雪都不知道發生了什麼事，她們只能看著游諾天倒在地上動也不動。

「哥哥……？」

游白雪依然不敢動，她輕聲叫著游諾天，但游諾天完全沒有半點反應，他只是睜大雙眼，盯著前方。在他的瞳孔上，所有東西都不見了，只剩下無窮無盡的黑暗。

「哥哥、哥哥！」

游白雪跑到游諾天的身邊抱起他，可惜無論她再用力搖晃，游諾天都只是睜著雙眼，看著一片虛無。

終　章

兩年之後

穿著盔甲的公牛在馬路上橫衝直撞！

看著眼前暴走的黑色小型貨車，實在很難不這樣想，不只是擋在它跟前的倒楣鬼，就連安分停在路邊的汽車都遭到它猛烈的撞擊，幸運的車子只被刮出裂痕或遭撞凹，不幸的車子則被撞得騰空翻轉，然後摔在地上變廢鐵。

「閃開閃開閃開！」

一名圍著紅色圍巾的年輕男子把身體探出車窗，對著天空連開幾槍，路人被嚇得雞飛狗跳，男子被逗樂了，又再連開幾槍。

「白痴！子彈很貴的，不要亂開槍！」

坐在他旁邊的司機大聲喝止，年輕男子聳了聳肩，帶著依然興奮的神情坐回車裡。

「才幾發子彈，不要這麼斤斤計較嘛。」

「你剛才已經浪費了很多子彈吧！還有，給我關好窗！我不想被人從外面狙擊！」

「你想太多了，你知道我們現在有多快嗎？正常人才不可能狙擊我們啦。」

「我不怕正常人，但我怕那些怪咖！」

司機激動得滿臉通紅，再加上車速極快，如果不仔細看肯定會以為他根本沒有看清楚路——事實上他也真的沒看清楚，不過雙手的動作沒有半點猶豫，每到轉彎的位置就會往相應的方向扭動，以免貨車直接衝上人行道。

「嘖，我們有人質，怕什麼？」

年輕男子把步槍的槍口往後一指，一名躲在車廂後側、蜷縮身體的女孩子驚呼一聲，然後抱緊肩膀低頭啜泣。

「總之給我關好窗！」

又穿過一個彎角，外面再次傳來驚叫，年輕男子嘴角一揚，之後才笑著關上車窗。

「好了，不要這麼緊張嘛，想一些開心的事情吧！這裡有三百萬，是三百萬啊！拿去外面滾一滾，隨時會翻倍呢！」

「你說得輕鬆！我們首先要避風頭，不可以讓管理局找到我們！」

「放心啦，管理局還不是一群垃圾？」年輕男子隨意把步槍擱在身上，往後靠著椅子，要不是前座的空間比較狹窄，他甚至想要把雙腳擱在車窗上，「今時不同往日，他們敢找上來，就準備收屍吧。」

男子從口袋中取出一包香菸，輕鬆自在地從褲袋拿出打火機。就在這時，一道金光在貨車旁邊掠過。那實在太快了，而且男子根本沒有留心車外的情況，所以他沒有察覺。

「轟！」

一道強烈的衝擊突然從前方壓來，男子當場甩飛了手上的打火機，他還沒能反應過來，接著驚恐地察覺到車子被人抬了起來！

「這是——！」

車頭筆直指著天空，司機不斷踩下油門，想要強行壓下車子輾過前方的人，不過車胎只能徒勞地打滾，年輕男子二話不說，推開車門就跳到路上。

「哪來的混蛋！」男子還沒有看清楚對方的樣子，舉槍後馬上開槍！子彈結實打在對方身上，男子又開了幾槍，「想當英雄？去死吧——」

「嗖——！」就在他第三次要扣下扳機之際，忽然一發子彈從正面彈了回來刷過男子臉頰，劃出一道血痕。

「咦？怎麼……」男子抹著臉頰，然後看著手上的鮮血。他沒有害怕，只是疑惑地皺起眉頭。

「你們束手就擒吧！」

好大的額頭！男子終於看清楚對方的樣子，她是一名女孩子，身上穿著黃色的運動衫和戴著黃銅色的面具，瀏海往上梳起，露出光滑的大額頭。

男子記得她，她是——

「我是超級英雄功夫少女，不會讓你們搗亂NC的和平！」

「果然是妳！」

男子大叫之際，功夫少女——關銀鈴霍地丟下車子，瞬間「轟！」的一聲猛烈巨響令男子稍微一怔，而就在這短短一剎那，關銀鈴已經闖入男子的懷中，朝著他的腹部結實打上一拳！

「妳——！」男子在倒地之前憤恨地瞪大雙眼，但來不及開口就倒下了。

關銀鈴一手扯開貨車的車門，大聲道：「好了，你也立即……咦？」她肯定貨車裡頭還有另外一個罪犯，但眼前的駕駛座卻空無一人，「為什麼——」

「給我滾開！」一聲吆喝從身邊傳來。

關銀鈴猛地回神，便見到司機怒髮衝冠，抓著一名女孩子站在眼前。雖然剛才只是透過車窗一瞥，但關銀鈴記得司機明明看起來沒什麼特別，然而現在的司機絕對不能用「普通」來形容。黃褐色的瞳孔、藍色的皮膚，以及黑色的尖銳指甲，毫無疑問是一隻藍色異形，而且他黑色的指甲正抵著女孩的咽喉，指尖處刺出一點血珠。

「原來你也是超能力者嗎？」關銀鈴稍顯吃驚。

司機隨即冷笑一聲，然後再次大喝：「滾開！如果妳敢亂來，我就殺了她！」

對方的超能力似乎是變形，變形之後會不會有額外的超能力呢？例如五官變得敏銳，又或者能夠從身上釋出電流？僅從外貌來看實在難以猜測他真正的超能力，所以關銀鈴不敢輕舉妄動，慢慢往後退一步，「你逃不掉的，放她走吧。」

「再吵我就殺了她！給我滾！」司機激動歸激動，雙手倒是沒有離開女孩的脖子。

關銀鈴有信心制伏他，可是她不敢保證能夠搶在司機傷害女孩之前阻止他。所以，她決定什麼都不做，「好，你不要激動，我現在就讓路給你。」

「快點！」司機終於放開右手，但左手仍然抓緊女孩，於是關銀鈴慢慢退後。

「不要玩花樣！立即——」

「嗖——！」

一記破風聲忽然從後傳來，司機馬上轉過身，不過他什麼都沒看到，只感覺到有什麼東西打在背上。接著他感到一陣暈眩。

「可、惡……」司機想用最後一口氣捏斷女孩脖子，可是才剛用力，他便眼前一黑昏倒過去。

女孩驚魂未定，仍然待在原地不停顫抖著，關銀鈴立即跑到她的身邊，輕輕把她抱入懷中。

「放心，沒事了，壞人都被打倒了——」

「不要碰我！」

女孩忽然用力推開關銀鈴，關銀鈴當然紋風不動，倒是女孩自己往後跌倒。關銀鈴怔了一怔，接著想要扶起女孩，可女孩非但不領情，更一邊尖叫，一邊轉身逃跑。

這種事早已見怪不怪，但看著女孩遠去的背影，關銀鈴不禁苦笑。

「……還好嗎？」

許筱瑩的聲音適時從耳機傳來，關銀鈴搔著臉頰輕聲地說：「還好，畢竟不是第一次了呢。」

女孩的背影終於在眼前消失，關銀鈴用許筱瑩察覺不到的聲音嘆息一聲，接著環看四周。

兩年前，每當有超級英雄打倒罪犯，雖然明知這種事是違反超級英雄法案，但是市民都會熱烈地鼓掌歡呼，讚揚他們的英勇行為。而現在，除了汽車的警報聲外，關銀鈴聽不見任何聲音，也看不到任何人影。

「總之妳做得很好，不過下次要小心一點，剛才差點要傷到人質了。」

「嗯……」一陣微風徐徐吹來，關銀鈴隨即掩著耳邊的髮絲，然後用力深呼吸，「下次我會小心的！靜蘭姐和可儀那邊還好嗎？」

「那邊暫時很和平，希望之後也沒什麼事發生。說起來，她剛才問我們今晚要不要一起吃飯，我已經答應了。」

「今晚啊……等等，前輩妳不是要和凌大哥約會嗎？」

「所以我會帶他一起去。」

「咦！等等等等！難、難不成前輩妳有重要事情宣布？例如要結婚之類的——」

「才不是。」許筱瑩用力地嘆一口氣，「妳該不會忘了今天是什麼日子吧？」

許筱瑩說得輕描淡寫，可關銀鈴其實早就察覺到對方壓低了聲音，不過她故意裝作沒留意，也用平靜的語氣回答：「我沒有忘記啦。」

「唔……」

「所以，妳要我怎樣拒絕？靜蘭姐一直都裝作沒事的樣子，但這一天……」許筱瑩停了下來，又嘆一口氣，「而且赤月小姐也會來，我更加不好意思拒絕吧。」

「那麼妳呢？約了肌肉笨蛋嗎？」

「沒有啦！還有不要叫他肌肉笨蛋啦，他雖然滿身肌肉，但並不笨呀。」

「是是，那我轉告靜蘭姐說妳也會去。」

聽到許筱瑩的回答，關銀鈴不太高興地鼓起臉頰，不過她很快收拾心情，抬頭仰望著藍天白雲說：「前輩，妳待會有空嗎？」

「……我要回去孤兒院，跟院長報個平安，順便探望那群野孩子。」

「這樣啊……」

「代我向他問好。」

「嗯。」關銀鈴點了點頭，再談了幾句話之後便切斷通訊。

今天她巡邏的時間結束了，如果是其他的日子，她很樂意再巡邏一下，不過待會還要去一個地方，所以她連忙拍打臉頰，用力深吸一口氣，就像要把陽光吸進體內。之後她再一次拍打臉頰，並朝著前方踏出腳步。

◆◎◆◎◆◎◆

關銀鈴的目的地是東區私立醫院，這兩年來她已經來過這裡很多次了，但她就是不能習慣醫院獨有的消毒藥水氣味。

向櫃檯人員打過招呼之後，她進入再熟悉不過的電梯，然後來到同樣熟悉的第十三樓。然而，來到病房的門前，她見到一個意外的身影。對方穿著夏威夷襯衫和短褲，怎樣看都不可能是醫務人員，而且他還不管醫院禁菸的規定，逕自靠在窗邊吞雲吐霧。

關銀鈴認得他，也記得每次見到他的時候，他總是在抽菸。

「游大哥，醫院是禁菸的。」

游傲天似乎沒有察覺到關銀鈴，他霍地回神，然後對著她輕聲微笑，「妳來了啊？」

「不要想敷衍我。」關銀鈴指著游傲天手中的香菸，勸誡道：「假如又被人發現，這次不是罰款就能了事啊。」

「知道了知道了，幾個月沒見，妳變成一個小管家婆呢。」游傲天一邊苦笑，一邊把香菸塞進攜帶式菸灰缸，「再過幾年，妳就要變成第二個靜蘭了。」

「靜蘭姐是一個好女人，我一直都以她為榜樣。」

「暴君恐龍真慘呢，交了一個愛管家的女友，晚上想高興一下也不行吧。」

「才不是！他比你正經多了！」

關銀鈴氣得大叫出來，游傲天隨即聳了聳肩，然後從懷中取出一包巧克力。

「不能抽菸，唯有吃這些甜死人的東西了。」游傲天把其中一片放進嘴巴，還沒吞下去便立即皺起眉頭，接著把包裝遞給關銀鈴，「要吃嗎？」

「我要，多謝。」

「不錯呢，竟然懂得道謝。」

「哼，這是基本的禮貌。」關銀鈴把巧克力放進嘴巴。她不像游傲天那樣皺起眉頭，可是當甜

味在口腔擴散之際，她卻悄然垂下眼簾。

她背靠窗戶，看著眼前的病房大門，「那個，你是剛來，還是已經……」

「我見過那笨小子了，他還在睡呢。」

「嗯……」

「真是的，大哥我專程來，他竟然還一直睡覺，太不給面子了，明明以前都懂得尊敬我。」

「游大哥，你……」

「不過我也沒資格說他吧，第一次就算了，但這次已經是第二次，我依然什麼都做不到……難怪白雪自小一直不喜歡我。」

「這不是游大哥的錯，赤月姐姐曾經跟我說過，因為有你一直默默支持製作人他們，他們才能夠過安穩的生活，而且——」

關銀鈴話未說完，游傲天的大手忽然按著她的頭頂，然後笑了一笑。

「我當然知道，我只是……有點不甘心吧？這小子真的很尊敬和感激我，所以一直以來都不想成為我的負擔，於是無論發生什麼事都一個人扛在肩上……妳還記得我們第一次合作嗎？」

「你是說ＬＴ拍泳裝照那一次嗎？」

「那是他當上執行製作人後第一次主動打給我，而且還拜託我穿針引線。我真的很高興，因為他總算找我幫忙了，所以當時我用盡一切辦法，甚至要跪下來求主編，也要設法把妳們加進去。」

「咦？但之前你們明明說——」

「現在也是一樣。」游傲天打斷關銀鈴的話，笑著說下去：「雖然他沒有親口拜託我，但如果妳們有什麼需要，隨時找我吧，我會暫時代替這小子照顧妳們的。」

游傲天說完後便繞過關銀鈴往前走，關銀鈴想要叫住他，但最後她只是對著他的背影說：「游大哥，下次見！」

游傲天頭也不回，只是舉起手輕鬆道別。

關銀鈴轉身望著病房大門，她沒有立即走進去，在原地深呼吸好幾次之後，才毅然推門進入。

陽光透過窗簾灑進病房，今天的太陽其實很猛烈，不過躺在病床上的游諾天彷彿沒有察覺，仍然默默閉著雙眼，均勻地輕聲呼吸。

就像游傲天所說，他「睡著」了。

「製作人，我又來了。」

關銀鈴奮力笑出來，之後走到床邊坐下。她輕輕握起游諾天的手，跟以前比起來，現在游諾天消瘦多了，膚色也顯得蒼白，看著他這個樣子，她不禁垂目，但仍然維持微笑。

「我剛才見到游大哥了，他又無視醫院的規定隨便抽菸，而且看起來一點悔意都沒有，下次我一定要帶靜蘭姐來好好教訓他。」

游諾天沒有回答，就連一點反應都沒有，依然安靜地躺在床上。

「今天我和前輩也到街上巡邏。現在ＮＣ真的很混亂，雖然比起兩年前是安定多了，但很多人都跑出來搗亂，剛才我就遇上一宗搶劫案呢……啊！說起來，以前也發生過這種事，當時我拚命請求你給我面試的機會，之後我們去了面具工廠，回去的時候遇到一輛被劫走的運鈔車，然後我出手截住它。製作人你一定還記得吧？那是我成為超級英雄的第一個實績呢。」

關銀鈴加強了雙手的力道，把游諾天的手掌包在掌心之中，「然後發生了很多事，ＬＴ泳裝拍攝、夏日美食節、英雄新星、超級英雄嘉年華、電視臺拍攝，還有ＳＶＴ……回想起來，這些事都是在兩年間不斷地發生，這樣說的話，這四年內我們其實都過得很充實呢。」

關銀鈴望著游諾天，沉默好一會，「……今晚靜蘭姐叫了大家一起吃飯，赤月姐姐也會來。對了對了！有件事製作人你聽到後一定會大吃一驚，有人要追求赤月姐姐！那個人是新加入《英雄Future》的見習記者，比赤月姐姐年輕幾歲，不過正因為這樣，他的追求攻勢很猛烈！赤月姐姐覺得很煩，而且聲稱拒絕過對方好幾次了，只是對方一直不放棄。所以，要是製作人你不儘快醒過來，赤月姐姐很可能會被搶走呀！」

「嗶——嗶——！」

顯示游諾天心跳監測器有一剎那似乎真的有了急遽變化，不過當關銀鈴驚喜地看過去的時候，它又再度變回平靜。

關銀鈴難掩失望之情，她再次深呼吸，然後放輕聲音：「還有一件事，是關於白雪小姐的。」

「嗶——嗶——」

「她再一次拒絕卡迪雅小姐的邀請，執意待在監獄裡面。」

「哥哥，為什麼！」

「你明明不需要這樣做的！我……我不想你變成這樣啊！」

「而且她拒絕跟任何人會面，靜蘭姐嘗試要見她，也被拒絕了，唯有卡迪雅小姐才能夠強硬地把她拖出來，所以……」關銀鈴用力吸一口氣，「製作人你快點醒來吧，大家都在等你呢。如果你擔心NC太過混亂，請你放心，我們一定會全力保護它的。」

關銀鈴嫣然一笑，並在游諾天手背上輕輕一吻，「我先回去了。我們今晚約在HT事務所，如果你醒來了，一定要趕來呀。」

關銀鈴說完後便站起來，在離開之前她忍不住轉頭凝視游諾天，只見他依舊平靜地躺在床上，心跳監測器也發出規律的聲音。

然而，在她終於離開之後，病房裡出現了一點變化。

「嗶——嗶——嗶——！」雖然也只是一剎那，但游諾天的心跳突然變快了。

◆◎◆◎◆◎◆

「她這樣說了。」

「我聽到了。」

「既然這樣，你打算什麼時候滾蛋？」

「還以為同居了兩年，妳會稍微變得溫柔一點呢。」

「我再重申一次，我只是被你惡意侵犯了兩年。」

「幸好這裡沒有其他人，不然一定會有人誤會。」

「那麼，你到底什麼時候滾蛋？」

話題再次回到原點，游諾天不禁苦笑，之後低頭看著手邊。

「這個嘛……」

厚重的手銬套在雙手之上，雙腳也是一樣，雖然鐵鍊長得讓他可以隨便活動，不過鍊子另一端埋在漆黑的深淵中，它就像在警告游諾天，要是他敢輕舉妄動，就會把他扯進不見天日的黑暗。

所以游諾天沒有亂走，他只是握著一塊細小的石頭，不斷敲打著手銬。手銬看起來光滑無痕，不過仔細一看，手銬上面已被刮出多處裂紋，「我會儘快的。」

「快點滾回去，還我清靜的日子。」電子世界如此說道，但她悄然湊近游諾天，輕輕靠在他的背上。

游諾天笑了一笑，而右手沒有停下來，繼續敲打手銬。他相信總有一天，這些手銬會被打碎。

「我會回去的，一定會。」

《新世紀超級英雄05英雄的新世代》完

《新世紀超級英雄》全套五集，全國各大書店、網路書店、租書店強力熱賣中！

羊角系列 042

新世紀超級英雄 05（完）

英雄的新世代

出版者■典藏閣
作　者■奇梵　　繪　者■Naive
總編輯■歐綾纖
封面設計■Snow Vega
製作團隊■不思議工作室
郵撥帳號■50017206 采舍國際有限公司（郵撥購買，請另付一成郵資）
台灣出版中心■新北市中和區中山路 2 段 366 巷 10 號 10 樓
電　話■(02) 2248-7896　　傳　真■(02) 2248-7758
物流中心■新北市中和區中山路 2 段 366 巷 10 號 3 樓
電　話■(02) 8245-8786　　傳　真■(02) 8245-8718
ISBN■978-986-271-766-0
出版日期■2017 年 5 月

全球華文國際市場總代理／采舍國際
地　址■新北市中和區中山路 2 段 366 巷 10 號 3 樓
電　話■(02) 8245-8786　　傳　真■(02) 8245-8718

新絲路網路書店
地　址■新北市中和區中山路 2 段 366 巷 10 號 10 樓
網　址■www.silkbook.com
電　話■(02) 8245-9896
傳　真■(02) 8245-8819

☞您在什麼地方購買本書？☜

1. 便利商店（________市／縣）：☐7-11　☐全家　☐萊爾富　☐其他__________

2. 網路書店：☐新絲路　☐博客來　☐金石堂　☐其他________

3. 書店（________市／縣）：☐金石堂　☐蛙蛙書店　☐安利美特animate　☐其他____

姓名：________地址：________________________

聯絡電話：__________　電子郵箱：__________________

您的性別：☐男　☐女　　您的生日：西元________年________月________日

（請務必填妥基本資料，以利贈品寄送）

您的職業：☐上班族　☐學生　☐服務業　☐軍警公教　☐資訊業　☐娛樂相關產業

☐自由業　☐其他________

您的學歷：☐高中（含高中以下）　☐專科、大學　☐研究所以上

☞購買前☜

您從何處得知本書：☐逛書店　☐網路廣告（網站：__________）　☐親友介紹

（可複選）　☐出版書訊　☐銷售人員推薦　☐其他____________

本書吸引您的原因：☐書名很好　☐封面精美　☐書腰文字　☐封底文字　☐欣賞作家

（可複選）　☐喜歡畫家　☐價格合理　☐題材有趣　☐廣告印象深刻

☐其他____________

☞購買後☜

您滿意的部份：☐書名　☐封面　☐故事內容　☐版面編排　☐價格　☐贈品

（可複選）　☐其他

不滿意的部份：☐書名　☐封面　☐故事內容　☐版面編排　☐價格　☐贈品

（可複選）　☐其他

您對本書以及典藏閣的建議______________________________

____

____

✌未來您是否願意收到相關書訊？☐是　☐否

✍感謝您寶貴的意見✍

印刷品

$3.5
請貼
3.5元
郵票
不思議信箱
FUSIGI POST

235 新北市中和區中山路二段366巷10號10樓
華文網出版集團　收
（典藏閣－不思議工作室）

新世紀超級英雄
HERO TEAM
05